Mat'

푸 른 숲
징 검 다 리
클 래 식
0 2 2

어머니

Mat'

막심 고리키 지음
이강은 옮김

푸른숲주니어

'푸른숲 징검다리 클래식'을 펴내며

어린 시절, 할머니께서 조근조근 들려주시던 옛날이야기는 새로운 세상과 통하는 작은 창이었다. 상상의 날개를 달고 떠나는 창 너머 세상으로의 여행은 들어도 들어도 질리지 않는 재미와 마음속 깊은 곳을 울리는 감동을 선사해 주곤 했다. 그뿐 아니라 우리의 삶을 어떻게 꾸려 가야 하는지 곰곰이 생각해 보게 하는 지혜를 가르쳐 주었다. 말하자면 우리는 그 이야기들을 통해 '삶'을 배운 셈이다.

우리가 문학 작품을 읽어야 하는 까닭 또한 '삶을 배운다'는 점에서 크게 다르지 않다. 우리는 한 편 한 편의 문학 작품을 만나 사랑을 배우고, 우정을 배우고, 진실을 배우고, 지혜를 배운다.

그런 점에서 '푸른숲 징검다리 클래식'은 참 의미가 깊다. 오랜 세월을 거치며 각 나라의 문학사에 확고히 자리매김한 작품들을 한데 모았기 때문이다. 문학을 사랑하는 사람들이 즐겨 읽어 세계적인 명저로 일컬어지는 작품들……. 이를테면 우리 부모 세대, 아니 그 이전 세대부터 즐겨 읽었던 작품들로 많은 이들에게 삶의 의미와 가치를 일러주고, 또 '인생'이란 망망대해에서 등대 역할을 담당했던 것들이다.

세월이 흘러 사람들이 사는 모습도 달라지고 생각도 달라졌다. 그러나 시대와 장소를 뛰어넘어 변하지 않는 것이 있다. 바로 '삶'이다. 사람이 있는 곳이라면 어디든지 존재하는 삶은 항상 저마다의 무게를 떠안고 있다. 그 무게는 진실이라는 옷을 입고 문학 작품 속에 영원한 생명을 불어넣는다. 우리는 그것을 '고전'이라 부른다.

그러나 제아무리 훌륭한 고전이라 해도 독자가 읽고 소화할 수 없다면 아무런 소용이 없다. 지나치게 방대한 분량과 길고 어려운 문장은 책을 읽으려는 청소년들의 의지를 꺾을 뿐 아니라 좌절감마저 불러일으킨다.

'푸른숲 징검다리 클래식'은 바로 그러한 점을 염두에 두고 기획된 세계 명작 시리즈이다. 작품이 본디 지닌 맛과 재미를 고스란히 살리면서 우리 청소년들이 읽고 소화하기 쉽게 글을 다듬었다.

그리고 본문 뒤에는 현직 국어 교사들이 직접 쓴 해설을 붙였다. 작가나 작품에 대한 풍부한 설명은 물론, 그 작품들이 지니고 있는 현재적 의미까지 상세하게 짚어 보이고 있다. 아울러 해설 곳곳에 관련 정보를 담은 팁과 시각 자료를 배치해, 읽는 재미를 넘어 보는 재미까지 만끽할 수 있도록 했다.

아무쪼록 '푸른숲 징검다리 클래식'을 통해 우리 청소년들의 삶이 더욱더 깊고 풍성해지기를…….

2006년 4월
기획위원 강혜원·계득성·문재용·전종옥

| 차례 |

기획위원의 말 004

제 1 장 공장의 사이렌 ···················· 009

제 2 장 금지된 일을 하는 사람들 ·········· 022

제 3 장 수색 ····························· 050

제 4 장 파벨, 감옥에 갇히다 ·············· 072

제 5 장 용감한 어머니 ··················· 088

제 6 장 면회 ···························· 108

제 7 장 노동자들의 봄 ··················· 118

제 8 장 살인 사건 ······················· 132

제 9 장 붉은 깃발 ······················· 146

제 10 장 새로운 보금자리 ·················· 160

제 11 장 민중의 삶 ·················· 177

제 12 장 탈옥 ·················· 188

제 13 장 동지의 죽음 ·················· 201

제 14 장 새로운 임무 ·················· 219

제 15 장 암호 ·················· 241

제 16 장 흔들리지 않는 신념의 불꽃 ·················· 253

제 17 장 승리하리라 ·················· 273

《어머니》제대로 읽기 297

제 1 장
공장의 사이렌 소리

매일 아침 귀를 찢을 듯이 날카로운 공장 사이렌 소리가 기름에 찌든 대기를 뚫고 노동자촌에 울려 퍼지면, 채 피로를 벗지 못한 사람들이 하나둘 거리로 쏟아져 나왔다. 사람들은 차가운 새벽 공기를 맞으며 비포장길을 따라 높다란 공장으로 향하고, 불 켜진 수십 개의 공장 창문들은 진창길을 비추며 냉혹한 표정으로 그들을 기다렸다.

발밑에서 철벅거리는 진창길 위로 잠이 덜 깬 쉰 목소리와 거친 욕설이 울려 퍼졌다. 그리고 또 다른 소리……, 즉 묵직한 기계가 돌아가는 소리와 증기를 내뿜는 소리가 냉랭하게 사람들을 맞이했다. 노동자촌 위로 높다랗게 솟아 있는 시커먼 공장 굴뚝들은 마치 굵다란 몽둥이처럼 음울하고 위협적으로 보였다.

붉은 햇살이 집집의 유리창에 피곤한 듯 나른하게 빛을 드리우는 저녁이면, 공장은 쓰고 남은 찌꺼기처럼 사람들을 좌르르 내뱉었다. 사람들은 코를 찌르는 기름 냄새를 풍기며 시커먼 얼굴로 다시 거리를 따라 걸어갔다. 바야흐로 사람들의 목소리에 활기가 돋고 기쁨이 묻어났다. 오늘의 노동은 끝이 났고, 집에선 저녁밥과 휴식이 기다리고 있기 때문이다.

공장은 또다시 하루를 통째로 삼켜 버렸다. 기계는 사람들의 근육에서 필요한 만큼의 힘을 모두 빨아들였다. 인생에서 또 하루가 흔적도 없이 사라지고, 그만큼 자신의 무덤으로 한 걸음 더 내딛는 셈이지만, 사람들은 눈앞의 달콤한 휴식과 선술집에서 얻는 기쁨으로도 충분히 만족해했다.

하지만 오랜 세월에 걸쳐 쌓인 피로는 식욕마저 앗아 가 버렸다. 식사를 하려면 독한 보드카로 위를 먼저 자극하지 않으면 안 되었다. 노동에 지친 이들은 금세 술에 취했고, 그러고 나면 알 수 없는 분노가 가슴속 깊이 밀려들곤 했다. 출구를 찾아 헤매던 울분은 사소한 일로도 피비린내 나는 주먹다짐을 벌이게 만들었다.

흔한 일은 아니지만 살인 사건도 종종 일어났다. 사람들은 고치기 힘든 근육의 피로처럼 만성적인 적대감에 사로잡혀 있었다. 그런 적대감은 이유를 알 수 없는 잔혹한 행동을 불러일으키곤 했다. 그들은 이런 마음의 병을 아버지에게서 물려받아 무덤까지 짊어지고 갔다.

휴일이 되면 젊은이들은 싸움을 벌이기 일쑤였고, 옷이 찢기고 흙먼지를 뒤집어쓴 채 상처투성이 얼굴로 밤늦게야 집으로 돌아왔다. 그들은 친구를 흠씬 두들겨 팼다고 자랑을 늘어놓기도 했고, 반대로 분노의 눈물을 흘리기도 했다. 때로는 술에 취해 길바닥이나 선술집에 고꾸라져 있는 자식들을 부모가 와서 끌고 가며 심한 욕설을 퍼붓거나 주먹질을 하기도 했다. 다음 날 새벽 일찍 성난 사이렌이 울리면 서둘러 일어나 공장에 나가야 할 자식들을 어떻게든 잠자리에 눕혀야 했기 때문이다.

자식들에게 욕설과 주먹질을 퍼붓긴 했지만, 부모들은 젊은이들의 음주와 싸움을 당연한 것으로 여겼다. 자기들이 젊었을 때에도 그랬고, 그들의 부모 역시 그랬으니까. 인생은 언제나 똑같이 흐릿한 탁류처럼 느릿느릿 어딘가로 흘러갔다. 생각이나 행동이나 조금도 변하는 것 없이 하루하루가 늘 똑같았다. 그 누구도 이런 인생을 바꾸려고 애쓰지 않았다.

가끔 어딘가에서 낯선 사람들이 들어오기도 했다. 이들은 처음에 단지 낯설다는 이유로 관심의 대상이 되었다. 하지만 어디서 일했는지, 그곳은 어떤지와 같은 가벼운 흥밋거리가 사라지고 나면 더 이상 새로울 것이 없었다. 그들의 이야기를 통해 분명히 알 수 있는 것은 노동자의 삶이란 어디서나 다 똑같다는 사실뿐이었다.

아주 가끔은 새로운 이야기를 들려주는 사람도 있었다. 이런 경우, 사람들은 이러니저러니 따져 묻지 않고 반신반의하면서 그 희한한 이야기에 무조건 귀를 기울였다. 그러고 나서 어떤 사람들은 맹목적인 분노를 드러냈고, 어떤 사람들은 왠지 모르게 불안감을 느꼈으며, 또 어떤 사람들은 어렴풋한 희망으로 흔들렸다.

낯선 사람에게서 자기들의 일상과 다른 이야기를 듣고 나면 사람들은 한동안 그것을 잊지 못했다. 그리고 자기들과는 다른 그 사람을 딱히 이렇다 할 이유 없이 경계했다. 그들은 그런 유의 사람들이 무언가 문제를 일으켜서, 비록 힘들기는 하지만 그런대로 살아갈 만하던 자신들의 일상을 부숴 버리지나 않을까 걱정했다. 사람들은 삶이란 언제나 힘겨운 것이며, 변화는 그저 분노를 증폭시킬 뿐이라는 생각에 익숙해져 있었던 것이다.

노동자촌의 사람들은 새로운 것을 말해 주는 사람들을 말없이 피했다. 결국 그런 사람들은 오래지 않아 어딘가로 떠나 버렸고, 남은 경우에도 사람들과 섞이지 못한 채 고립되어 살아갔다. 사람들은 그렇게 오십여 년을 살다가 쓸쓸하게 죽어 갔다.

철공 미하일 블라소프도 그렇게 살았다. 그는 짙은 눈썹 밑의 작은 두 눈으로 사람들을 음험하게 바라보곤 했다. 공장에서는 최고의 철공이었고 마을에서는 가장 힘이 센 장사였지만, 윗사람들과 관계가 좋지 않아 벌이는 늘 시원찮았다. 게다가 휴일이면 어김없이 누군가를 두들겨 패서 모두들 그와 어울리기를 꺼렸다. 사람들은 특히 강철 천공기처럼 상대방을 뚫어져라 바라보는 그의 날카로운 두 눈을 두려워했다.

"자, 꺼져 버려, 쌍놈의 새끼들!"

미하일 블라소프가 이렇게 거칠게 한마디 내뱉으면 사람들은 겁을 집어먹고 슬금슬금 뒷걸음질을 쳤다. 그러면 그는 도망치는 사람들의 뒤통수에 대고 사납게 소리쳤다.

"그래, 이 쌍놈의 새끼들! 죽고 싶은 놈은 이리 와!"

물론 죽고 싶은 사람은 아무도 없었다. 말수가 적은 그가 애용하는 단어는 바로 '쌍놈의 새끼'였다. 그는 공장의 상사나 경찰을 보고도 그렇게 불렀고, 아내 역시 그렇게 불렀다.

"어이, 이 쌍놈의 새끼야! 바지 찢어진 거 안 보여?"

그의 아들 파벨이 열네 살이 되었을 때, 한번은 미하일 블라소프가 아들의 머리칼을 휘어잡으려고 했다. 파벨은 잽싸게 망치를 집어 들고 짤막하게 말했다.

"절 건드리지 마세요……."

"뭐가 어째?"

"그만하세요. 더 이상은 못 참아요……."

파벨은 망치를 휘둘렀다. 아버지는 아들을 잠깐 바라보다가

털북숭이 손을 내리면서 말했다.

"좋아……."

그는 무겁게 한숨을 내쉬며 덧붙였다.

"에이, 저런 쌍놈의 새끼……."

그런 일이 있고 나서 얼마 뒤, 그는 아내에게 이렇게 말했다.

"더 이상 나한테 돈 달라고 하지 마. 이젠 파벨이 네년을 먹여 살릴 테니……."

"당신은 그 돈으로 전부 술을 퍼마시려고요?"

아내가 용기를 내어 대꾸했다.

"쌍놈의 새끼, 알 거 없어! 계집이나 하나 데려올 참이야."

여자를 데려오지는 않았지만, 그는 그때부터 죽을 때까지 거의 이 년 동안 아들에게 눈길 한 번 주지 않았고 말 한 마디 나누지 않았다.

미하일 블라소프의 집에는 주인처럼 크고 털이 많은 개가 한 마리 있었다. 그 개는 날마다 주인을 공장까지 바래다주었고 저녁이면 문 앞에서 기다렸다. 휴일에 술집을 드나들 때에도 개는 하루 종일 주인을 따라다녔다. 그는 개를 때리거나 욕설을 퍼붓진 않았지만 결코 귀여워하지도 않았다.

미하일 블라소프는 저녁을 먹고 나면 그릇을 내던지다시피 한 뒤, 보드카를 병째 들이켜며 벽에 기대어 노래를 불렀다. 눈을 감은 채 입을 크게 벌리고 절규하듯 부르는 노래에는 슬픔이 잔뜩 배어 있었다. 가사는 알아들을 수도 없었다. 길게 늘어진 곡조는 한겨울에 늑대가 울부짖는 소리 같았다. 그는 보드카가 바닥날 때까지 노래를 불러 대다가, 침대 옆에 쓰러지거나 탁자에 머리를 박고 새벽 사이렌이 울릴 때까지 내처 잤다. 개는 그럴 때도 주인 옆에 엎드려 있었다.

미하일 블라소프는 탈장으로 죽었다. 온몸이 새카맣게 타 들어간 채, 닷새 동안 침대에서 눈을 꼭 감고 뒹굴며 이를 갈았다.

"비소 좀 줘. 먹고 죽어 버리게⋯⋯."

의사는 급히 수술을 해야 하니 당장 병원으로 가라고 했다.

"꺼져 버려. 난 내가 알아서 죽어! 쌍놈의 새끼야!"

미하일 블라소프는 이번에도 울부짖듯 소리쳤다. 의사가 돌아가자 아내는 눈물을 흘리며 수술을 하자고 설득했다. 하지만 그는 주먹을 내보이며 을러댔다.

"쌍놈의 새끼, 내가 일어나면 넌 더 괴로워질 거야!"

그는 예의 공장 사이렌 소리가 사람들을 일터로 불러 모으는 바로 그 순간에 세상을 떠났다. 아내와 아들, 개, 그리고 주정뱅이 노인과 공장에서 쫓겨난 도둑 다닐라 베숩쉬코프, 그리고 거지 몇 명이 장례를 치렀다. 아내는 숨을 죽이며 눈물을 조금 흘렸지만 파벨은 단 한 차례도 울지 않았다. 거리에서 운구 행렬과 마주친 사람들은 걸음을 멈추고 성호를 그으며 서로 쑥덕였다.

"보아하니, 닐로브나는 남편이 죽어서 좋아 죽겠는 모양이네……."

"죽은 게 아니라 뒈진 거지……."

관을 묻고 사람들이 떠났지만 개는 무덤에 대고 코를 킁킁거리며 오랫동안 그곳에 머물렀다. 그러고 나서 며칠 뒤, 누군가가 개를 죽여 버렸다.

아버지가 죽은 지 이 주일 정도 지난 일요일, 파벨은 술에 잔뜩 취해 집으로 돌아왔다. 그는 비틀거리면서 집 안으로 기어들어와, 제 아버지가 그랬던 것처럼 주먹으로 탁자를 내려치며 어머니에게 소리쳤다.

"저녁밥 줘요!"

어머니가 다가와 나란히 앉으면서, 아들의 머리를 품에 꼭 끌어안았다. 하지만 아들은 어머니의 가슴을 밀치며 또다시 소리를 질렀다.

"엄마, 얼른 밥 달라니까!"

"이 바보야!"

어머니는 반항하는 아들을 더욱더 끌어안으며 슬프고도 다정한 목소리로 말했다. 그는 처음으로 술에 취했다. 비록 몸이 말을 듣진 않았지만 의식은 또렷했다.

'내가 취한 건가? 정말로 취한 거야?'

파벨은 어머니의 다정함에 당황하면서도, 어머니의 눈에 고인 슬픔에 가슴이 뭉클했다. 그는 울고 싶었지만 차마 눈물을 흘릴 수가 없어서 더욱 취한 척을 했다. 어머니는 아들의 헝클어진 머리카락을 손으로 쓸어내리며 조용히 말했다.

"넌 그러면 안 돼……."

파벨은 속이 거북한 나머지 토하기 시작했다. 어머니는 발작적으로 구토를 한 아들을 침대에 눕히고 창백한 이마에 젖은 수건을 얹어 주었다.

"너마저 술을 마시기 시작하면, 이 어미는 어떻게 먹여 살릴 작정이냐……."

파벨은 눈을 꼭 감으며 말했다.

"다들 마시는걸요, 뭐……."

어머니는 무겁게 한숨을 내쉬었다. 아들의 말이 옳았다. 술집 말고는 즐거운 곳이 어디에도 없다는 걸 어머니 역시 잘 알고 있었다. 그래도 어머니는 이렇게 말했다.

"그래도 넌 마시지 마라! 네 아버지가 네 몫까지 다 마시지 않았니? 그래, 넌 이 어미가 불쌍하지도 않니?"

파벨은 어머니의 애처로운 말을 들으면서, 아버지가 살아 있을 때 언제 시작될지 모르는 주먹질을 피하려고 어머니가 두려움에 떨며 숨죽인 채 살았던 세월을 떠올렸다. 파벨은 술이 깨는 듯하자 어머니의 얼굴을 찬찬히 바라보았다.

어머니는 키가 컸지만 허리가 휘어 다소 구부정했다. 오랜 노동과 남편의 구타로 망가진 몸은 소리 없이 조심조심 움직이는 데 아주 익숙해져 있었다. 어머니는 항상 무언가에 걸려 넘어질까 봐 걱정하는 것 같았다. 부은 것마냥 크고 둥근 얼굴엔 주름살이 깊게 파여 있었고, 검은 두 눈엔 노동자촌에 사는 대부분의 여인들이 그렇듯 불안한 그림자가 짙게 드리워져 있었다.

오른쪽 눈썹 위에는 깊은 흉터가 있었는데, 그 흉터 때문에 눈썹이 조금 위로 치켜 올라가서 오른쪽 귀가 왼쪽보다 조금 더 높이 있는 것처럼 보였다. 그런 모습은 항상 겁에 질려, 무언가에 귀를 기울이는 듯한 표정으로 보이기도 했다. 슬프고도 온순한 모습이었다.

이윽고 어머니의 뺨 위로 눈물이 천천히 흘러내렸다.

"울지 마세요!"

아들이 나지막이 말했다.

"마실 것 좀 주세요."

"얼음물을 가져다주마……."

어머니가 물을 가지고 돌아왔을 때 아들은 이미 잠들어 있었다. 어머니는 잠시 아들의 머리맡에 서 있었다. 술 취한 사람들이 창밖으로 지나가고 있었다. 습기 어린 가을 저녁의 어둠 속 어딘가에서 아코디언 소리와 노랫소리가 들려왔다. 상스런 욕지거리와 피곤하고 짜증난 여자들의 목소리가 불안하게 뒤엉켰다.

파벨의 집은 노동자촌 맨 끝에 있었다. 집의 삼분의 일은 부엌이었다. 부엌에 얄따란 칸막이로 만든 작은 방이 하나 있었는데, 그곳이 바로 어머니의 방이었다.

나머지 삼분의 이는 창문이 두 개 달린 정사각형 방이었다. 그 방 한구석에 파벨의 침대가 있었고, 입구 쪽 구석에는 탁자 한 개와 긴 의자 두 개가 놓여 있었다. 그리고 작은 의자 몇 개와 서랍장, 작은 거울 하나, 큰 가방, 벽시계, 성화 두 점, 그게 전부였다.

파벨은 젊은 애들이 하는 짓은 모두 다 했다. 멋진 셔츠와 화려한 넥타이에 지팡이까지 사서 들고 다니며 제 또래 아이들과 엇비슷한 모습이 되어 갔다. 저녁 파티에도 쫓아다녔고, 카드릴 춤과 폴카 춤도 배웠으며, 휴일이면 술에 잔뜩 취해 돌아와선 이튿날 아침 머리가 아프고 속이 쓰려 괴로워했다.

파벨은 열심히 일했다. 그러나 말이 별로 없는 데다 크고 파란 두 눈에는 불만이 가득했다. 그는 언제부턴가 남들이 다 가는 길에서 조금씩 벗어나기 시작했다. 저녁 모임에 나가는 일이 드물어졌고, 휴일에는 어딘가 나갔다 오긴 했지만 술에 취하지 않은 채 멀쩡한 얼굴로 돌아왔다. 전에는 친구들도 더러 찾아오곤 했는데, 이제는 찾아와도 만날 수가 없어서 그런지 더 이상 발걸음을 하지 않았다.

어머니는 아들이 공장의 여느 젊은이들과 달라지는 모습을 보고 속으로 기뻐하였다. 그러면서도 한편으로는 아들이 인생의 어두운 흐름을 벗어나 어딘가 다른 곳으로 열심히 헤엄쳐 가고 있는 것만 같아 불안감을 느꼈다.

"어디 아픈 거니, 파벨?"

어머니는 가끔씩 아들에게 물었다.

"아니요, 전 건강해요!"

"요즘 들어 많이 말랐구나!"

어머니는 한숨을 섞어 이렇게 말하곤 했다.

아들은 책을 여러 권 가져와 몰래 읽고는 어딘가에 숨겨 두었다. 이따금 책의 내용을 종이에 옮겨 적기도 했는데, 그것 또한 어딘가에 숨기곤 했다.

모자가 이야기를 나누는 시간은 점점 줄어들었고, 서로 얼굴을 마주하는 일도 드물었다. 아들은 가끔씩 그녀가 알아듣기 어려운 말들을 입에 올렸다. 시간이 지날수록 그녀에게 익숙한, 거칠고 조잡한 표현들은 더 이상 듣기가 힘들었다.

행동거지에서도 그녀의 눈길을 끌 만한 변화가 여럿 나타났다. 아들은 멋을 내기보다는 몸과 옷의 청결에 더 신경을 썼다. 겉모습이 몹시 단정해졌을 뿐 아니라, 움직임 또한 전보다 훨씬 활발하고 기민해졌다. 그런 점들이 어머니의 마음을 더욱 불안하게 만들었다.

어머니를 대하는 태도에도 달라진 점이 있었다. 이따금 그는 방바닥을 쓸기도 했고, 휴일이면 자기가 쓰는 침구를 정리하기도 하면서 어머니의 일을 덜어 주려고 노력했다. 노동자촌에서 그렇게 하는 사람은 아무도 없었다.

어느 날인가는 그림을 가져와 벽에 걸었다. 세 사람이 이야기를 나누며 어디론가 경쾌하게 걸어가는 그림이었다.

"부활하신 그리스도가 엠마오로 가는 거예요."

어머니는 그림이 마음에 들었지만 속으론 이렇게 생각했다.

'그리스도를 받든다는 애가 교회에는 나갈 생각을 안 하니, 원…….'

목수 일을 하는 친구가 짜 준 멋진 책장에는 책이 점점 많아졌다. 방이 한결 아늑해졌다. 아들은 이제 그녀에게 깍듯하게 존댓말을 썼는데, 이따금씩 어릴 적 말투로 다정하게 말을 건네기도 했다.

"아이고, 엄마, 제발 걱정 좀 하지 마요. 나, 오늘은 좀 늦게 들어올 거야……."

어머니는 아들이 종종 이런 식으로 말할 때면 기분이 좋았다. 그 말에서 뭔가 진지하면서도 굳건한 느낌을 받을 수 있었기 때문이다. 하지만 그녀의 불안은 날로 커졌다. 정체를 알 수 없는 이상한 예감이 자꾸만 어머니의 가슴을 날카롭게 찔러 댔다.

'다른 사람들은 안 그런데, 저 녀석은 꼭 수도승 같아. 지나치게 엄격해. 나이에 어울리지 않게…….'

또 가끔은 이런 생각도 들었다.

'여자라도 생긴 걸까?'

제 2 장
금지된 일을 하는 사람들

어느 날 저녁, 파벨은 식사를 마치자 여느 때처럼 창문에 커튼을 치고 구석에 앉아 책을 읽기 시작했다. 어머니는 걱정을 떨치지 못하고 아들 곁으로 슬그머니 다가갔다. 그리고 아주 나지막한 목소리로 물었다.

"대체 뭘 그리 열심히 읽는 게냐?"

아들은 읽던 책을 내려놓았다.

"어머니, 좀 앉으세요……."

어머니는 아들 옆에 앉아 자세를 반듯이 하고는 뭔가 중요한 말이라도 기다리는 듯이 신경을 곤두세웠다. 파벨은 그녀에게 눈길을 주지 않은 채 낮고 딱딱한 목소리로 말했다.

"제가 읽고 있는 건 금서들이에요. 이 책들은 우리 노동자들에게 삶의 진실을 알려 준다는 이유로 금서가 되었어요. 제가 이 책을 가지고 있다가 발각되면 감옥에 끌려갈 거예요. 진실을 알려고 했다는 이유로 말이지요."

어머니는 갑자기 숨이 턱 막혔다. 눈을 크게 뜨고 아들의 얼굴을 바라보았다. 아들이 매우 낯선 사람같이 느껴졌다.

"애야, 네가 왜 그런 책을 읽는 거냐?"

파벨은 고개를 들어 어머니를 바라보며 침착하게 대답했다.

"진실을 알고 싶어서요."

아들의 목소리는 단호했다. 어머니는 아들이 무섭고 비밀스런 운명에 휘말렸다고 느꼈다. 인생의 마디마디에서 부딪히는 일들을 모두 피할 순 없는 노릇이기에, 그저 거기에 순종해야 한다고 생각해 왔던 어머니는 아무런 말도 하지 못하고 조용히 눈물만 흘렸다.

"울지 마세요."

파벨이 다정한 목소리로 말했다. 어머니는 아들이 용서를 비는 것이라고 생각했다.

"생각해 보세요, 우리가 어떻게 살고 있는지……. 어머니는 나이 사십이 되도록 어떻게 살아오셨어요? 아버지에게 맞고만 사셨지요. 아버지는 당신 인생의 울분을 그런 식으로 푼 거예요. 당신도 모르게 말예요. 아버진 삼십 년을 일했어요. 공장에 건물이 두 채 있을 때부터요. 그런데 지금은 건물이 일곱 채나 되잖아요?"

어머니는 두려움을 느끼면서도 아들의 말에 서서히 빨려 들어갔다. 아들의 눈빛은 밝고 아름답게 타올랐다. 그는 자기가 알게 된 진실에 대해 처음으로 입을 열었다. 어머니를 위해서이기도 했지만, 스스로의 생각을 확인해 보고 싶기도 해서였다.

"어머니 인생에서 기쁨을 느껴 본 적이 있어요? 단 한 번이라도 그런 적이 있냐고요."

어머니는 슬프게 고개를 가로저었다. 뭔지 알 수 없는 새로운 느낌이, 모욕적이면서도 기쁜 느낌이 가슴을 아프게 스치고 지나갔다. 자기와 자기의 인생에 대해 그런 말을 들은 것은 처음이었다. 아주 어렸을 때 친구들과 인생에 대해 이야기를 나눈 적이 있긴 하지만, 모두들 불평만 늘어놓았을 뿐 삶이 왜 그토록 힘겹고 어려운 것인지는 알지 못했다. 그런데 바로 지금 자신의 아들이 그녀의 삶을 이해하고 그 고통을 이야기하고 있었다.

아들의 말은 아프긴 하지만 모두 맞는 것이었다. 어머니는 이제껏 누군가에게서 따뜻한 마음을 받아 본 적이 없었다. 그녀는 가슴이 뭉클해지면서 몸이 설핏 떨렸다.

"그래, 그래서 무슨 일을 하려고?"

"공부를 할 거예요. 그리고 다른 사람들을 가르쳐야죠. 무엇보다 우리 같은 노동자들은 배워야 해요. 그래서 알아야지요. 우리 삶이 왜 이토록 힘든지 말예요."

항상 진지하고 심각해 보이던 아들의 푸르른 눈이 이제 부드럽고 다정하게 빛나고 있었다. 어머니는 주름투성이 뺨에 눈물을 매단 채 살며시 미소를 지었다. 어머니의 마음은 두 갈래로 흔들렸다. 한편으로는 삶의 비애를 그토록 잘 이해하고 있는 아들이 자랑스러웠다. 그러나 다른 한편으로는 아들이 다른 사람들과 다르게 생각하고 말하며 혼자서 세상과 맞서려 한다는 사실에 걱정이 앞섰다. 그러기에는 아들이 너무 어렸다.

'사랑하는 아들아, 그렇다고 너 혼자 무엇을 할 수 있겠니?'

파벨은 어머니의 입가에 흐르는 미소와 표정에서 엿보이는 관심, 그리고 두 눈에 가득 찬 사랑을 보았다. 순간 자기가 어머니를 이해시켰다는 생각에 힘이 솟았다. 한껏 고무된 그는 웃기도 하고 눈썹을 찡긋거리기도 하면서 어머니에게 더 많은 이야기를 늘어놓기 시작했다. 어머니는 아들의 말에서 냉혹한 증오심이 느껴질 때마다 깜짝 놀라 고개를 저으며 조용히 되물었다.

"정말 그러니, 파벨?"

"그렇다니까요!"

아들은 확고하게 대답했다. 그는 민중을 위한 선을 실천하고 민중 속에 진실의 씨앗을 뿌리는 사람들, 그리고 그 대가로 적들에게 짐승처럼 포획되어 감옥에 갇히고 유형지로 끌려간 사람들의 이야기를 들려주었다.

"전 그런 사람들을 여러 번 봤어요! 세상에서 가장 훌륭한 사람들이에요!"

그런 사람들에 대한 이야기는 어머니의 마음을 한없이 두렵게 했다. 그녀는 다시 아들에게 묻고 싶었다.

'설마 그럴 리가?'

어머니는 순간순간 정신이 아찔해지는 것을 느끼면서도 잠자코 아들의 이야기에 귀를 기울였다. 자기 아들에게 그토록 위험한 말과 생각을 가르쳐 준, 자기로서는 도저히 이해할 수 없는 사람들에 대한 이야기를 낱낱이 들었다.

"곧 날이 밝겠구나. 새벽에 나가려면 눈을 좀 붙여야지."

"예, 이제 자야죠!"

파벨은 이렇게 대답하고서 어머니를 향해 물었다.

"전 어머니께 모든 걸 말씀드렸어요. 어머니께서 절 사랑하신다면 제 길을 막지 말아 주세요. 절 이해하시죠?"

"이해한다."

어머니는 한숨을 내쉬며 대답했다. 눈에서 다시 눈물이 흘렀다. 그녀는 눈물을 훔치며 덧붙였다.

"오, 사랑하는 아들아! 차라리 모르고 있는 게 나을 걸 그랬구나. 그래, 난 아무 말도 하지 않으마. 다만 네가 다치지는 않을까, 그게 걱정이란다. 몸조심해야 한다. 꼭 조심해야 해."

무엇을 어떻게 조심해야 하는지도 모르는 채 어머니는 그저 걱정스런 마음뿐이었다.

"많이 야위었구나…….."

어머니는 아들을 바라보며 다정하게 말했다.

"딱 하나만 부탁하마. 사람들과 얘기할 때 함부로 나서지 말거라. 무엇보다 사람을 조심해야 해. 다들 서로를 증오하고 있단다. 욕심과 질투로 살아가고들 있지. 네가 만일 그 사람들이 사는 걸 들추어서 뭐라고 하면, 아마 널 미워하며 죽이려 들지도 몰라."

아들은 어머니의 말이 끝나자 미소를 지으며 말했다.

"맞아요, 사람들은 나빠요. 하지만 세상에 진실이 있다는 걸 알고 나니까 사람들이 그전보다 훨씬 훌륭해 보여요."

그는 다시 미소를 지으며 말을 이었다.

"어렸을 때부터 저는 사람들을 겁냈어요. 커서는 사람들이 속물적이라고 증오했고요. 이렇다 할 이유 없이 사람들이 무작정 싫기도 했지요. 하지만 이제 모두 달라 보여요. 다들 안됐다는 생각이 들어요. 잘못된 게 모두 사람들 탓은 아니라는 걸 알고 나니까 마음이 훨씬 편안해졌어요…….."

어머니는 아들을 바라보며 나지막하게 중얼거렸다.

"네가 위험한 사람이 되어 버렸구나. 오, 하느님!"

어머니와 아들은 서로 가깝게 느끼면서도 동떨어진 삶을 살아가고 있었다.

며칠 후, 파벨이 집을 나서며 어머니에게 말했다.

"토요일에 손님들이 올 거예요. 시내에서요."

"시내에서?"

어머니는 이렇게 되묻더니 갑자기 눈물을 흘렸다.

"아니, 왜 그러세요, 어머니!"

파벨이 못마땅해하며 목소리를 높였다. 어머니는 앞치마로 얼굴을 훔치고는 한숨을 쉬며 대답했다.

"모르겠다, 그저……."

"두려우세요?"

"그래, 두렵다!"

키가 큰 아들은 허리를 구부린 채 어머니의 얼굴을 마주 보며 화난 표정을 지었다. 이럴 땐 죽은 제 아버지와 똑같았다.

"두려움 때문에 항상 우리 모두 지는 거예요. 우리를 지배하는 사람들은 바로 우리의 두려움을 이용하거든요."

어머니는 울부짖듯 말했다.

"화내지 마라! 내가 어떻게 두렵지 않겠니? 평생을 두려움 속에 살았어. 내 마음속은 온통 두려움뿐이란다."

어머니는 집에 낯선 사람들이, 그것도 무시무시한 사람들이 찾아올 거라는 생각에 사흘 내내 가슴을 졸였다. 그들은 아들에게 새로운 길을 가르쳐 준 사람들이 틀림없을 터였다.

드디어 토요일 저녁, 파벨은 공장에서 돌아와 세수를 하고 옷을 갈아입은 다음 다시 어딘가로 나가면서 말했다.

"사람들이 오면 금방 돌아온다고 말씀해 주세요. 그리고 제발 겁내지 좀 마세요…….'"

11월 말이었다. 파벨이 나가고 얼마 뒤, 현관에서 누군가의 발소리가 들렸다. 어머니는 몸을 흠칫 떨고는 눈썹을 바짝 치켜뜨며 자리에서 일어났다.

이윽고 문이 열렸다. 커다란 털모자를 쓴 사람이 방 안으로 쑥 들어왔다. 그는 허리를 펴고 숨을 크게 내쉰 다음 굵고 낮은 목소리로 말했다.

"안녕하세요!"

어머니는 말없이 인사를 받았다.

"파벨은 집에 없나 봐요?"

그는 천천히 외투를 벗고는 털모자를 벗어 신발에 묻은 눈을 툭툭 털어 냈다. 그리고 모자를 구석에 휙 던지고는 긴 다리로 방 안을 서성이다가 의자에 털썩 주저앉더니 손으로 입을 가리며 하품을 했다. 그는 방 안을 유심히 둘러보다가 불쑥 이렇게 물었다.

"이 집은 사셨어요, 아니면 세 드신 거예요?"

어머니는 그의 맞은편에 앉으며 대답했다.

"세 든 겁니다. 파벨이 곧 올 거예요. 조금만 기다리세요."

"예, 그렇지 않아도 기다리고 있는 중입니다."

그는 나지막한 목소리로 대답했다. 어머니는 그의 스스럼없는 태도와 부드러운 목소리, 그리고 평범한 얼굴을 대하자 불안했던 마음이 조금은 풀리는 듯했다. 그는 어머니를 매우 친절한 눈빛으로 바라보았는데, 그때마다 깊고 투명한 두 눈이 유쾌하게 반짝거렸다. 어머니는 문득 그의 이름이 무엇이며, 어디에서 왔는지, 또 아들을 안 지는 얼마나 되었는지 등등 여러 가지가 궁금해졌다.

어머니가 막 입을 열려는 순간 그가 먼저 질문을 던졌다.

"아니, 어머니! 이마는 어쩌다 그렇게 되신 거예요?"

그는 두 눈에 맑은 미소를 띤 채 다정한 목소리로 물었다. 하지만 어머니는 그 물음이 몹시 모욕적으로 느껴졌다. 그녀는 입술을 꼭 깨문 채 짐짓 화난 표정을 짓지 않으려 애썼다.

"젊은이가 그런 건 알아서 뭐 하게?"

"아, 화내지 마세요! 제 양어머니도 똑같은 상처가 있었거든요. 같이 살던 구두장이가 구두 모형으로 때렸어요. 양어머닌 세탁부였는데, 절 데려다 키우며 혼자 살다가 술주정뱅이를 만나 엄청 고생을 했지요. 그 구두장이가 양어머니를 어찌나 무지막지하게 때리던지⋯⋯, 무서워서 온몸에 소름이 돋을 정도였답니다."

어머니는 그의 솔직한 태도에 마음이 한결 누그러졌다. 그리고 혹시라도 파벨이 이 낯선 사람에게 불친절하게 굴었다고 화를 낼까 봐 걱정이 되기도 했다. 어머니는 곧 미안하다는 듯이 미소를 지으며 말했다.

"화가 난 게 아니라, 갑자기 물어보니까 당황해서……. 이건 남편이 물려준 거라오. 지금은 하늘나라에 가고 없지만. 근데 젊은이는 어디 사람이오?"

"전 우크라이나에서 왔어요. 시내에서 한 일 년 살다가 얼마 전에 이쪽 공장으로 왔지요. 여기서 좋은 사람들을 많이 만났어요. 파벨도 그중 한 사람이고요. 여기서 당분간 눌러 살 생각입니다."

어머니는 그가 마음에 들었다. 무엇보다 자신의 아들을 좋게 말해 주는 것이 고마워서 뭐라도 대접하고 싶어졌다.

"차라도 한잔하시려오?"

"저 혼자서만 대접을 받아서야 되겠습니까? 다른 사람들도 곧 올 테니 그때 차를 주십시오."

그가 어깨를 으쓱거리며 대답했다. 이 말에 어머니는 다시 두려움이 느껴졌다.

'딴사람들도 이 사람만 같으면 좋으련만!'

그때 현관에서 발소리가 들리더니 이내 문이 벌컥 열렸다. 어머니는 자리에서 얼른 일어섰다. 놀랍게도 부엌으로 들어선 사람은 별로 크지 않은 체격에 숱이 많은 금발을 길게 땋아 늘인 처녀였다.

"안녕하세요, 파벨 어머니시죠? 전 나타샤라고 해요……."

"난 펠라게야 닐로브나랍니다."

"이제야 뵙게 되네요……."

나타샤는 입술이 작고 도톰했으며, 목소리가 정감 있고 맑았다. 그녀는 외투를 벗은 뒤 추위로 빨개진 손으로 발그레한 뺨을 문지르며 재빨리 안쪽으로 들어왔다. 그녀가 걸을 때마다 마룻바닥에 또각또각 구두 소리가 났다.

'추울 텐데……. 덧신도 안 신고 다니다니!'

어머니는 그녀를 바라보며 속으로 생각했다.

"가만, 내 얼른 사모바르(찻물을 끓이는 러시아 전통 주전자—옮긴이)를 불에 올려놓아야겠네!"

어머니는 서둘러 부엌으로 향하며 말했다. 마치 이 처녀를 오래전부터 알고 있었던 것처럼 다정한 미소를 띤 채.

그때 나타샤가 우크라이나 인에게 물었다.

"무슨 울적한 일이라도 있어요, 안드레이?"

"아, 별일 아니오. 파벨 어머니를 보니까 내 어머니가 생각나서요."

"어머니가 돌아가셨다고 하지 않았나요?"

"그분은 양어머니이고. 난 고아거든. 날 낳아 주신 어머닌 지금 키예프 거리에서 구걸을 하고 있을지도 모른다오."

'아아, 가엾은 사람!'

어머니는 한숨을 내쉬었다. 우크라이나 인, 아니 안드레이에게 무슨 말이든 다정하게 해 주고 싶었다. 그런데 바로 그때 문이 천천히 열리더니, 다닐라 영감의 아들 니콜라이 베숍쉬코프가 들어섰다. 니콜라이 베숍쉬코프는 노동자촌에서 사교적이지 못한 사람으로 소문나 있었다. 언제 어디서나 무뚝뚝한 얼굴로 사람들을 피해 다녀서 비웃음을 사곤 했다.

"아니, 넌 니콜라이가 아니니?"

그는 광대뼈가 툭 튀어나온 주근깨투성이 얼굴을 손바닥으로 비벼 대며 인사도 없이 이렇게 물었다.

"파벨 있어요?"

"집에 없는데."

그는 방 안을 들여다보더니 안으로 쑥 들어오며 말했다.

"안녕하십니까, 동지들……."

니콜라이 베숍쉬코프를 언짢게 바라보던 어머니는, 나타샤가 그의 손을 잡으며 반갑게 맞이하는 것을 보고 깜짝 놀랐다.

'아니, 저 애도?'

니콜라이 베숍쉬코프를 따라서 거의 어린애나 진배없어 뵈는 젊은이 둘이 더 들어왔다. 그중 한 명은 어머니도 알고 있는 젊은이였다. 페자라는 청년으로, 공장에서 일하는 시조프 영감의 조카였다. 그는 얼굴이 갸름했으며, 높은 이마에서 곱슬머리가 흘러내리고 있었다. 다른 한 명은 머리를 말끔하게 빗어 넘기고 있었는데, 수줍음을 타서 그런지 인상이 그리 나쁘지 않았다.

잠시 후, 파벨이 두 사람을 더 데리고 나타났다. 둘 다 어머니
가 익히 아는 공장 노동자들이었다.

"어머니, 사모바르를 준비하셨네요. 고마워요."

"보드카라도 좀 사 올까?"

어머니는 무엇을 해야 할지 잘 모르면서도 어떻게든 호의적
인 마음을 표현하고 싶어서 이렇게 물었다.

"아뇨, 술은 필요 없어요!"

파벨은 어머니에게 다정하게 미소를 지어 보이며 대답했다.
불현듯 어머니는 아들이 자기를 놀리려고 위험한 모임이니 뭐
니 하면서 과장을 한 게 아닌가 하는 생각이 들었다.

"파벨, 이 사람들이 바로 네가 말한, 금지된 일을 한다는 사람
들이냐?"

"예, 바로 그 사람들이에요!"

파벨이 방 안으로 들어가며 대답했다. 어머니는 아들의 다정
한 대답에 외마디 소리를 지르며 생각했다.

'아, 아직 어린애들인데, 뭐……'

사모바르의 물이 끓자 어머니는 그것을 가지고 방으로 들어
갔다. 손님들은 탁자를 둘러싸고 둥글게 앉아 있었다. 나타샤는
책을 들고 램프 아래 구석 자리에 있었다.

그녀가 말문을 열었다.

"사람들이 왜 그렇듯 힘들게 살아가는지 알려면, 그리고 사람들이 왜 그렇게 악한지……."

안드레이가 끼어들었다.

"……사람들의 삶이 어떻게 시작되었는지를 먼저 살펴보아야 합니다."

"봐야지, 봐야지……!"

어머니는 차를 따르면서 무심코 이렇게 따라 했다. 그러자 모두들 입을 다물었다.

"어머니, 뭐라고 그러셨어요?"

파벨이 눈살을 찌푸리며 물었다.

"나?"

어머니는 모두가 자기를 바라보고 있다는 걸 깨닫고는 몹시 당황스러워했다.

"난 그냥…… 조심해서 잘 보라고."

나타샤가 갑자기 웃음을 터뜨렸다. 파벨도 따라 웃었다. 그러자 안드레이가 미소를 지으며 말했다.

"차, 고맙습니다, 어머니!"

"마시지도 않고 벌써 고맙다는구먼!"

어머니는 이렇게 대답하고는 아들에게 나지막이 물었다.

"혹 내가 방해되는 거냐?"

"무슨 말씀이세요? 주인이 어떻게 손님한테 방해가 될 수 있겠어요?"

나타샤가 대신 대답했다. 그러고는 어린아이가 보채듯 소리쳤다.

"얼른요, 얼른 차 좀 주세요! 너무 추워요. 다리가 얼어붙는 것 같아요!"

"응, 다 됐어요."

나타샤는 어머니가 따라 준 차를 마시고는 긴 머리채를 어깨 뒤로 넘겼다. 그리고 그림이 많은 노란색 책을 읽어 내려가기 시작했다. 어머니는 조심스럽게 차를 따르면서 책을 읽어 내려가는 그녀의 목소리에 귀를 기울였다. 그녀의 낭랑한 목소리가 물 끓는 소리와 어우러져 묘한 화음을 이루었다.

방 안에서는 동굴 속에서 생활하며 돌로 짐승을 사냥하던 원시인들의 이야기가 빛깔 고운 리본이 풀려 나가듯 아름답게 너울거렸다. 어머니는 마치 옛날이야기를 듣는 것만 같아서, 이것이 정말로 금서인지 물어보고 싶은 충동이 자꾸 일었다. 얼마 후 이야기의 줄기를 좇아가는 데 지친 어머니는 손님들이 눈치채지 못하게 주의하면서 그들의 모습을 유심히 살피기 시작했다.

파벨은 나타샤 옆에 앉아 있었다. 나타샤는 고개를 숙이고 책을 읽다가 머리카락이 흘러내리면 손으로 쓸어 넘기곤 했다. 그러다가 고개를 들어 사람들의 얼굴을 찬찬히 둘러보며 뭐라고 한 마디씩 덧붙였다.

안드레이는 탁자에 기댄 채 눈을 내리깔고 있었다. 니콜라이 베숩쉬코프는 나무토막처럼 뻣뻣하게 앉아서 미동도 하지 않았다. 폐자는 책의 내용에 귀를 기울이다가 입술을 움직거리며 따라 읽었다. 파벨을 따라온 젊은이 중 한 명은 뭔가 말하고 싶은 게 있는지 초조한 기색으로 주위를 두리번거렸다. 또 한 젊은이는 손바닥으로 머리를 어루만지며 얼굴이 보이지 않을 정도로 고개를 깊게 숙인 채 바닥을 내려다보았다.

어머니는 속삭이는 듯한 나타샤의 목소리를 들으며 젊은 시절의 소란한 파티와 거친 욕설, 썩은 보드카 냄새, 저속한 농담들을 떠올렸다. 그사이에서 상처받고 모욕당했던 가슴이 저미듯 쓰라려 왔다. 어머니는 두 눈을 감고 가쁜 숨을 몰아쉬었다.

그때 니콜라이 베숩쉬코프의 불만스런 목소리가 들려왔다.

"난 사람들이 어떻게 살아왔는지보다 앞으로 어떻게 살아가야 하는지가 더 궁금해."

그러자 폐자가 소리쳤다.

"난 동의하지 않아."

곧 열띤 토론이 벌어졌다. 마치 장작더미에 불꽃이 튀는 것 같았다. 어머니는 무엇 때문에 그렇게 소리를 질러 대는지 알 수가 없었다. 모두들 흥분하여 얼굴이 새빨갛게 상기되었지만, 저속한 말이나 욕설을 내뱉는 사람은 한 명도 없었다.

'처녀애 앞이라고 다들 조심하는 게지.'

어머니는 젊은이들을 마치 어린아이 다루듯 찬찬히 살펴보는 나타샤의 진지한 얼굴이 마음에 들었다. 이윽고 나타샤가 입을 열었다.

"잠깐만요, 동지들! 여러분의 말이 다 옳아요. 우리는 모든 것을 알아야 하고, 또 모든 것에 올바르고 진실하게 답해야 합니다. 그러기 위해서는 진실과 거짓이 무엇인지 모두 알아야 하는 거지요……."

안드레이는 그녀의 말에 박자를 맞추어 고개를 끄덕거렸다. 니콜라이 베솝쉬코프와 파벨이 데리고 온 젊은이 둘은 꼭 붙어 앉아 있었는데, 어머니는 왠지 그들이 썩 마음에 들지 않았다.

나타샤가 말을 맺자 파벨이 일어나서 조용히 물었다.

"우리는 배부른 돼지가 되어야 하는 걸까요? 아닙니다!"

파벨은 사람들을 둘러보며 스스로 질문하고 답했다.

"우리의 목덜미를 타고 앉아 눈을 가리고 있는 자들에게 우리가 모든 것을 알고 있다는 사실을 알려 주어야 합니다. 우리는 바보도 아니고 짐승도 아닙니다. 우리도 인간답게 살기를 원하는 인격체임을 분명하게 보여 주어야만 합니다."

어머니는 아들의 말을 들으며 자랑스러움이 가슴속에서 뿌듯이 차오르는 것을 느꼈다. 어쩌면 저토록 유창하게 말을 잘할까.

"배부른 자들은 많아도 정직한 사람은 거의 없지요! 우린 이

썩어 빠진 삶의 늪을 건너 선(善)의 왕국으로 나아가야 해요. 동지들, 그것이 바로 우리가 해야 할 일입니다."

안드레이가 덧붙였다. 그러자 니콜라이 베숩쉬코프도 한마디 했다.

"투쟁의 날이 오면 결코 손이나 치료하는 정도에 그쳐서는 안 됩니다."

그들은 자정이 지나서야 자리에서 일어났다. 니콜라이 베숩쉬코프가 제일 먼저 자리를 떴다. 이것 역시 어머니는 마음에 들지 않았다.

'무엇 때문에 저렇게 서두르는 거지?'

나타샤가 부엌에서 외투를 입고 있을 때, 어머니는 짐짓 다가가 그녀에게 말을 걸었다.

"아가씨, 이렇게 추운 계절에 신기에는 양말이 너무 얇구려! 내가 털실로 한 켤레 짜 줄까?"

"고맙습니다. 하지만 괜찮아요, 어머니. 털실로 짠 양말은 너무 따가워서요!"

나타샤가 웃으며 대답했다.

"그럼 내가 따갑지 않은 실로 한 켤레 짜 주리다."

나타샤는 눈을 가늘게 뜨고 잠시 동안 어머니를 바라보았다. 그녀의 눈길을 의식한 어머니는 당황스러워하며 황급히 이렇게 덧붙였다.

"내 어리석음을 용서하우. 난 그저 안쓰러워서……."

"아니에요, 어머닌 정말 인자하신 분이에요! 그럼 안녕히 계세요, 어머니!"

나타샤는 어머니의 손을 꼭 잡으며 나지막이 말했다.

"안녕히 주무십시오, 어머니."

안드레이는 어머니의 눈을 바라보며 인사를 하고는 나타샤와 함께 밖으로 나갔다. 파벨은 방문 앞에 서서, 작별 인사를 나누는 그들의 모습을 흐뭇하게 바라보며 미소를 지었다.

어머니는 흡족한 기분으로 탁자를 치웠다. 어찌나 흥분했는지 땀이 줄줄 흘러내렸다. 그녀는 모든 일이 아무 탈 없이 끝나서 더할 나위 없이 기뻤다.

"너, 생각이 아주 깊더구나, 파벨! 우크라이나 사람도 품성이 좋아 뵈고, 그 처녀는 또 어찌나 똑똑하던지! 뭐 하는 사람이냐?"

"선생님이요!"

파벨은 짧게 대답한 뒤 방 안을 공연히 서성였다.

"참 가엾더구나. 옷도 변변치 않고. 어찌나 안됐던지! 부모님은 어디 사시니?"

"모스크바요!"

파벨은 어머니 앞으로 다가오더니, 자못 심각한 목소리로 말했다.

"나타샤의 아버지는 철제상인데, 집을 여러 채 가진 부자래요. 그런데 그녀가 이 길로 들어서자 집에서 내쫓아 버렸답니다. 그동안 그녀는 온실 속에서 하고 싶은 건 무엇이든 다 하면서 자랐는데, 지금은 저렇게 밤길을 칠 킬로미터씩이나 걸어서 다녀요. 그것도 혼자서……."

어머니는 아들의 말을 듣고 깜짝 놀랐다. 그녀는 방 한가운데에 꼼짝 않고 서서 아들의 얼굴을 응시했다.

"저런, 그런데 왜 그렇게 보냈니? 여기서 나하고 하룻밤 자도 될 텐데……."

"그건 좀 곤란해요. 내일 아침에 출근하는 사람들 눈에 띌 수가 있거든요."

어머니는 창밖을 바라보며 잠시 생각에 잠겼다가 다시 입을 열었다.

"난 도무지 이해가 안 되는구나, 파벨. 네가 하는 일이 뭐가 그렇게 위험하다는 거냐? 내가 보기엔 나쁜 짓거리를 하는 것 같지도 않던데……. 안 그러냐?"

어머니는 이렇게 말해 놓고 확신이 서지 않아서 아들의 눈을 멀거니 바라보았다. 그에게서 긍정적인 대답을 듣고 싶어서였다. 아들은 어머니의 두 눈을 찬찬히 들여다보더니 결연한 목소리로 말했다.

"물론 저희는 나쁜 짓을 하지 않았어요. 하지만 감옥에 가게 될지도 몰라요. 어머니도 이 점은 알아 두셔야 해요……."

그 말을 듣는 순간, 어머니는 두 손이 부르르 떨렸다.

파벨이 잠자리에 들자, 어머니는 창문 가로 가서 거리를 내다보았다. 창밖은 춥고 어두웠다. 가슴 깊은 곳에서 눈물이 밀려올라왔다. 아들이 그렇듯 침착하게 말했던 슬픈 일이 당장이라도 일어날 것만 같아 가슴이 옥죄었다.

세월은 구슬을 꿰듯 하루하루 흘러갔다. 몇 주일이 지나고 몇 달이 흘렀다. 매주 토요일이면 파벨의 집에는 어김없이 동지들이 찾아들었고, 모임은 긴 사다리를 타고 오르듯 한 걸음 한 걸음 그들을 어딘가 먼 곳으로 이끌어 가고 있었다.

새로운 사람들도 나타났다. 파벨의 작은 방은 사람들로 꽉 차서 숨이 막힐 지경이었다. 나타샤는 여전히 꽁꽁 얼고 지친 모습으로 나타났지만, 언제나 명랑하고 생기발랄했다. 어머니는 양말을 짜서 손수 신겨 주었다. 나타샤는 처음엔 환히 웃더니 곧 얼굴빛이 어두워졌다.

"제게 유모가 있었는데요. 정말 좋은 분이셨죠! 어머니, 정말 이상하죠? 노동자들은 그야말로 비참하리만큼 힘들게 살아가는데도 저들보다 더 따뜻한 가슴과 선량한 마음씨를 갖고 있으니 말예요."

"아가씨도 참 대단해! 부모와 모든 걸 다 버리다니……."

어머니는 미처 말을 맺지 못하고 입을 다물었다. 나타샤에게서 고마움 같은 것이 느껴졌다.

"제가 부모님을 버렸다고요?"

그녀가 말했다.

"그건 조금도 중요하지 않아요! 제 아버진 아주 난폭한 사람이었어요. 오빠도 그렇고요. 주정뱅이였거든요. 반면에 언니는 참 불행한 사람이에요. 자기보다 나이가 훨씬 많은 사람에게 시집을 갔으니…… 남편이라고 해 봐야 돈만 많았지 탐욕스럽기 짝이 없는 사람이거든요. 하지만 우리 어머니는 좋은 분이었어요. 어머니처럼요. 가끔 우리 어머니가 보고 싶어요……."

"저런, 딱하기도 하지."

어머니는 서글픈 듯 고개를 끄덕였다. 나타샤는 재빨리 고개를 가로젓고는 마치 뭔가를 밀쳐 내듯 손을 뻗으며 말했다.

"아니에요! 전 때때로 한없이 큰 행복과 기쁨을 느끼는걸요."

그녀의 창백한 얼굴과 푸른 눈이 밝게 빛났다. 그녀는 어머니의 어깨에 두 팔을 얹고 의미심장한 목소리로 속삭였다.

"만약 어머니께서 우리가 얼마나 위대한 일을 하는지 아신다면……."

어머니는 마루에서 일어서며 슬픈 어조로 말했다.

"그러기엔 난 너무 늙었어. 배운 것도 짧고……."

파벨은 갈수록 점점 더 자주, 점점 더 길게, 그리고 점점 더 격렬하게 논쟁을 벌였다. 그러는 동안 하루가 다르게 야위어 갔다. 그는 나타샤를 바라보거나 그녀와 이야기를 나눌 때 유난히 두 눈이 더 반짝거렸다. 목소리 역시 더 부드러워지고 다정해지는 듯했다.

이따금 나타샤 대신 니콜라이 이바노비치라는 사람이 왔다. 그는 안경을 끼었으며 구레나룻이 길었다. 말투가 특이한 것으로 보아, 다른 지방 출신인 듯했다. 그는 가정생활을 비롯해서 아이들이나 빵, 고기 같은 아주 일상적인 이야기를 주로 화제에 올렸다. 그야말로 보통 사람들이 하루하루 살아가면서 맞닥뜨리게 되는 일들에 관한 이야기였다. 그는 그 안에서 잘못된 부분들을 예리하게 잡아내어 지적하였다.

그런데 모든 것을 자기 방식대로 바꾸고 싶어 하는 듯이 보였다. 어머니는 그 부분이 마음에 들지 않았다. 하지만 그가 작별 인사를 할 때, 그녀의 손을 덥석 움켜쥐면서 힘차게 악수를 하자 금세 마음이 편안해졌다.

시내에서 오는 사람들이 점점 많아지고 횟수도 잦아졌다. 그 중에 키가 크고 호리호리하며 창백한 얼굴에 눈이 큰 사샤라는 아가씨가 있었다. 걸음걸이나 행동거지가 꼭 남자 같았다. 말을 할 때는 곧게 솟은 콧날이 가볍게 떨리곤 했다.

"우리 사회주의자들은……."

어머니는 이 말을 들을 때마다 깜짝 놀란 얼굴로 그녀를 돌아다보았다. 어머니는 어렸을 때 사회주의자들이 황제를 죽였다는 얘기를 들은 적이 있었다. 농노를 해방시킨 것에 앙심을 품은 지주들이 황제를 죽이기 전까지는 머리카락 한 올 자르지 않겠다고 맹세를 했는데, 그 지주들을 사회주의자라 부른다고 한다는 말이 떠돌았다. (1861년 알렉산드르 2세가 '농노 해방령'을 발표하자 지주들의 불만이 자자했지만, 황제의 암살 계획으로 이어지진 않았다. '해방자'로 불렸던 황제를 암살한 것(1881)은 러시아 사회주의자들이 형성되기 전 농촌 사회주의를 이념으로 삼았던 인민주의자, 즉 나로드니키 중 '인민의 의지'로 불리던 그룹이었다. 말하자면 '어머니'는 잘못된 소문을 들었던 셈이다.—옮긴이) 그런데 지금 그녀는 자신의 아들과 친구들이 어째서 그런 무시무시한 사회주의자라는 것인지 도무지 이해가 되지 않았다.

어머니는 그런 무서운 말을 서슴없이 내뱉는 사샤가 마음에 들지 않았다. 그래서 그런지 그녀가 나타날 때마다 유난히 더 불안하고 거북했다.

한번은 어머니가 불만을 감추지 못하고 입술을 실룩거리며 안드레이에게 말했다.

"사샤는 왜 저리 과격하지? 무슨 일이든 죄다 좌지우지하려 들어. 이거 해라, 저거 해라, 명령만 하고……."

"맞아요. 어머니가 정곡을 찌르셨어요. 안 그래, 파벨?"

안드레이는 두 눈 가득 웃음을 담은 채 이렇게 말하고는 어머니에게 눈을 찡긋해 보였다.

"귀족 출신이거든요."

그러자 파벨이 무뚝뚝한 목소리로 말했다.

"사샤는 좋은 여자예요."

"그렇지. 하지만 자기가 무엇을 해야 하는지, 또 우리가 무엇을 원하는지, 우리가 무엇을 할 수 있는지는 잘 이해하지 못하는 것 같아."

두 사람은 또다시 어머니가 잘 알아들을 수 없는 말로 토론을 하기 시작했다.

어머니는 사샤가 파벨에게 무척 냉정하게 대할뿐더러 때때로 야단을 치는 모습까지 보았다. 하지만 파벨은 언제나 부드러운 미소가 어린 눈길로 그녀를 바라보았다.

어머니는 종종 그 모임에서 느닷없이 터져 나오는 환호성에 놀라곤 했다. 신문에서 외국 노동자들에 대한 기사를 읽을 때에 특히 더 그러했다.

"독일 동지들, 정말 대단해!"

"이탈리아 노동자 만세!"

그럴 때면 그들은 자신들의 외침이 멀리멀리로 퍼져 나가 말도 통하지 않는 외국의 동지들이 듣고 이해하리라고 믿는 것만 같았다.

한번은 어머니가 안드레이에게 말했다.

"자네들도 참! 아니, 아르메니아 인이나 유대 인이나 오스트리아 인이나 기쁨과 슬픔을 다 함께 나눈다니!"

그러자 그가 힘차게 말했다.

"예, 우리에겐 국가도 없고 민족도 없고, 오직 동지와 적이 있을 뿐입니다. 모든 노동자는 우리의 동지이고, 모든 권력자는 우리의 적입니다. 이 세상의 노동자들은 모두 형제예요. 그가 누구이고 이름이 무엇이든, 사회주의자들은 정신적으로 항상 형제예요. 언제나, 영원히!"

그들은 사랑의 감정으로 충만해서 두 눈을 반짝였다. 그리고 마치 꿈을 꾸듯 오랫동안 프랑스와 영국, 스웨덴 등 세계 여러 나라의 노동자들에 대해서 이야기했다. 좁은 방 안에서 전 세계 노동자들과 정신적 연대감이 생겨나고 있었다. 이러한 연대감은 사람들을 한마음으로 결집시키는 데 큰 힘이 되었다.

어머니는 그들의 신념을 확인할 때마다 정말로 이 세상에 뭔가 위대하고 찬란한, 하늘의 태양과도 같은 그 무엇이 잉태되고 있음을 느끼지 않을 수 없었다.

그들은 노래도 자주 불렀다. 익히 알려진 노래를 합창하기도 했고, 무거운 분위기의 새로운 노래를 부르기도 했다. 새로운 노래들은 찬송가같이 아름답고도 구슬픈 화음을 자아내었다.

새로운 노래 중 한 곡이 어머니의 가슴에 깊은 감동을 주었다.

그 노래에는 인생의 슬픈 고뇌도, 영혼의 신음도, 가난의 두려움도 담겨 있지 않았다. 모든 것을 파괴하기만 할 뿐 아무것도 생성해 내지 못하는 맹목적인 증오나 분노도 없었다. 거친 가사와 딱딱한 곡조는 마음에 들지 않았지만, 그 가사와 곡조를 넘어서 머리로는 알 수 없는 커다란 무엇인가가 가슴으로 전해져 왔다. 어머니는 그 무언가를 그들의 얼굴과 눈빛에서 읽을 수 있었고 가슴으로 느낄 수 있었다. 그래서 그 노래를 들을 때면 자기도 모르게 주의를 기울였고, 이상하게도 다른 노래를 들을 때보다 마음이 더 불안해졌다.

사람들도 그 노래는 다른 노래보다 훨씬 나직하게 불렀다. 그러나 그 노랫소리는 다른 어떤 노래를 부를 때보다 힘이 흘러넘쳐, 다가올 봄의 공기처럼 따스하게 사람들을 에워쌌다.

거의 매일 저녁 공장 일이 끝난 후 파벨의 친구들이 찾아왔다. 그들은 책을 읽기도 하고, 책에서 뭔가를 베껴 쓰기도 했다. 그러고는 저녁밥을 먹기가 무섭게 양손에 책을 들고서 차를 마셨다. 그들이 나누는 이야기 중에는 어머니가 이해할 수 없는 것들이 점점 더 많아졌다.

"우리도 소식지를 찍어야겠어."

파벨은 이런 말을 자주 했다. 사람들은 점점 더 분주해지고 열광적으로 변해 갔다.

"사람들이 우리 이야기를 하기 시작했어. 빨리 몸을 숨겨야 할 것 같아."

어느 날 니콜라이 베솝쉬코프가 말했다. 그러자 안드레이가
대답했다.

"메추라기는 그물에 걸려들려고 태어났다던가!"

어머니는 시간이 지날수록 안드레이가 더 마음에 들었다. 파
벨이 집에 없는 일요일이면 그가 찾아와 장작을 패 주기도 하
고, 썩어서 내려앉는 현관 계단을 고쳐 주기도 했다. 그뿐 아니
라 다 쓰러져 가던 울타리를 감쪽같이 수리해 놓기도 했다. 그
는 일을 할 때 늘 휘파람을 불었는데, 그 소리가 참 아름답고도
구슬펐다.

어느 날 어머니가 파벨에게 말했다.

"안드레이를 우리 집에서 하숙시키면 어떻겠니? 너희 둘 다
좋을 거 같은데. 서로 왔다 갔다 하지 않아도 되고."

"힘드시지 않겠어요?"

파벨은 어깨를 들썩이며 말했다.

"아니, 힘들긴! 난 평생 아무 영문도 모른 채 힘들었잖니? 좋
은 사람을 위해서라면야 얼마든지 힘들어도 괜찮단다."

"좋을 대로 하세요. 그가 우리 집으로 온다면야, 저는 더 이상
바랄 게 없지요……."

며칠 후부터 안드레이는 그들과 함께 살기 시작했다.

제 3 장
수 색

파벨의 집은 사람들의 주목을 받기 시작했다. 감시의 눈초리
가 쉼 없이 담벼락을 더듬었다. 무성한 소문의 날개들이 끝없이
그 집 상공을 날아다녔다. 사람들은 집 안에 숨어 있는 무언가
를 밝혀내려고 애썼다. 밤마다 창문을 기웃거리다가 손가락으
로 슬쩍 두드려 보고는 지레 겁을 먹고 도망을 치기도 했다.

하루는 거리에서 동네 술집 주인인 베군초프가 어머니를 불
러 세웠다.

"펠라게야 닐로브나, 그동안 잘 지내셨소? 아들놈은요? 결혼
은 안 한대요? 장가갈 나이잖아요? 가정이 있어야 사람 노릇을
제대로 하지. 나 같으면 진작 장가를 보냈겠소. 요즘 애들은 감

시를 잘해야 해요. 요새 것들은 머리를 쓰거든. 사상인가 뭔가로 미쳐 날뛰는 데다 별짓을 다 하잖소. 젊은 놈들이 가라는 교회는 안 가고 사람들 모이는 데는 얼씬도 안 하면서 왜 저희끼리만 모여서 속닥거려? 사람들 있는 데선 왜 아무 말도 못 하냐고. 선술집 같은 데, 얼마나 좋아! 비밀 좋아하시네!"

그는 모자를 벗어 허공에다 흔들면서 그 자리를 떠났다. 어머니는 어찌할 줄을 모른 채 한참 동안 그대로 서 있었다.

이웃에 사는 마리야는 남편이 죽고 난 뒤부터 공장 입구에서 먹거리를 팔아 가까스로 생계를 꾸리고 있었다. 그녀는 시장에서 어머니와 마주치자 대뜸 이렇게 말했다.

"아들 잘 감시해, 닐로브나!"

"그게 무슨 소리야?"

"요상한 소문이 돌고 있어. 그다지 좋지 않은 소문이라오. 당신 아들이 이상한 조합을 만들었다던가? 이단 종파라나 뭐라나. 신도들끼리 채찍으로 마구 때리는……."

"됐어, 마리야. 말도 안 되는 소리 하지 마!"

"말이 안 되긴! 아니 땐 굴뚝에 연기 나겠어?"

어머니는 밖에서 들은 이야기들을 아들에게 전해 주었다. 파벨은 말없이 어깨를 으쓱거렸고, 안드레아는 껄껄거리며 큰 소리로 웃었다.

"여자애들도 너희 욕을 많이 하더라. 너희는 사실 어디에 내놓아도 훌륭한 신랑감이잖니? 일 열심히 하지, 술은 입에도 안 대지……. 그런데 저희를 거들떠보지도 않으니, 원."

"맘대로 생각하라지요, 뭐."

파벨은 탐탁지 않은 듯 얼굴을 찡그리며 대꾸했다.

"어느 수렁에서고 썩은 냄새는 나게 마련이야. 어머니, 그런 말을 지껄이는 얼간이들에게 결혼이 얼마나 사람을 골병 들게 하는지 알려 주지 그러셨어요."

안드레이는 한숨 섞인 목소리로 말했다.

"그 사람들이라고 그걸 모르겠니? 다 알아. 하지만 달리 방법이 없으니 어쩌겠니? 차라리 너희가 그들을 가르치지 그러니? 더 똑똑한 사람을 이리로 모셔오든가……."

파벨은 잠시 동안 생각에 잠겼다가 이렇게 말했다.

"사람들은 처음에 미친 듯이 한데 어울려 다니죠. 그러다 그 가운데 몇몇이 결혼을 하죠. 그러면 그걸로 모든 게 끝이에요."

어머니는 아들의 냉정한 얼굴을 말없이 바라보았다. 아들의 금욕주의자 같은 태도가 당혹스럽기만 했다. 언젠가 한번은 잠자리에 들었다가, 얇은 칸막이 벽 너머에서 아들과 안드레이가 속삭이는 소리를 들었다.

"난 나타샤가 마음에 들어. 자네도 알고 있지?"

안드레이가 나지막한 목소리로 말했다. 파벨은 간격을 두고 대답했다.

"알고 있어."

"나타샤도 알고 있을까?"

"알고 있겠지. 그것 때문에 우리하고 공부하는 걸 꺼리는 것 같던데?"

안드레이가 방 안을 왔다 갔다 하는 소리가 들렸다. 잠시 후 구슬픈 휘파람 소리가 잔잔하게 울려 퍼졌다.

"내가 만일 그녀에게 고백을 한다면……."

"뭘?"

"뭐긴, 내가 지금 말한……."

"왜?"

파벨이 대뜸 그의 말을 가로막았다. 그러자 안드레이는 걸음을 멈추고 웃음을 터뜨렸다.

"난 여자를 사랑한다면 그녀 앞에서 고백을 해야 한다고 생각해. 그러지 않는다면 무슨 의미가 있어?"

파벨은 '탁' 하고 소리가 나게 책장을 덮었다. 그러곤 이렇게 되물었다.

"무슨 의미가 있어야 하는데?"

한동안 아무 말도 들리지 않았다. 잠시 후, 파벨이 천천히 말문을 열었다.

"그녀도 형을 좋아한다고 치자. 재밌는 결혼이 되겠네. 인텔리 여성과 노동자라! 얼마 후 두 사람은 아이들을 낳을 거고, 형은 그저 빵 한 조각을 얻는 데 급급하게 되겠지. 아이들을 위해서, 살 집을 구하기 위해서 말이야. 우리 일은 더 이상 할 수 없을 거야. 둘 다 말이지."

또다시 조용해졌다. 시계추 소리만 똑딱똑딱 들려왔다. 조금 뒤 안드레이의 목소리가 들렸다.

"가슴의 반은 사랑, 또 다른 반은 괴로움이라. 이게 진정 인간의 심장이랄 수 있을까?"

이윽고 책장을 넘기는 소리가 들렸다. 파벨이 다시 책을 읽기 시작한 모양이었다. 어머니는 뒤척이는 소리를 내지 않으려고 조심하면서 천천히 눈을 감았다. 두 사람 다 너무나 가엾게 느껴졌다.

갑자기 안드레이가 물었다.

"자넨 내가 나타샤에게 아무 말도 하지 않아야 된다고 생각하나?"

"그 편이 더 나을 거야."

파벨이 나직한 목소리로 말했다.

"이 길이 우리가 가야 할 길이라면…… 좋아, 자네 말을 따르겠어. 자네가 내 입장이더라도 역시 힘들었겠지?"

"나는 이미 힘들어하고 있어……."

바람이 담벼락을 쓸고 지나갔다. 시계추가 흐르는 시간을 정확하게 계산해서 어김없이 알려 주었다.

"지금 한 말, 농담은 아니겠지?"

안드레이가 천천히 말했다.

어머니는 베개에 얼굴을 묻고 소리 없이 눈물을 흘렸다.

다음 날 아침, 어머니 눈에는 안드레이의 키가 조금 작아진 듯이 느껴졌다. 그런데 이상하게도 그것이 더 사랑스러워 보였다. 하지만 파벨은 비쩍 마른 몸매 탓인지 여전히 뻣뻣해 보였다.

어머니는 짐짓 안드레이를 부드럽게 불렀다.

"안드레이, 장화를 수선해야겠구나. 그대로 신고 다니다간 동상에 걸리겠어."

"그렇잖아도 월급 받으면 새로 사려고 했어요!"

그는 이렇게 대답하고는 웃으면서 어머니의 어깨에 기다란 손을 얹었다.

노동자촌에는 사회주의자들에 관한 이야기가 무성하게 떠돌았다. 그들이 소식지를 만들어 뿌리고 다닌다는 것이었다. 소식지에는 공장의 갖가지 제도를 신랄하게 비판하는 내용과 함께 상트페테르부르크와 남부 러시아의 노동자들이 벌이고 있는 파업 소식, 그리고 노동자의 권익을 위한 투쟁에 동참할 것을 호소하는 글들이 담겨 있었다.

공장에서 임금을 괜찮게 받는 축에 속하는, 그러니까 어느 정도 나이가 든 사람들은 무조건 욕부터 해 댔다.

"선동자들 같으니! 저런 것들한텐 본때를 보여 줘야 해!"

반면에 젊은이들은 소식지를 열심히 읽었다.

"죄다 옳은 소리네!"

하지만 매일매일의 노동에 지쳐 그 어떤 일에도 무관심해져 버린 대부분의 사람들은 별다른 반응을 보이지 않았다.

"그래서 뭐 어쨌다는 거야? 그런다고 뭐가 달라지겠어?"

그러나 소식지는 알게 모르게 사람들의 마음을 흔들고 있었다. 소식지가 한 주라도 거르게 되면 서로들 머리를 맞대고 수군거렸다.

"이제 때려치운 모양이지?"

그러나 다음 월요일이면 소식지는 어김없이 뿌려졌고, 그와 동시에 노동자들은 또다시 술렁대었다. 공장과 선술집에 낯선 사람들이 눈에 띄기 시작했다. 그들은 무언가 냄새를 맡으려는 듯 이것저것 캐묻고 다녔다.

어머니는 이런 소란에 파벨이 깊게 연루돼 있다는 걸 알고 있었다. 최근 들어 사람들이 아들 주변으로 더 많이 모여들었다. 파벨이 자랑스럽게 느껴지면서도, 아들에게 닥쳐올지도 모르는 위험 때문에 마음이 몹시 불안하였다.

어느 날 저녁, 마리야가 창문을 두드렸다. 어머니가 창문을 열자 그녀는 대뜸 큰 목소리로 이렇게 말했다.

"닐로브나, 조심해. 다 끝났어! 오늘 밤에 수색을 한대. 당신네 집은 물론 페자와 니콜라이네 집까지…….”

마리야의 도톰한 입술이 빠르게 움직였다. 그녀는 콧김을 내뿜으며 연방 이쪽저쪽을 살폈다.

“난 아무것도 몰라. 난 아무것도 말하지 않은 거야. 오늘 난 당신을 보지도 못했어. 알았지?”

그녀는 서둘러 사라졌다.

어머니는 창문을 닫고 천천히 의자에 걸터앉았다. 그러다 아들에게 위험이 닥치고 있다는 것을 깨닫고 얼른 옷을 챙겨 입은 다음 페자의 집으로 달려갔다. 몸이 아파서 일을 나가지 못한 페자는 창가에 앉아 책을 읽고 있다가 소식을 듣고 자리에서 벌떡 일어났다. 그의 얼굴이 대번에 새하얗게 질렸다.

어머니는 떨리는 손으로 이마의 땀을 닦으며 물었다.

“드디어 그놈들이……. 이제 어떻게 하면 좋겠니?”

페자는 곱슬머리를 천천히 쓸어 넘기며 대답했다.

“진정하세요, 어머니. 두려워해서는 안 됩니다!”

“너도 두려운 것 같은데!”

어머니의 말에 페자의 두 뺨이 새빨개졌다. 그는 억지로 웃음을 지어 보이며 대답했다.

“저요? 예, 조금은요. 일단 파벨에게 이 사실을 알려야겠어요. 지금 가 볼게요. 어머니는 댁으로 가 계세요. 설마 그들이 고문이야 하겠어요?”

어머니는 집으로 돌아오자마자 책이란 책은 죄다 꺼내 가슴에 끌어안고는 숨길 곳을 찾느라 집 안을 두리번거렸다. 벽난로 속을 들여다보기도 하고 그 밑을 들춰 보기도 하고 물통 뚜껑을 열어 보기도 했다.

어머니는 당장이라도 아들이 일을 팽개치고 집으로 달려올 것만 같았다. 그러나 아들은 오지 않았다. 지칠 대로 지친 어머니는 책들을 부엌에 있는 긴 의자에 내려놓고 한참 동안 우두커니 앉아 있었다.

해질녘이 되어서야 공장에서 파벨과 안드레이가 돌아왔다. 어머니는 아들을 보자마자 소리쳤다.

"얘기 들었니?"

파벨은 웃으면서 대답했다.

"알고 있어요. 어머니, 겁나세요?"

"그래, 겁난다. 무지하게 겁이 나……."

"겁낼 필요 없어요. 그래 봤자 아무 소용도 없는걸요. 이런, 아직 차도 끓여 놓지 않으셨네?"

어머니는 의자에서 일어나 높이 쌓여 있는 책들을 손가락으로 가리키며, 마치 죄라도 지은 듯 기가 죽은 목소리로 말했다.

"내, 이놈의 책들 때문에……."

파벨과 안드레이가 웃음을 터뜨리자 어머니는 한결 힘이 나는 듯했다. 파벨은 책을 몇 권 골라 마당으로 가지고 나갔다. 안드레이는 사모바르를 불 위에 올려놓으며 이렇게 말했다.

"어머니, 별일 없을 거예요. 옆구리에 군도를 차고 장화를 신은 남자들이 찾아와서 여기저기 뒤지겠죠. 침대 밑과 벽난로, 다락, 지하실까지 샅샅이……. 몹시 화가 난 척하면서 말예요."

"넌 참 아무렇지도 않게 말하는구나!"

"전 하도 많이 당해서 이제 화도 나지 않아요. 달리 어떻게 하겠어요? 화를 내 봐야 일에 방해만 될 뿐이지요. 전에는 저도 화를 많이 내곤 했죠. 하지만 이제는 그럴 필요가 없다는 생각이 들어요. 사람들은 상대편이 자신을 해칠까 봐 늘 두려워해요. 그러다 보니 자기가 먼저 상대편을 때려눕히게 되는 거지요. 사는 게 다 그렇죠, 뭐."

그의 말에는 힘이 넘쳤으며, 두 눈에는 맑은 미소가 흘렀다. 그 덕택에 안절부절못하던 어머니의 마음도 자못 가라앉았다. 그때 파벨이 안으로 들어오면서 큰 소리로 말했다.

"이제 한 권도 찾아내지 못할걸!"

파벨은 세수를 하고 두 손을 깨끗이 닦은 다음 어머니를 바라보며 말했다.

"어머니, 저들에게 겁먹은 듯이 보여서는 안 돼요. 그러면 저들이 '옳지, 이 집에 뭔가가 있어. 그러니 저렇게 떨지.'라고 생각할 거예요. 어머니, 다시 말하지만 우린 잘못한 게 없어요. 진실은 우리 편이고, 우린 진실을 위해 평생을 바칠 겁니다. 그게 우리의 죄일 뿐이에요! 그러니 뭘 두려워하겠어요?"

"그래, 파벨, 힘을 내마!"

그러나 그날 밤 그들은 찾아오지 않았다.

헌병들은 한 달 뒤에야 나타났다. 파벨과 안드레이, 니콜라이 베솝쉬코프 셋이서 소식지에 관한 이야기를 나누고 있었다. 자정이 다 된 시각이었다. 어머니는 잠자리에 누워 막 잠을 청하려던 참이었다.

안드레이가 부엌을 빠져나가는 소리가 들렸다. 이윽고 현관에서 양동이가 넘어지는 소리가 나는가 싶더니 불현듯 문이 활짝 열렸다. 안드레이가 다급히 속삭였다.

"박차 소리가 들려!"

어머니는 벌떡 일어나 떨리는 손으로 옷을 챙겨 입었다. 현관에서 부스럭대는 소리가 들려왔다. 파벨이 문을 활짝 열어젖히면서 소리쳤다.

"거기, 누구요?"

회색 옷을 입은 키 큰 사내가 재빠르게 문 안으로 비집고 들어왔다. 그 뒤로 지역 경찰인 페자킨이 따라 들어왔다. 헌병 둘이 파벨을 밀어젖히고, 그의 양옆에 나란히 버티고 섰다.

"기다리던 사람이 아닌가 보지?"

까만 콧수염이 드문드문 난 장교가 이렇게 지껄이자, 페자킨이 어머니의 침대로 다가가 살기 넘치는 두 눈을 끔벅거리며 말했다.

"이 여자가 그놈의 어미입니다, 각하!"

그리고 파벨에게 손가락질을 하며 덧붙였다.

"바로 이놈입니다."

"파벨 블라소프?"

장교가 미간에 주름을 잡으며 물었다. 파벨이 고개를 끄덕이자 장교는 검은 콧수염을 쓰다듬으면서 이렇게 내뱉었다.

"이 집을 수색해야겠다."

그는 방 안을 힐끔 들여다보더니 성큼 안으로 들어섰다. 잠시 후, 현관에 낯익은 얼굴 둘이 나타났다. 늙은 주물공 트베랴코프와 그 집에서 하숙을 하는 화부 르이빈이었다. 참고인으로 불려 온 것이었다. 르이빈이 굵은 목소리로 인사를 했다.

"안녕하시오, 닐로브나!"

좁은 방 안에 사람들이 가득 들어차자, 구두약 냄새가 코를 찔렀다. 헌병 둘과 지역 경찰서장 리스킨이 요란하게 구두 소리를 내면서 책장에서 책들을 빼낸 다음 장교 앞에다 가져다 놓았다. 헌병들은 주먹으로 벽을 쳐 보기도 하고 벽난로 속을 뒤져 보기도 했다. 안드레이와 니콜라이 베솝쉬코프는 몸을 맞댄 채 한쪽 구석에 서 있었다.

장교는 하얗고 가느다란 손가락으로 재빠르게 책장을 넘겨

보기도 하고 책을 털어 보기도 한 다음 한 권씩 차례로 바닥에 툭툭 던졌다. 그때 니콜라이 베솝쉬코프의 날카로운 목소리가 침묵을 깼다.

"왜 책을 바닥에 던집니까?"

장교는 눈살을 찌푸리며 니콜라이 베솝쉬코프를 쏘아보고는 더 빠르게 손을 놀리며 책장을 넘겼다.

"병사!"

다시 니콜라이 베솝쉬코프가 외쳤다.

"책을 올려놔요……."

헌병들이 그의 얼굴과 장교의 얼굴을 번갈아 바라보았다. 장교는 고개를 들어 위협적인 시선으로 니콜라이 베솝쉬코프를 바라보더니 콧소리로 말했다.

"음, 그래, 올려놔……."

헌병 한 명이 허리를 숙이고 니콜라이 베솝쉬코프를 곁눈질하면서 바닥에 흩어진 책들을 주워 모았다. 장교는 가느다란 손가락을 우두둑 꺾고는 탁자 밑으로 다리를 쭉 펴며 니콜라이 베솝쉬코프에게 물었다.

"자네가 안드레이 나호드카인가?"

"그렇소!"

니콜라이 베솝쉬코프가 앞으로 나서며 대답했다. 그러자 안드레이가 그의 어깨를 잡아당기며 앞으로 나섰다.

"이 사람이 잘못 들었소. 내가 안드레이요!"

장교가 위협하듯이 손가락을 들어 니콜라이 베숩쉬코프를 가리키며 한마디 했다.

"너, 앞으로 조심해!"

장교는 가져온 서류를 마구 뒤적이기 시작했다.

"너, 안드레이! 전에 정치범으로 심문받은 적 있지?"

장교가 물었다.

"로스토프에서 심문을 받았고, 사라토프에서도……. 그런데 그곳 헌병들은 반말은 안 합디……."

장교의 눈에 언뜻 빛이 어리더니 이내 사라졌다.

"그럼 네가 모를 리 없겠군. 공장에 불온 문서를 뿌려 댄 더러운 놈들 말이야."

안드레이가 활짝 웃으며 뭐라고 대답을 하려는 찰나, 니콜라이 베숩쉬코프의 떨리는 목소리가 먼저 울려 퍼졌다.

"더러운 놈들이라니! 우린 그런 놈들을 오늘 여기서 처음 보고 있소!"

한순간 침묵이 흘렀다.

"저 짐승 같은 놈을 밖으로 끌어내!"

장교가 명령하자, 헌병 둘이 니콜라이 베숩쉬코프의 팔을 양쪽에서 끼더니 부엌 쪽으로 거칠게 끌고 갔다. 장교가 웃음을 띠며 말했다.

"안드레이 나호드카, 당신을 체포하겠소."

"뭣 때문에요?"

"나중에 말해 드리지!"

장교는 악의 어린 예의를 표하며 빈정거렸다. 어머니는 솟아오르는 적대감을 감추지 못하며 몸을 꼿꼿이 세웠다. 흉터에 피가 몰려 발그레하게 물이 들었으며, 아래로 처져 있던 눈썹이 위로 뻗쳐올랐다. 결국 어머니는 장교에게 몸부림을 치며 소리를 질렀다.

"당신들, 이 사람을 왜 잡아가는 거요!"

"할멈이 참견할 일이 아니오! 니콜라이 베솝쉬코프도 끌고와. 그놈도 체포한다."

장교가 의자에서 벌떡 일어서며 소리쳤다. 어머니는 모욕감과 무력감으로 눈물이 핑 돌았다. 장교가 그녀를 바라보더니 혐오스럽다는 듯 얼굴을 찡그리며 말했다.

"아직 울 때가 아니오, 할멈. 눈물을 아끼시오. 나중엔 눈물이 마르도록 울게 될 테니."

어머니는 울분을 참지 못하고 소리를 질렀다.

"이 세상 모든 어머니의 눈물은 마르지 않아! 네게도 어미가 있다면 그런 것쯤을 알 게다."

장교는 그녀의 말을 무시한 채 자물쇠가 반짝거리는 가방에 서류를 서둘러 챙겨 넣었다.

"잘 가, 안드레이. 곧 볼 거야. 잘 가, 니콜라이!"

파벨은 동료들의 손을 잡으며 따뜻하고 나직하게 말했다.

"바로 그거야. 곧 다시들 보게 될 거야!"

장교가 비웃으며 파벨의 말을 따라 했다. 마침내 회색 제복을 입은 일당들이 모두 현관을 빠져나갔다. 파벨은 뒷짐을 진 채 방 안을 왔다 갔다 했다. 어머니는 안타까운 눈길로 아들을 바라보았다. 그나마 파벨이 잡혀가지 않았기 때문에 안쓰러움이 덜했다. 그러나 자신이 조금 전에 목격한 사건에서 온전히 벗어나기는 쉽지 않았다.

어머니는 아들에게 다가가 조심스레 물었다.

"갑자기 들이닥쳐서 모두 잡아갔구나. 그놈들이 널 모욕한 거냐?"

"예! 정말 괴로워요. 같이 잡혀갔어야 하는 건데……."

파벨의 눈에 눈물이 맺혔다. 어머니는 아들의 아픔을 위로해 주고 싶어서 한숨을 쉬면서 말했다.

"너무 마음 아파하지 마라. 너도 곧 잡아갈 테니까!"

"예, 그러겠죠!"

어머니는 잠시 멈칫하더니 슬픔에 겨운 목소리로 말했다.

"가엾은 파벨. 그래, 얼마나 고통스러우냐? 난 이제 네가 굳이 설명해 주지 않아도 나쁜 게 뭔지 안단다. 그놈들이 잡아간 애들을 고문하진 않겠지?"

"그들은 영혼을 으깰 거예요. 추잡한 손으로……."

다음 날 저녁때 폐자가 찾아왔다. 그의 집도 수색을 당했다고 했다. 그는 그게 큰 자랑거리라도 되는 듯이 의기양양하게 떠들어 댔다.

"장교가 때릴까 봐 무서웠어요. 검은 안경이 코에 걸쳐져 있어서 마치 눈이 없는 사람처럼 보이더라고요. 그는 발을 쾅쾅 구르면서 저를 감옥에 처넣겠다고 소리치지 뭐예요."

그는 잠시 눈을 감고 입술을 깨물었다. 그러더니 파벨을 바라보며 다시 말을 이었다.

"만약 날 때리기라도 하는 날엔 비수처럼 날래게 몸을 던져서 그놈을 냅다 찌를 거야."

"넌 체격도 작은 데다 몸까지 허약한데, 어떻게 맞서 싸우겠다는 거냐?"

"그래도 싸울 거예요."

어머니의 물음에 폐자는 나지막한 소리로 대답한 뒤 밖으로 나갔다. 어머니가 웃으면서 파벨에게 말했다.

"저 애가 제일 먼저 쓰러지겠군."

파벨은 아무런 대답도 하지 않았다.

몇 분이 지난 후, 부엌 문이 천천히 열리면서 뜻밖에도 르이빈이 들어왔다.

"안녕하시오? 자, 내가 또 왔습니다. 어젯밤엔 끌려오다시피 왔지만 오늘은 내 발로 찾아왔습니다.”

파벨은 구레나룻이 성성한 그의 얼굴을 말없이 바라보았다. 어머니가 사모바르를 올려놓으러 부엌으로 가자, 르이빈이 자리를 잡아 앉으며 수염을 쓸어내렸다. 그러고는 마치 하다 만 이야기를 계속하기라도 하듯 스스럼없이 말을 꺼냈다.

“자네에게 모든 걸 솔직하게 털어놓겠네. 난 오랫동안 자네를 지켜보았네. 우린 바로 이웃에 살고 있잖은가. 자네 집에 사람들이 많이 드나들더군. 그러더니 자네에 대한 말들이 나돌기 시작했어. 이단자라고들 하더라고. 자네가 교회에 다니지 않는다고 말이야. 뭐, 나도 교회엔 다니지 않네. 그러다 얼마 후부터 소식지가 나돌았지. 그건 자네가 생각해 낸 거지?”

“맞습니다, 제가 했습니다.”

“아니, 무슨 소리냐! 너 혼자 한 게 아니잖니?”

부엌에서 듣고 있던 어머니가 떨리는 목소리로 소리쳤다. 그녀의 말에 르이빈이 미소를 지으며 대답했다.

“그렇겠지요. 소식지라…… 정말 좋은 생각이야. 소식지 때문에 사람들이 끊임없이 술렁거리고 있잖아. 열아홉 번 나왔던가? 나도 다 읽어 보았네. 이해하기 힘든 것도 있고, 불필요하다 싶은 것도 좀 있었지. 그러다 수색을 당했고……. 어제 자네와 안드레이, 그리고 니콜라이가 보여 준 행동은 퍽 인상적이었네.”

그는 잠시 창밖으로 시선을 돌리더니 손가락으로 탁자를 톡 톡 두드렸다.

"자네들의 방식을 아주 잘 보여 주었지. 너희가 뭐라고 하든 우리는 우리 일을 한다, 이거지. 안드레이가 공장에서 하는 말도 들은 적이 있어. 정말 강건한 친구야. 파벨, 자네 날 믿나?"

"그럼요, 믿어요!"

"그렇지. 이제 내 나이 사십이라네. 자네보다 두 배나 많지. 보고 들은 건 스무 배도 더 될 테고. 삼 년 동안 군대 생활도 했고 결혼도 두 번이나 했으니까."

어머니는 르이빈이 마치 과거를 고백하듯이 말하는 것을 보고 마음이 한결 누그러졌다. 하지만 파벨은 여전히 손님을 무례하게 대하고 있었다. 아들은 자리에서 일어나 뒷짐을 진 채 방 안을 이리저리 거닐기 시작했다.

"삶은 언제나 옳아요. 평생을 노동으로 먹고사는 우리를 단결하게 하는 힘이 곧 삶이니까요."

파벨은 권력에 대해서, 공장에 대해서, 그리고 외국의 노동자들이 자신들의 권리를 어떤 식으로 주장하는지에 대해서 격한 목소리로 말하기 시작했다. 르이빈은 손바닥으로 탁자를 내려치기도 하고, 큰 소리로 웃음을 터뜨리기도 했다.

"에헤, 자네는 아직 젊어서 사람들을 잘 모르는구먼!"

"나이보다는 옳고 그름을 먼저 따져야지요."

"자네 말대로라면 신이 우리를 속이고 있다는 거지? 물론 나도 종교가 위선적이라는 생각이 들긴 해!"

이 대목에서 어머니는 대화에 끼어들고 싶은 욕구가 강하게 일었다. 그녀는 아직까지 신을 자애롭고 성스러운 존재로 여기고 있었기 때문에 아들이 함부로 말하는 것이 마뜩지 않았다.

"하느님에 대해 말할 때는 다들 조심해야 해요! 만일 하느님이 안 계신다면, 나 같은 늙은이는 무엇을 의지하고 살란 말인지……."

어머니가 용기를 내어 말하자 파벨이 대꾸했다.

"전 어머니가 믿으시는 선하고 자비로운 하느님을 얘기하는 게 아니에요. 사제들이 신의 이름으로 몽둥이를 휘두르는 것처럼, 우리를 위협하는 신을 말하는 거예요. 우리에게 자기네 사악한 뜻을 따르라고 강요하는……."

르이빈이 말을 받았다.

"그래요, 그들은 하느님을 바꿔치기한 거요. 하느님은 인간을 자기를 닮은 형상으로 만들었다지 않소? 그런데 우린 야만적인 짐승처럼 살지 않습니까? 교회에서는 허수아비를 보여 주고 있을 뿐이지."

르이빈의 목소리는 힘이 넘쳐흘렀고, 눈빛은 그 어느 때보다 강렬하게 빛났다. 어머니는 그들의 대화에서 두려움을 느꼈다.

"아니, 나는 더 이상 듣지 않는 게 좋겠어. 이만 밖으로 나가 있도록 하지."

어머니는 고개를 저으며 부엌으로 나갔다.

"파벨, 만물의 근원은 머리가 아니고 가슴이야. 그 외에는 어떤 것도 인간의 영혼에서 자라날 수 없지."

"인류를 해방시켜 줄 수 있는 건 오직 이성뿐입니다."

"이성은 힘을 주지 않네. 가슴이 힘을 주는 거야. 머리가 아니란 말일세. 알겠나?"

르이빈은 어머니가 잠이 든 뒤에야 자기 집으로 돌아갔다. 그날 이후 르이빈은 자주 파벨을 찾아왔다. 파벨의 친구들이 있을 때면 한쪽 구석에 앉아 조용히 이야기를 듣기만 했다.

한번은 르이빈이 구석에 앉아 모두를 바라보며 침울한 목소리로 말했다.

"물론 현재에 대해서 말해야 하겠지. 하지만 앞으로 어떻게 될지 누가 알겠어? 지나치게 많은 것을 머릿속에 쑤셔 넣어서는 안 되는 법이네. 스스로 알아서 생각하라고 내버려 두게. 자네들은 그저 책을 그들 손에 쥐어 주면 돼. 그럼 민중이 알아서 스스로 답을 찾을 걸세."

파벨과 르이빈 둘만 있을 때는 논쟁이 끝없이 이어졌다. 하지만 논쟁이 도를 넘어서는 경우는 거의 없었다. 어머니가 보기에 두 사람은 마치 암흑 속에서 출구를 찾는 장님처럼 이쪽저쪽 있는 힘을 다해 더듬거리며 사방을 돌아다니는 것 같았다. 그러다 서로에게 걸려서 넘어진 채 뒤엉키기도 하고……. 그들은 그렇게 모든 것을 일일이 손으로 만져 보며 확인하고 싶어 했다.

　그들은 아주 대담하고도 무서운 단어들을 내뱉곤 했지만, 어머니는 이제 그런 단어들에 익숙해져서 그리 크게 놀라진 않았다. 신을 부정하는 말들의 이면에는 오히려 신에 대한 강한 믿음이 도사리고 있다는 것도 알게 되었다. 여전히 르이빈이 마음에 들지는 않았지만 처음만큼 적대감이 느껴지지는 않았다.

제 4 장

파벨, 감옥에 갇히다

공장 뒤편에 썩어 가는 늪지대가 있었다. 여름이면 그곳은 더
러운 냄새와 모기 떼, 그리고 온갖 병균의 온상이 되었다. 늪은
공장에 딸린 것이었다. 그 무렵 새로 부임한 사장은 늪을 바짝
말려서 이탄을 채취할 궁리를 했다. 늪을 건조시키면 지역 주민
들의 건강에 이로울 뿐 아니라 생활 조건도 향상된다는 명분을
내세웠다.

그런데 노동자들의 임금에서 일 퍼센트씩 걷어서 공사비로
쓰겠다는 발상이 문제였다. 노동자들은 급격히 동요했다. 게다
가 사무 직원들은 공사비 징수에서 제외한다는 발표는 노동자
들을 격분시키고도 남을 만했다.

그러한 발표가 있던 토요일, 파벨은 몸이 아파서 공장에 나가지 못했기에 이 사실을 전혀 모르고 있었다. 일요일 오후에야 주물공 시조프 영감과 철공 마호틴이 찾아와 소식을 전했다.

시조프 영감이 먼저 침착하게 말을 꺼냈다.

"늙은이들끼리 모여서 얘기를 좀 해 봤는데, 다들 자네에게 가 보라고 하더군. 자네는 뭘 좀 아는 사람 아닌가? 그래, 대체 그게 말이 되는 소린가? 사장이 우리 돈을 떼어다가 모기를 잡겠다는 게 말일세."

마호틴이 작은 눈을 반짝이며 덧붙였다.

"사 년 전에도 저 사기꾼 놈들이 목욕탕을 짓는다며 우리 돈을 뜯어 갔잖아. 그런데 지금 그 돈이 다 어디로 갔어? 목욕탕이 어디 있냐고?"

파벨은 공사비 징수의 부당성을 설명한 다음, 이 일로 공장 측이 얼마큼의 이익을 얻을 수 있는지 알려 주었다. 두 사람은 파벨의 이야기를 듣고는 인상을 잔뜩 찌푸린 채 각자의 집으로 돌아갔다.

어머니는 그들을 배웅하고 나서 웃음을 지으며 말했다.

"이제 노인들까지 너를 찾아와 상의를 하는구나!"

파벨은 마음에 걸리는 것이 있는 듯, 아무런 대답도 하지 않은 채 탁자 앞에 앉아 무언가를 쓰기 시작했다. 얼마 후, 그가 어머니에게 말했다.

"어머니, 부탁드릴 일이 있어요. 지금 당장 시내로 가셔서 이 쪽지를 전해 주세요……."

"위험한 일이냐?"

"예, 우리 소식지를 만드는 곳인데요. 공사비 징수하는 문제를 이번 호에 꼭 실어야 하거든요……."

"그래그래, 지금 바로 가마."

아들이 어머니에게 처음으로 하는 부탁이었다. 어머니는 파벨이 자기 일을 숨김없이 말해 주는 것이 기뻤다.

어머니는 저녁 늦게야 돌아왔다. 지쳐 보이긴 했지만 표정은 매우 만족스러워 보였다.

"사샤를 봤다! 네게 인사를 전하더구나. 예고르 이바노비치는 참 솔직하더라. 농담도 어찌나 잘하든지……. 근데 다들 네 걱정 뿐이었어."

파벨은 월요일에도 머리가 아파서 공장에 나가지 못했다. 점심 시간이 되자, 페자가 급하게 집 안으로 뛰어 들어왔다. 그는 몹시 흥분한 듯이 보였다.

"나와 봐! 다들 들고일어났어. 자넬 부르러 온 거야. 시조프 영감과 마호틴이 자네만큼 설명을 잘할 수 있는 사람이 없다고 했어. 자네도 보면 깜짝 놀랄 거야. 여자들까지 합세했거든."

어머니가 말했다.

"나도 가 봐야겠다. 다들 뭣 때문에 그러는 건지……."

"같이 가요!"

파벨이 말했다.

공장 안 공터에는 정말로 많은 사람들이 모여 있었다. 사람들의 웅성거림이 공장의 육중한 기계 소리와 증기 내뿜는 소리에 뒤섞여 회오리치고 있었다. 피곤한 가슴들 속에서 은밀히 졸고 있던 흥분이 잠에서 깨어나 급하게 출구를 찾고 있었다.

파벨이 앞으로 나섰다.

"동지들, 우리는 교회와 공장을 지었습니다. 그뿐입니까? 쇠사슬과 돈도 만들었어요. 말하자면 우리는 살아 있는 힘입니다. 사람들을 먹여 살리고 기쁨을 안겨 주는 힘 말입니다."

"옳소!"

르이빈이 외쳤다.

"우리는 어디서든 앞장서서 일했지만, 늘 가장 밑바닥에 있었습니다. 지금껏 단 한 번이라도 우리를 사람 대접해 준 자가 있습니까?"

"아무도 없어!"

누군가가 외치는 소리가 들렸다. 마치 메아리 같았다. 파벨은 감정을 억제해 가면서 차분한 목소리로 말을 이었다. 군중들은 그에게로 점점 더 가까이 다가갔다. 수많은 눈동자가 그의 얼굴에 고정되었다.

"우리는 뭉쳐야 합니다. 서로를 동지이자 가족으로 여기지 않는다면 우리의 권리를 쟁취할 수 없습니다."

"본론을 얘기해라!"

누군가가 어머니 곁에서 거칠게 소리쳤다.

"방해하지 마!"

양쪽에서 제지하는 목소리가 들렸다. 몇몇 사람들은 못마땅한 듯 얼굴을 찌푸렸다. 하지만 대부분의 사람들은 진지한 눈길로 파벨을 응시하였다.

"동지들, 우리 자신 말고는 그 누구도 우릴 도와주지 않는다는 사실을 알아야 합니다. '한 사람의 열 걸음보다 열 사람의 한 걸음을!' 이것이 우리의 강령입니다. 바로 이 강령으로 우리의 적을 이길 것입니다. 사장을 불러냅시다!"

이 말은 군중을 회오리처럼 사로잡았다. 웅성거리는 소리와 함께 이내 수십 명이 한목소리로 외쳤다.

"사장을 불러내라!"

"대표단을 보냅시다!"

어머니는 앞으로 헤집고 나가, 아들의 얼굴을 바로 밑에서 올려다보았다. 그녀의 얼굴에 자부심이 어렸다. 양철 지붕에 우박이 떨어지듯 여기저기서 고함과 욕설이 울려 퍼졌다.

파벨은 눈을 둥그렇게 뜨고 군중을 내려다보았다. 마치 그 속에서 뭔가를 찾고 있는 듯했다.

"대표를 뽑읍시다!"

"시조프요!"

"파벨이요!"

"르이빈!"

그때 갑자기 군중 속에서 외침이 들렸다.

"사장이 제 발로 걸어 나온다!"

군중은 길쭉한 얼굴에 수염을 뾰족하게 기른 키 큰 남자에게 길을 터 주었다.

"좀 지나갑시다!"

사장은 신속한 손놀림으로 군중을 밀어젖혔다. 그러나 노동자들의 몸을 직접 건드리지는 않았다. 그는 능숙한 시선으로 노동자들의 얼굴을 하나하나 훑어내렸다.

그가 다가오자 사람들은 모자를 벗고 인사를 하였다. 그의 갑작스런 출현으로 사람들 사이에 정적이 감돌았다. 이따금 나지막한 탄식이 흘러나오기도 했다. 거기에는 장난을 치다 들킨 어린아이 같은 후회가 설핏 묻어나고 있었다.

사장은 파벨과 시조프 영감 앞에서 걸음을 멈추고 이렇게 물었다.

"무슨 짓훤가? 왜 작업을 중단했지?"

몇 초 동안 침묵이 흘렀다. 사람들의 고개가 여문 이삭처럼 떨구어졌다. 시조프 영감 역시 어깨를 움츠리며 고개를 숙였다.

"묻는 말에 왜 대답을 안 하는 거야?"

사장이 소리치자, 파벨이 시조프 영감과 르이빈을 가리키며 대답했다.

"우리 세 사람은 동지들에게서 일 퍼센트 공사비 징수 철회를 요구하도록 위임을 받았습니다. 그런 식의 징수는 정당하지 않기 때문입니다."

"늪을 메우려는 내 계획이 자네들의 생활 개선을 위한 것이 아니라 착취를 위한 것이다, 이 말인가?"

"그렇습니다."

"노인장, 당신도 그렇소?"

사장은 대뜸 시조프 영감을 향해 물었다.

"예, 저도 마찬가지입니다. 저희는 한 푼도 아쉽기 때문에 깎이는 걸 원하지 않습니다."

시조프 영감은 다시 고개를 떨구며 잘못이라도 저지른 것처럼 어색하게 미소를 지었다. 사장은 날카로운 눈초리로 파벨을 노려보면서 말했다.

"자넨 꽤나 유식해 보이는군. 그래, 자네도 이번 조치를 이해할 수 없단 말인가?"

파벨이 큰 소리로 대답했다.

"공장 돈으로 늪을 메우겠다면 충분히 이해할 수 있지요."

"공장이 무슨 자선 사업하는 덴가? 모두들 당장 작업에 복귀

하도록 해! 만일 십오 분 내로 일을 시작하지 않으면 모두에게 벌금을 물리겠다."

사장은 차가운 목소리로 말하고는 저만치로 유유히 사라졌다. 그가 지나간 자리에는 볼멘소리만 가득했다.

"권리, 권리 하더니만. 에이, 우리 팔자에 무슨……."

"조금 전까진 잘도 나불대더니만, 사장이 납시니까 꿀 먹은 벙어리야!"

사람들의 아우성이 심해지자 파벨이 소리쳤다.

"동지들, 사장이 공사비 징수를 철회할 때까지 작업을 중단할 것을 제안합니다!"

여기저기서 격앙된 목소리가 터져 나왔다.

"무슨 바보 같은 소리야!"

"파업이라고?"

"그러다 목이 잘리기라도 하면?"

그때 르이빈이 파벨에게 다가오며 말했다.

"파업을 하긴 힘들 걸세! 돈 몇 푼에 눈이 뻘게지긴 해도 겁은 많거든. 삼백 명이나 따라오려나? 그 이상은 어려워. 쇠스랑 하나로 퍼 올리기에는 퇴비의 양이 너무 많아. 말은 잘했는데, 마음을 못 움직였어. 심장 깊숙이에 불을 댕겨야 해."

파벨은 한참 동안 아무 말이 없었다. 그러더니 집 쪽으로 천천히 발길을 돌렸다. 어머니와 시조프 영감, 르이빈이 그의 뒤를 따랐다.

시조프 영감이 어머니에게 말했다.

"우리 같은 늙은이들은 이제 무덤에나 가야 해요. 우리가 어떻게 살아왔소? 무릎 꿇고 벌벌 기면서 머리가 땅에 닿도록 굽실거리며 살지 않았소? 하지만 요즘 사람들은 우리와 달라요. 젊은이들을 보구려. 사장하고도 대등하게 말하잖아요. 전혀 거리낌이 없어요. 정말 대단해요! 아, 잘 가게, 파벨. 오늘 정말 잘했네! 자네는 꼭 새로운 방법을 찾아낼 걸세. 신의 가호가 있기를!"

르이빈이 중얼거렸다.

"자넨 이제 틈새를 메우는 시멘트와 같네! 파벨, 자넬 대표로 뽑자고 소리치던 사람들을 보았지? 사회주의자니 선동가니 하면서 수군대던 사람들 역시 바로 그들이었어! 당장 해고당하기는 싫고, 자네가 길을 내주면 따라가겠다는 거지."

파벨이 말했다.

"그들로선 그럴 수밖에 없겠죠."

르이빈이 다소 침울한 얼굴로 말했다.

"사람들의 말을 그대로 믿지는 말게. 늑대들이 서로 물고 뜯는 것과 별반 다를 게 없어."

집에 돌아온 파벨은 몹시 피곤하고 우울했다. 도무지 마음의 갈피를 잡을 수가 없었다. 그런데도 두 눈은 마치 무언가를 찾는 듯이 붉게 타올랐다. 어머니는 그 모습을 지켜보다가 조심스럽게 물었다.

"어디 아픈 데라도 있니?"

"제가 너무 어리고 약하다는 게 문제예요. 사람들이 저를 믿고 따라오지 못하는 건 다 그 때문이거든요. 앞으로 어떻게 해야 할지 모르겠어요. 저 자신한테 실망했어요!"

어머니는 어떻게든 아들을 위로해 주고 싶어서 차분한 목소리로 말했다.

"조금만 더 기다려 보렴. 오늘은 알아듣지 못했지만, 내일은 조금 더 이해하게 될 거야……. 누가 뭐래도 난 네가 옳다는 것을 안단다."

"어머니는 훌륭하신 분이에요."

파벨은 이렇게 말하고 뒤로 돌아섰다. 어머니는 모처럼 만에 들은 아들의 다정한 말을 혹시라도 흘릴세라 가슴에 꼭 품은 채 방을 나왔다.

그날 한밤중이었다. 어머니는 이미 잠자리에 들었고, 파벨은 침대에 누워 책을 읽고 있었다. 갑자기 헌병들이 들이닥치더니 마당이며 다락이며 가릴 것 없이 마구 뒤지기 시작했다. 누런 얼굴의 장교는 처음 왔을 때처럼 모욕적인 말을 서슴지 않았다. 파벨은 어머니에게 들릴락 말락 한 목소리로 속삭였다.

"절 잡아갈 거예요……."

어머니는 고개를 떨군 채 나지막이 대답했다.

"알았다……."

어머니는 그들이 아들을 감옥에 처넣을 것이라는 사실을 직감했다. 그러나 노동자들 대부분이 아들이 한 말에 동의했기 때문에 파벨을 위해 들고일어난다면 그리 오래 갇혀 있지는 않을 것 같았다. 어머니는 아들을 부둥켜안고 울고 싶었지만, 장교가 눈을 가늘게 뜬 채 지켜보고 있어서 차마 그렇게 하지 못했다. 장교는 왠지 어머니가 그렇게 해 주기를 바라는 듯했다.

그녀는 아들의 손을 꼭 잡고 숨을 고르며 천천히 말했다.

"파벨, 잘 다녀오너라. 필요한 건 다 챙겼니?"

"예, 걱정 마세요……."

"하느님이 함께하실 거다……."

파벨이 끌려나간 뒤, 어머니는 의자에 앉아 눈을 감고 조용히 흐느끼기 시작했다. 아들이 잡혀가는 것을 뻔히 보고서도 아무것도 하지 못하는 자신의 무력함에 화가 나서 견딜 수가 없었다. 진실을 좇는다는 이유로 아들을 앗아 간 사람들에 대한 적개심이 시꺼먼 소용돌이가 되어 가슴속을 휘돌았다.

어머니는 피투성이가 되어 쓰러져 있는 아들의 모습을 상상했다. 돌덩이 같은 공포가 가슴을 짓눌렀다. 어머니는 벽난로에 불을 지피지도 않고 밥상을 차리지도 않았다. 막상 자리에 눕자 이제까지 이렇게 외로운 적이 한 번도 없었던 듯했다.

최근 몇 년 동안 젊은이들이 즐거운 표정으로 분주하게 오가는 것을 보면서, 뭔가 중요하고도 기분 좋은 일이 일어날 것이라고 기대하며 살았다. 이런 즐거운 생활을 만들어 낸 아들의 진지한 얼굴이 늘 그녀 앞에 우뚝 서 있었는데……. 이제 그 아들이 사라져 버렸다. 그녀 곁엔 이제 아무도 남아 있지 않았다.

이튿날은 매우 느리게 흘러갔다. 그다음은 더더욱 지루하게 지나갔다. 어머니는 누군가를 기다렸지만 아무도 나타나지 않았다. 어김없이 저녁이 오고 밤이 되었다. 차가운 빗방울이 창문을 두드리고 있었다. 주위의 모든 것들이 고독한 슬픔에 젖어 죽어 가는 것만 같았다.

그때 창문을 두드리는 소리가 살며시 들렸다. 한 번, 두 번……. 어머니는 벌떡 일어나 문을 열었다. 사모일로프가 집 안으로 들어섰다. 그 뒤로 모자를 푹 눌러쓴 사람이 따라 들어왔다.

사모일로프와 같이 온 사람은 모자를 벗고 어머니에게 손을 내밀었다. 그리고 마치 그녀를 오래전부터 알고 지내던 사람처럼 다정하게 인사를 건넸다.

"안녕하십니까, 어머니! 절 알아보시겠어요?"

"아니, 당신은? 예고르 이바노비치?"

"예, 바로 알아보시는군요!"

그는 어머니를 다정한 표정으로 바라보았다.

"어머니, 오늘 아침에 니콜라이 이바노비치가 감옥에서 나왔습니다. 그 사람, 아시지요?"

"아니, 그 사람도 감옥에 있었어요?"

"두 달하고 열하루 있었지요. 거기서 안드레이와 파벨을 봤답니다. 모두들 걱정 말라며 어머니께 안부를 전하더래요. 이런 길을 가는 사람에게 감옥은 좋은 휴식처에 불과하다고요. 그런데 어머니, 혹시 엊그제 여기서 우리 동지 가운데 몇 사람이나 잡혀갔는지 아세요?"

"아니, 몰라요. 파벨 말고 또 있나요?"

"파벨은 마흔아홉 번째입니다. 앞으로도 십여 명 더 잡아갈 거랍니다."

어머니는 그 말에 마음이 한결 놓였다.

'그 애 혼자 감옥에 있는 건 아니구나!'

"그렇게 많이 잡아갔다면 오래 잡아 두진 못하겠군요……."

"바로 그겁니다. 만일 우리가 이번 '예배'를 잘 드리면 놈들은 바보가 될 거예요. 소식지 말예요. 우리가 이번에 그것을 뿌리지 못하게 되면 파벨과 동지들이 모든 죄를 뒤집어쓰게 되거든요."

"그게 무슨 말이죠?"

"간단하죠. 파벨을 잡아들이고 난 뒤로 소식지가 끊겼다! 그럼 그들이 어떻게 생각하겠어요? 파벨이 주범이라고 믿겠죠!"

"이제 알겠어요, 알겠어! 그럼 어떻게 해야 하나요?"

부엌 쪽으로 가 있던 사모일로프가 불쑥 끼어들었다.

"하던 일을 계속해야지요. 목적을 위해서뿐만 아니라 동지들을 구출하기 위해서라도!"

예고르가 웃음을 띠며 말을 받았다.

"한데 일을 할 만한 사람이 없습니다. 소식지를 공장에 들여갈 수가 없거든요. 이제까지와는 다른 거죠!"

"공장 입구에서 몸 수색이 철저해졌어요!"

사모일로프가 덧붙였다. 어머니는 두 사람이 자기에게 무언가를 기다리고 있다고 느끼면서 조심스럽게 물었다.

"그럼 어떻게 하지? 어떻게 하면 돼요?"

사모일로프가 문 앞에 서서 말했다.

"어머니, 행상하는 마리야를 아시지요?"

"알지. 근데?"

"그분하고 얘길 좀 해 보세요. 도와줄 수 있는지……."

어머니는 곧바로 손을 내저었다.

"아이고, 안 돼요! 그 여자 입이 얼마나 가벼운데. 암, 안 되고말고! 게다가 내 입으로 말했다간……. 안 돼요, 안 돼!"

그러다가 어머니는 갑자기 무슨 생각이 떠올랐는지 이렇게 말했다.

"내게 주시오, 내게! 내가 직접 방법을 찾아볼게요! 그 여자에게 날 보조로 써 달라고 부탁하면 될 것 같아. 나도 먹고살려면 일을 해야 하잖아. 내가 점심 날라다 주는 일을 돕겠다고 하면 될 거예요. 내가 하는 게 좋겠어!"

어머니는 두 손을 가슴에 꼭 얹고 일이 다 잘될 거라고 거듭 확신하면서 자신 있게 말했다.

"그놈들이 보게 될 거야. 파벨이 없어도, 감옥에 가 있어도 일이 돌아간다는 걸! 반드시 보게 될 거야!"

세 사람 얼굴에 갑자기 활기가 돌았다. 예고르가 손바닥을 문지르며 웃음을 지었다.

"어머니, 정말 대단하십니다! 이게 얼마나 굉장한 일인지 모르실 거예요. 정말 황홀할 지경입니다!"

어머니는 미소를 지었다. 만일 소식지가 공장에 뿌려지면 당국에서도 아들이 그걸 뿌린 게 아니라고 생각할 것이다. 그녀는 벌써 그 일을 해내기라도 한 듯이 기쁨으로 몸을 떨었다.

두 사람이 떠나자, 어머니는 문을 잠그고 방 한가운데에 무릎을 꿇고 앉아 기도를 올렸다. 그녀는 아들 파벨이 자기 삶 속으로 끌고 들어온 모든 사람들을 위해 기도했다. 그들은 모두 고독하지만, 친형제처럼 하나로 뭉쳐 그녀와 성모상 사이를 오가고 있는 것처럼 느껴졌다.

다음 날 아침 일찍, 어머니는 마리야에게 달려갔다. 마리야는 호들갑스럽게, 그러나 동정 어린 목소리로 어머니를 맞이했다.

"그래, 얼마나 상심이 되우?"

그녀는 통통한 손을 어머니의 어깨에 얹으며 이렇게 말했다.

"그렇다고 절망하면 못써! 잡아가고 끌고 가고, 이게 다 무슨 일이람! 괜찮아. 전에는 도둑질을 했다고들 잡아들였지만, 지금은 옳은 말 했다고 잡아가잖우? 파벨이 뭐 틀린 말 했남? 다들 알아. 모두를 위해 나섰는데, 뭐. 걱정 말아요. 말은 안 해도 다들 누가 옳은지는 알고 있으니까."

"나, 일자리 좀 부탁하러 왔어!"

어머니가 그녀의 수다를 가로채며 말했다.

"그건 또 무슨 소리야?"

마리야는 어머니의 이야기를 귀 기울여 듣고는 알았다는 듯이 고개를 끄덕였다.

제 5 장
용감한 어머니

공장 노동자들은 금세 새로운 행상을 알아보았다. 몇몇은 다가와 격려를 하기도 했다.

"일을 시작하셨군요, 닐로브나?"

어떤 사람들은 파벨이 곧 풀려날 거라며 위로를 하기도 했고, 또 어떤 사람들은 안됐다며 동정을 보내기도 했다. 또 몇몇은 헌병과 사장을 욕하며 어머니의 공감을 얻으려고도 했다. 물론 그녀를 표독스럽게 바라보는 사람들도 있었다. 출퇴근 기록계원인 이사이는 아예 악의적으로 빈정거렸다.

공장 안에는 심상치 않은 분위기가 감돌고 있었다. 노동자들이 끼리끼리 모여 웅성거렸는데, 때때로 욕설과 냉소적인 웃음소리가 들려오곤 했다.

그날 공장에서 일을 마치고 돌아온 어머니는 마리야의 집에서 일을 도와주기도 하고 수다를 들어주기도 하다가 밤늦게야 집으로 돌아왔다. 텅 빈 집은 춥고 썰렁했다.

창밖에 눈발이 날리기 시작했다. 밤이 깊어졌을 즈음 문밖에서 인기척이 나더니 사샤가 모습을 드러냈다. 그녀를 본 지 오래되긴 했지만 첫눈에도 몸이 많이 불었다는 것을 알 수 있었다.

어머니는 무엇보다도 이 밤에 사람이 찾아왔다는 사실이 기뻐서 얼른 인사를 건넸다.

"잘 지냈소? 오랫동안 보이지 않더니……. 어디 갔다 왔어요?"

"감옥에요. 니콜라이 이바노비치, 아시지요? 그분하고 같이 잡혀갔더랬어요……."

"알다마다! 예고르가 알려 주었어요. 그런데 아가씨 얘기는 없어서……."

"예, 그랬군요. 예고르는 아직 안 왔지요? 저부터 옷을 갈아입어야겠네요."

사샤가 주위를 둘러보며 말했다.

"그래요, 온통 다 젖었구려……."

"예, 소식지를 가져오느라……."

사샤는 외투의 단추를 풀고 몸 안에서 종이 뭉치를 끄집어내 마룻바닥에 내려놓았다. 어머니는 마룻바닥에서 그것들을 주워 올리며 빙긋 웃었다.

"난 그새 왜 그렇게 뚱뚱해졌나 했네. 시집가서 아이를 가졌나 하고 말이우. 아이고, 얼마나 많이 가져온 게야? 이걸 가지고 여기까지 걸어서 왔어요?"

"예."

사샤는 다시 전과 같이 날씬한 모습이 되었다. 그녀의 뺨은 유난히 홀쭉했으며, 눈 밑은 거뭇거뭇하기까지 했다. 조금 뒤 예고르가 도착했다.

"우아! 차 끓이시는 겁니까? 세상에서 제일 반가운 소식이군요. 사샤, 벌써 와 있었군."

그는 외투를 벗으면서 계속 말을 했다. 작은 부엌이 그의 쉰 목소리로 가득 찼다.

"어머니, 이 아가씨는 당국의 요주의 인물입니다! 감옥에서 간수에게 모욕을 당하자, 사과하라며 일주일 동안 단식을 했거든요. 정말 대단하지 않아요?"

"그러다 죽기라도 하면 어쩌려고?"

어머니가 깜짝 놀라며 물었다.

"뭐, 어쩌겠어요? 어쨌건 사과를 받긴 받았어요. 모욕을 받고 살 수는 없잖아요."

예고르는 부엌에서 직접 사모바르를 가져오면서 말했다.

"제 아버지는 하루에 차를 스무 잔도 넘게 마셨어요. 그래서 그런지 아무 병 없이 일흔셋까지 사셨지요. 보스크레센스크 마을의 교회 집사였는데……."

"아니, 그럼 이반 신부님 아들이란 말인가요?"

"맞아요! 그런데 어떻게 제 아버지를 아세요?"

"내가 바로 보스크레센스크 출신이랍니다!"

"고향분이셨군요. 어느 집안이셨어요?"

"바로 이웃이었지요. 세레긴 씨가 내 아버님이랍니다."

"절름발이 닐 아저씨의 따님이셨군요? 어쩐지 낯이 익다 했습니다. 제 귀때기도 꽤 많이 잡아당기셨죠?"

그들은 마주 앉아 이런저런 안부를 물어 가며 반가워했다. 사샤는 미소 띤 얼굴로 두 사람을 바라보며 차를 홀짝이다가 천천히 자리에서 일어섰다.

"죄송하지만 전 이만 돌아가야겠어요. 갈 길이 멀어서……."

"아니, 지금 어딜 간단 말이오? 날도 어둡고 길도 나쁜 데다 그 피곤한 몸을 이끌고……. 여기서 자고 가요."

"아닙니다. 전 가야 해요."

사샤는 단호한 목소리로 거절을 하였다. 그리고 차를 한 모금 더 마신 다음, 호밀빵 조각에 소금을 뿌려 입에 넣고는 잠시 동안 어머니를 물끄러미 바라보았다. 그녀는 문고리를 잡다 말고 갑자기 몸을 돌려 조그맣게 말했다.

"어머니, 제게 키스해 주시겠어요?"

어머니는 말없이 그녀를 품에 안고 볼에 여러 번 키스를 했다.

사샤를 보내고 방으로 돌아오면서 어머니는 창밖을 내다보았다. 칠흑 같은 어둠 속에 젖은 눈이 무겁게 내려앉고 있었다.

"아이고, 저런 어디서……. 저런 날씨에 사샤는 어떻게 혼자 시내까지 가?"

"많이 힘들 겁니다."

예고르가 고개를 끄덕이며 말을 이었다.

"감옥에서 몸이 많이 상했어요. 전에는 아주 예쁘고 건강했는데……. 곱게 자란 사람이……."

"뭐 하던 사람인데요?"

"지주 집 딸이었다지요. 그녀 말로는 아버지가 돈밖에 모르는 사람이었답니다. 그나저나 어머니, 두 사람이 결혼하고 싶어 하는 건 아시지요?"

"누구 말이오?"

"사샤하고 파벨이요……. 하지만 서로 순서를 바꿔 가며 감옥에 있다 보니……."

"전혀 모르고 있었어요."

그 말을 듣고 나자 어머니는 사샤가 더욱 안쓰럽게 느껴졌다. 그러면서도 그런 이야기를 아들이 아닌 다른 사람한테서 들었다는 사실에 조금 화가 났다.

예고르는 어머니에게 소식지를 공장에 어떤 식으로 들여 갈

것인지 물어보았다. 그리고 아주 자잘한 문제들까지 어머니와
상의를 했다. 어머니는 그가 굉장히 사소한 부분까지 모두 알고
있다는 사실에 적잖이 놀랐다.

　다음 날 정오 무렵, 어머니는 소식지를 품에 잘 숨긴 다음 침
착하게 공장으로 향했다. 식료품 통을 어깨에 져서 몸이 약간
구부정하긴 했지만, 매우 자신 있는 모습으로 공장 정문 앞에
우뚝 멈춰 섰다. 정문을 지키는 수위 두 명이 노동자들의 불평
과 조롱을 받아 가며, 안으로 들어가는 사람들의 몸을 수색하고
있었다. 한쪽에는 눈매가 몹시 날카로운 경찰이 서 있었다.
　키 큰 곱슬머리 청년이 자기 몸을 수색한 수위에게 소리쳤다.
　"이봐, 당신들! 주머니 속이 아니라 머릿속을 뒤지라고!"
　수위가 대꾸했다.
　"네 머릿속에 이밖에 더 있겠어……?"
　"그럼 이나 잡으시든가."
　경찰이 날카롭게 눈동자를 굴리면서 이리저리 관찰했다. 어
머니는 짐짓 애처로운 목소리로 사정하듯이 말했다.
　"좀 들여보내 주시면 안 되우? 짐이 너무 무거워서…… 허리
가 부러질 것 같아 그래요!"
　"가쇼, 가!"
　수위가 벌컥 화를 내며 소리쳤다.

잠시 후 어머니는 미리 약속해 둔 장소에 도착했다. 식료품 통을 바닥에 내려놓자 양철공인 구세프 형제가 곧바로 다가왔다. 형 바실리 구세프가 눈썹을 모으며 큰 소리로 물었다.

"고기만두 있어요?"

"오늘은 없다우. 내일 가져오리다!"

어머니가 대답했다. 이건 암호였다. 형제들의 얼굴이 밝아졌다. 바실리가 식료품 통을 살펴보려 몸을 살짝 구부리는 순간 소식지 한 뭉치가 그의 품속으로 건네졌다.

"이반!"

바실리가 큰 소리로 동생을 불렀다.

"오늘 점심은 집에 가지 말고 여기서 먹자!"

그러면서 재빠르게 소식지 한 뭉치를 장화 속에 집어넣었다.

"새로 장사하는 분을 밀어 드려야지."

"아, 그럼요!"

그날 저녁, 어머니가 차를 마시며 창밖을 바라보고 있을 때였다. 낯익은 목소리가 아주 가까이서 들렸다.

"안녕하셨어요, 어머니!"

안드레이였다. 안드레이를 보자 어머니의 마음속에 기쁨과 절망이 동시에 솟아났다. 두 감정은 이내 하나의 뜨거운 감정으로 뒤섞였다. 그는 어머니를 힘껏 끌어안았다. 어머니는 안드레이의 품에 얼굴을 깊이 묻었다.

"어머니, 울지 마세요. 파벨도 곧 풀려날 거예요! 잡아 둘 근거가 더 이상 없거든요. 모두들 입을 꾹 다물고 있어요."

안드레이는 팔로 어머니의 어깨를 감싼 채 방으로 들어갔다.

"파벨이 안부 전하라고 했어요. 아주 건강하게 잘 지내고 있습니다. 여기 공장 사람들을 비롯해 시내에서 백 명도 넘게 붙잡혀 왔는데, 헌병이나 간수들도 괴롭긴 마찬가지예요. 간수들도 그저 우리가 소란을 피우지 않기를 바라며 잘해 주더라고요. 형사들도 어쩔 수 없어서 도와줄 건 도와주고 그래요. 파벨도 곧 풀려날 거예요. 니콜라이가 좀 문제지요. 헌병들이 그에게 앙심을 품고 있거든요. 아직도 성질대로 덤벼들고 있어요. 파벨이 아무리 말려도 소용이 없어요."

안드레이는 친근하게 미소를 지어 보였다. 둥그런 눈에 사랑스럽고도 슬픈 빛이 감돌았다.

"정말로 보고 싶었다, 안드레이!"

어머니는 깊이 숨을 내쉬며 말했다.

"그런데 오늘 내가 무슨 일을 했는지 아니?"

어머니는 흥분한 나머지, 목소리를 조금 높여 공장으로 소식지를 들여 간 일을 들려주었다. 안드레이는 깜짝 놀라서 두 눈이 휘둥그레지더니 이내 발을 구르며 껄껄거렸다.

"이야, 농담 아니시죠? 정말 대단해요! 파벨이 알면 굉장히 좋아하겠는걸요. 정말 대단하세요!"

그는 탄성을 지르며 손가락을 우두둑 꺾기도 하고 휘파람을 불기도 하면서 온몸을 흔들어 댔다. 그가 어찌나 좋아하던지 어머니 또한 마음이 환해졌다.

"안드레이! 나도 그동안 내 인생에 대해 깊이 생각해 봤단다."

순간 가슴이 활짝 열리면서, 어머니의 입에서 시냇물이 흘러가듯 기쁨에 겨운 말들이 쏟아져 나왔다.

"내가 사는 이유가 뭘까, 하고 곰곰이 생각했어. 두들겨 맞고, 일하고……. 그저 남편을 뒷바라지하면서 어떻게든 비위를 맞추는 것밖에 몰랐어. 남편이 날 때린 것도 사실은 내가 미워서라기보단 세상이 원망스러워서였지."

어머니는 숨을 돌리고 나서 말을 계속했다.

"남편이 죽고는 아들에게 매달렸지. 하지만 그 앤 이 일을 시작하면서 집안일에 조금도 신경을 쓰지 못했잖니? 나는 불안해서 어쩔 줄을 몰랐어. 저 애가 잘못되면 어쩌나, 난 어떻게 사누……. 심장이 터질 것만 같았단다."

그녀는 잠시 말을 멈추었다가 가만히 고개를 가로저었다.

"우리 여인네들의 사랑은 순수하지 못해. 그저 눈앞의 것만 사랑하거든. 하지만 너희를 좀 보라고……. 모두들 다른 사람들을 위해 고통을 감수하며 감옥에도 가고 죽어 가기도 하고 그렇잖아. 처녀애들도 진창길과 눈길을 마다하지 않고 혼자서 한밤중에 먼 길을 걸어 다니고……. 안드레이, 그런데 나는 아직 내 것만을 사랑하고 있구나!"

"어머닌 하실 수 있어요. 다들 처음에는 가까운 것만을 사랑하지만 곧 넓은 가슴으로 멀리 있는 것도 사랑하게 된답니다. 어머닌 훌륭하세요. 벌써 많은 것을 사랑하고 계시잖아요……."

"그래, 나도 그렇게 사는 것이 훌륭하다는 걸 깨달았어. 지금도 봐. 너를 이렇게 사랑하잖니? 어쩌면 파벨보다도 더 많이 말이야. 그 앤 언제나 마음을 꼭 닫고 있지……. 사샤하고 결혼하고 싶어 하면서도 어미인 내게는 여태껏 한 마디도 하지 않았잖아."

"그렇지 않아요!"

안드레이가 반박했다.

"그건 누구보다 제가 잘 알아요. 파벨도 그녀를 사랑하고 그녀도 파벨을 사랑하지만 결혼은 하지 않을 거예요. 그녀는 원할지 몰라도 파벨은 아녜요……."

"어떻게 그럴 수가 있니?"

어머니는 슬픈 눈으로 안드레이를 바라보았다.

"어떻게 그럴 수가?"

"파벨은 참 보기 드문 친구예요. 강철 같은 사람이지요."

"그래서 지금 감옥에 있잖니? 나는 몹시 두렵고 불안했지만 이젠 전과 같지 않단다. 세상이 이전 같지 않으니까. 내 마음도 달라졌고 보는 것도 달라졌어. 너희가 하느님을 믿지 않는 걸 보면, 마음이 아프고 화가 났어. 도무지 이해할 수가 없었지. 하지만 어쩌겠니? 그래도 너희는 다 좋은 사람들이잖아. 너희의 진실을 나도 이제 조금은 알 거 같단다."

안드레이는 자리에서 일어나 발소리를 죽이며 방 안을 이리저리 거닐었다.

"난 지금 내가 하는 말을 두 귀로 들으면서도 여전히 믿기지가 않는단다. 평생 나는 하나만 생각했거든. 어떻게든 나를 건드리지 않도록, 그 누구의 눈에도 띄지 않게 조심조심 살았던 거야. 그런데 이제 다른 사람들에 대한 생각을 하게 되었단다. 내가 아직은 너희가 하는 일을 다 이해하지 못하지만, 다른 사람들을 위해 좋은 일을 하고 싶어. 특히 안드레이, 널 위해서 말이다……."

"고맙습니다, 어머니!"

안드레이는 어머니의 손을 꼭 잡았다.

다음 날 어머니가 식료품 통을 메고 공장 문으로 들어서려고 하자 수위 둘이 거칠게 막아섰다. 그들은 식료품 통을 내려놓으라고 명령한 뒤 꼼꼼하게 조사를 했다. 그들이 무례하게도 옷을 더듬거리려고 하자 어머니는 침착하게 한마디 던졌다.

"이를 어째? 음식이 다 식어 버리겠네!"

수위 하나가 침통한 목소리로 말했다.

"담 너머로 집어 던진 게 틀림없다니까."

그때 시조프 영감이 다가와 주위를 살피며 조그맣게 물었다.

"들었소, 아주머니?"

"뭘요?"

"소식지 말이오! 또 뿌려졌소! 이제 당신도 수색을 하고 잡아갈지 몰라요. 내 조카 페쟈도 끌려갔다오. 하긴 그러면 뭐 하겠소? 당신 아들도 잡아갔지만, 보다시피 그 애들이 한 짓이 아니라는 게 분명해졌잖소?"

시조프 영감은 수염을 쓸어내리며 그녀를 물끄러미 바라보더니 자리를 뜨며 덧붙였다.

"우리 집에 좀 들르세요. 혼자서 차 마시기 그럴 텐데……."

어머니는 고맙다고 인사를 하고는 공장 안의 심상치 않은 분위기를 주의 깊게 살폈다. 모두들 상기되어 여기저기 모였다가 흩어지기도 하고, 이곳저곳 분주하게 뛰어다니기도 했다. 매캐한 공기 속에 뭔지 모를 활기가 느껴졌다. 반면에 관리자들은 근심스러운 얼굴로 오고 갔고, 경찰들도 바삐 돌아다녔다.

노동자들은 모두 말끔하게 세수를 한 것 같았다. 구세프 형제도 보였다. 목공반 반장 바빌로프와 기록계 이사이가 천천히 어머니 옆을 지나갔다. 몸집이 작아서 다소 초라해 보이는 이사이는 기분이 썩 좋아 보이지 않는 반장한테 경망스런 말투로 투덜거렸다.

"반장님, 놈들이 아주 희희낙락입니다. 사장님 말씀대로 국가가 전복될 수도 있다고요. 이건 뽑아낼 일이 아니라 완전히 갈아엎어야 할 일입니다."

바빌로프는 뒷짐 진 손에 힘을 꽉 주며 앞으로 걸어갔다.

"저희 멋대로 써 제끼라고 해, 개자식들! 하여튼 내 얘기만 했단 보라고!"

그때 바실리가 다가와서 말했다.

"난 오늘 점심도 여기서 사 먹어야겠군. 아주 맛있던데!"

그는 목소리를 낮추고 눈을 찡긋하더니 나지막이 덧붙였다.

"제대로 적중했어요……. 아주머니, 정말 잘됐습니다!"

어머니는 다정하게 고개를 끄덕이며 응수했다. 그녀는 공장에서 소문난 이 망나니가 자기와 비밀스런 이야기를 나누고, 게다가 깍듯하게 존댓말을 쓰는 것이 꽤나 마음에 들었다. 공장 안의 들뜬 분위기도 매우 만족스러웠다.

'내가 이 일을 하지 않았더라면…….'

"효과가 나타나고 있어요."

바실리가 눈짓을 하며 속삭였다.

그날 어머니는 일을 마치고 즐거운 기분으로 집에 돌아왔다. 그녀는 안드레이에게 무심코 이렇게 말했다.

"글을 읽고 쓸 줄 모르는 공장 사람들은 참 안됐어. 나도 젊었을 때는 제법 읽을 줄 알았는데 지금은 다 잊어버렸지……."

"다시 배우세요!"

"이 나이에? 사람들이 코웃음을 치겠네."

안드레이는 곧장 책장에서 책 한 권을 꺼내 와서 표지의 글자를 가리키며 물었다.

"뭔지 아세요?"

"에르!"

어머니가 웃으며 대답했다.

"그럼 이건요?"

"아⋯⋯."

어머니는 왠지 거북하고 불쾌한 기분이 들었다. 안드레이가 속으로 비웃는 것만 같아 눈을 마주 볼 수가 없었다. 하지만 그의 목소리는 그 어느 때보다 부드럽고 차분했다. 표정 역시 몹시 진지했다.

"안드레이, 정말 내게 글을 가르치려는 건 아니지?"

어머니가 어색하게 웃으며 물었다.

"왜요? 조금만 하시면 금방 기억나실 거예요."

어머니는 눈에 힘을 주고 눈썹을 힘겹게 움직거리며 잊어버렸던 글자들을 기억해 내려고 애썼다. 하지만 금세 눈이 피로해졌다. 처음에는 피곤해서 눈물이 나는가 싶더니 이내 슬픔의 눈물로 바뀌었다.

"내가 글을 배우다니! 나이 사십이 되어서야 겨우 글자를 배우다니……."

어머니가 탄식 어린 목소리로 말했다.

"울지 마세요, 어머니."

안드레이가 다정하게 말했다.

"어머니 삶이, 어쩔 수 없었잖아요. 하지만 이제라도 늦지 않았어요! 수많은 사람들이 그걸 아직 깨닫지 못하고 있어요. 그저 살아가고 있을 뿐이지요. 먹고 마시고 일하고요……. 하지만 참다운 인간의 삶을 깨치려면 글을 아셔야 해요."

"내가 과연 할 수 있을까?"

"왜 안 되겠어요? 빗방울이 하나하나 모여서 강물이 되잖아요. 어머닌 벌써 읽기 시작하신걸요."

그는 큰 소리로 웃으면서 일어나 방 안을 거닐기 시작했다.

"그래요, 어머닌 꼭 배우셔야 해요! 파벨이 돌아오면 깜짝 놀라게 해 주는 겁니다. 아셨죠?"

"아이고, 안드레이! 젊은이들에겐 뭐든 쉽겠지만, 내 나이가 되어 봐. 힘도 없고 머리도 안 따라 주고……."

저녁 무렵 안드레이가 밖으로 나간 뒤, 어머니는 램프를 켜고 탁자 앞에 앉아 뜨개질을 하고 있었다. 그러다 갑자기 무언가 생각난 듯 벌떡 일어나 방 안을 서성이다가 현관문을 걸어 잠그고는 다시 방으로 돌아왔다.

창문에 커튼까지 친 다음 책장에서 책을 한 권 꺼내 들었다. 어머니는 탁자 앞에 앉아 주위를 살피듯 둘러보고는 책을 펼쳤다. 입술을 살짝 움직여 보았다. 밖에서 무슨 소리가 들리지나 않는지 신경을 잔뜩 곤두세운 채. 어머니는 눈을 끔벅이며 글자를 소리 내어 읽기 시작했다.

"우, 우리, 우리의 땅에, 사알, 살, 살다…….”

그때 문 두드리는 소리가 들렸다. 어머니는 책을 얼른 책장에 꽂은 뒤 불안한 목소리로 물었다.

"누구시오?"

"나예요…….”

르이빈이었다. 그는 안으로 들어오더니 점잖게 수염을 매만지며 말했다.

"전에는 묻지도 않고 사람을 들이더니만. 혼자 계시오? 그랬군요. 난 안드레이가 있는 줄 알고, 잠깐 만나 볼까 하고 찾아왔는데…….”

그는 자리를 잡아 앉고는 선문답하듯 알 수 없는 말을 늘어놓았다.

"모든 것에는 돈이 드는 법이죠. 태어날 때도 공짜로는 안 되고 죽으려 해도 돈이 들지요. 안 그렇습니까? 소식지도 찍으려면 돈이 들 거요. 그런데 그 돈이 어디서 나는지 아시오?"

"몰라요."

어머니는 뭔가 위험스런 느낌을 받으며 대답했다.

"그래요, 나도 몰라요. 그런데 그런 소식지는 누가 만드나요?"

"배운 사람들이……."

"그렇죠, 지식인들이지요! 그런데 소식지를 잘 보면 자기들의 생각과 반대되는 내용도 들어 있잖소. 그들은 왜 돈까지 써 가며 민중이 자기들에게 대항하도록 만드느냐, 이 말입니다."

어머니는 눈을 깜박이며 겁먹은 목소리로 물었다.

"그 이유가 뭔데요?"

"사기죠! 난 사기라고 생각해요. 사기가 아니고선 이해할 수가 없잖소. 지식인들은 어떤 일에든 머리를 굴리지요. 하지만 난 진실을 원해요. 그들은 필요할 땐 나를 앞으로 떼밀겠지만, 발부리에 걸리면 내 뼈라도 밟고 지나갈 거라고요……."

그는 험악한 말로 어머니의 마음을 제압하려는 것 같았다.

"맙소사! 파벨도 그런 사실을 알까요? 다들 그걸……."

순간 그녀의 눈앞에 예고르와 니콜라이 이바노비치, 그리고 사샤의 진지하고 성실한 얼굴이 스쳤다. 가슴이 마구 뛰기 시작했다.

"아니, 아니요!"

어머니는 단호하게 고개를 가로저었다.

"그럴 리가 없어요. 얼마나 양심적인 사람들인데."

"그 사람들만 보지 말고 더 멀리 보자는 얘깁니다, 아주머니!

우리가 아는 사람들도 사실 아무것도 모를 수 있어요. 물론 그들은 그렇게 해야 한다고 믿겠죠. 하지만 그들 뒤에 뭔가 다른 이득을 노리는 사람들이 있을 수도 있잖소? 사람이 어떻게 아무 생각 없이 자기에게 대항하도록 만드느냐 말이오."

르이빈은 고개를 숙이며 덧붙였다.

"난 아무리 좋은 일이라도 지식인들과는 함께하지 않을 거요!"

어머니가 의혹에 찬 시선으로 르이빈을 바라보았다.

"난 더 멀리 나갈 겁니다. 혼자 농촌으로 가서 민중을 일으켜 세울 거라고요. 민중이 깨닫게 되면 스스로 길을 열어 갈 거예요. 민중에겐 오직 자기 자신만이 희망이라는 얘깁니다."

어머니는 르이빈이 안쓰럽기도 하고 무섭기도 했다.

르이빈이 나가고 얼마 지나지 않아 안드레이가 집으로 돌아왔다. 어머니는 안드레이에게 르이빈이 한 이야기를 모두 들려주었다.

"정 그렇다면 농촌에서 민중을 일깨우는 것도 좋겠지요. 그의 머릿속은 농민들 생각으로 가득 차서, 우리 같은 노동자들이 비집고 들어갈 틈이 없나 봐요."

"그 사람 말이, 지식인들에게 무슨 꿍꿍이속이 있을 거라던데? 우릴 속이고 있다든가……."

어머니가 조심스럽게 말을 건넸다.

"그게 마음에 걸리시나 보군요. 그래요, 우리에게 돈이라도 많이 있다면 얼마나 좋겠어요! 우린 아직 남의 도움에 의존하고 있어요. 니콜라이 이바노비치는 매월 75루블을 벌어서 50루블을 내놓아요. 다른 사람들도 그렇고요. 학생들이 적으나마 모금을 해서 보내 주기도 하지만요. 물론 지식인들도 여러 부류가 있어요. 우릴 기만하고 사기 치는 자들도 있고, 우리와 함께 가려는 좋은 사람들도 있고……."

어머니는 안드레이의 활기찬 모습을 보자, 르이빈 때문에 싹텄던 불안감이 적으나마 가시는 듯했다. 안드레이는 빙그레 웃으면서 어머니에게 다정하게 말했다.

"자, 이제 같이 책을 읽을까요, 어머니?"

어머니는 농담인 듯이 하면서 고집스럽게 거절했다.

그 후로도 안드레이와 어머니는 이런 식의 실랑이를 자주 벌였다. 어머니는 안드레이의 미소가 당황스럽기도 하고 모욕적으로 느껴지기도 했다.

'왜 저렇게 웃는 거람.'

그러면서도 책에 씌어 있는 알 수 없는 말들을 묻는 횟수는 점점 더 많아졌다. 질문을 할 때 어머니는 공연히 다른 데를 쳐다본다든가 무관심한 듯이 말했다. 안드레이는 어머니가 몰래 혼자서 공부하고 있다는 사실을 알아차리고는 더 이상 함께 책을 읽자고 조르지 않았다.

얼마 뒤 어머니가 그에게 이렇게 말했다.

"안드레이, 눈이 자꾸만 침침해지네. 안경이 있어야겠어."

"그게 뭐 어려운 일이에요! 이번 주 일요일에 저와 함께 시내에 가서 하나 맞추셔요……."

제 6 장
면 회

　어머니는 벌써 세 차례나 파벨을 면회하러 갔지만, 머리가 하얗게 센 헌병 대장이 번번이 거절을 했다.

　"일주일쯤 뒤에 상황을 봐서요. 지금은 불가능합니다."

　동그랗고 살이 찐 얼굴이 마치 솜털곰팡이가 핀 자두 같았다. 그는 항상 뾰족한 이쑤시개로 이를 쑤시고 있었는데, 눈은 늘 상냥하게 웃고 있었다. 목소리도 아주 친절하고 우호적이었다.

　"예의는 바르더구먼. 내내 웃으면서 말이지……."

　어머니가 시름에 잠긴 얼굴로 안드레이를 보며 말했다.

　"예, 그렇지요! 친절하게 웃어 주는 게 뭐 별거겠어요? 그러다가도 '자, 여기 지나치게 똑똑한 자가 있어 위험하니 목을 매달아라.'라는 명령을 받으면 무심한 얼굴로 교수형을 집행하지요. 그러고 나서도 다시 친절하게 웃어 줄 겁니다."

"그래도 우리 집을 수색하러 왔던 그 장교는, 보기만 해도 사냥개처럼……."

"그들 모두 사람이 아니라 사람을 때려잡는 망치예요. 도구지요. 우릴 위하는 척하고 있을 뿐입니다. 우리를 지배하는 손들에 잘 길들여져서 자기 생각이라곤 눈곱만치도 없거든요. 그래서 어떤 일이든 질문 하나 없이 시키는 대로 하지요."

그러고 나서 며칠 후, 마침내 면회가 허용되었다. 어머니는 감옥 관리 사무소 대기실 한구석에 얌전히 앉아 있었다. 비좁고 지저분한 그 방에 그녀 말고도 몇 명이 더 면회를 기다리고 있었다. 몇몇은 서로 안면이 있는지, 아주 조그마한 목소리로 귓속말을 주고받았다.

어머니 옆에는 몸집이 작은 노파가 앉아 있었다. 노파의 얼굴은 주름투성이였지만 눈빛만큼은 형형했다.

"누굴 만나러 오셨나요?"

어머니가 나지막이 물었다.

"아들이요. 학생이지요. 당신은요?"

노파가 큰 목소리로 말했다.

"저도 아들입니다. 노동자예요. 여기로 끌려온 지 칠 주나 됐답니다."

"우리 아들 녀석은 열 달이나 됐다오!"

노파의 목소리에서 어딘지 모르게 자랑스러움이 묻어났다. 그때 붉은 수염을 기른 뚱뚱한 간수가 어머니의 이름을 큰 소리로 불렀다. 그러고는 그녀를 위아래로 훑어본 다음 절뚝거리며 앞장섰다.

"따라오슈!"

어머니는 간수의 뒤를 따르는 동안, 더 빨리 걸으라고 여러 번 등을 떼밀고 싶은 걸 간신히 참았다.

마침내 도착한 작은 방에는 파벨이 이미 와서 기다리고 있었다. 그는 어머니를 보자 미소를 지으며 손을 내밀었다. 어머니는 아들의 손을 잡고는 미소만 지을 뿐 잠시 동안 아무 말도 하지 못했다.

"잘 지냈니……? 잘 지냈어……?"

"예, 어머니. 괜찮아요. 진정하세요."

파벨은 어머니의 손을 더욱 꼭 잡았다.

"거기요, 아주머니! 떨어지세요. 거리를 둬야 합니다."

간수가 이렇게 말하고는 크게 하품을 했다.

파벨은 어머니의 건강과 집안일을 물었다. 어머니는 뭔가 다른 질문을 기대하며 아들의 눈빛을 살폈다. 그는 언제나 그렇듯이 평정심을 잃지 않았다. 얼굴이 조금 더 창백해지고 눈이 조금 더 커진 것 같았다.

“사샤가 안부 전하라더라.”

어머니의 말을 듣는 순간 파벨의 눈동자가 조금 흔들렸다. 그러나 곧 표정이 부드러워지더니 이내 미소를 띠었다. 순간 슬픔 같은 것이 어머니의 가슴을 찌르고 지나갔다.

“곧 풀려나겠지?”

사샤에 관해 아무 말을 하지 않는 아들한테 화가 나서였다. 어머니의 목소리가 조금 떨렸다.

“뭣 때문에 널 계속 가둬 놓는다는 거냐! 다들 알다시피 그 소식지는 네가 없어도 또 나왔는데…….”

파벨의 눈이 기쁨으로 환해졌다.

“또 나왔다고요?”

“그런 얘기는 하면 안 됩니다! 집안 얘기만 하세요…….”

간수가 또 끼어들었다.

“아니, 이게 집안 얘기 아니면 뭐요?”

어머니가 따졌다.

“어머니, 집안 얘기를 하세요. 어머닌 요즘 뭐 하세요?”

“수프와 죽, 그리고 마리야가 만든 음식을 죄다 공장으로 가져가지.”

파벨은 이 말에 숨은 뜻을 알아차렸다. 그는 웃음이 배어 나오는 걸 참으면서 머리를 긁적이고는 이제껏 들어 보지 못한 다정한 목소리로 이렇게 말했다.

"정말 잘됐어요, 일이 있어서……. 적어도 심심하진 않으시겠어요."

"그런데 소식지가 다시 나타나는 바람에 나도 몸 수색을 당했지 뭐니?"

어머니는 자부심이 어린 목소리로 말했다.

"아주머니, 또 그 얘깁니까? 안 된다고 했지요! 하지 말래도 그러네요. 조심하세요."

간수가 버럭 화를 냈다.

"그래요, 그만하세요, 어머니. 저분은 좋은 사람이에요. 저하고 사이가 좋아요. 운 좋게 제 면회에 배석한 거예요. 굳이 화나게 할 거 없어요."

"면회 시간 다 지났소!"

간수가 시계를 들여다보며 퉁명스럽게 말했다.

"어머니, 고마워요. 어머니, 사랑해요. 걱정 마세요. 곧 풀려날 거예요……."

파벨은 어머니를 꼭 끌어안고 입을 맞추었다. 그 순간 어머니는 감동과 행복에 겨워 눈물을 흘렸다.

"시간 다 됐어요. 울지 마시오. 곧 풀려날 거요. 어차피 감옥에 자리도 없고……."

간수는 어머니를 내보내며 중얼거렸다.

얼마 후 집으로 돌아온 어머니는 눈에 가득 생기를 띤 채 안드레이에게 말했다.

"내가 아주 교묘하게 말해 주었단다. 글쎄, 파벨이 그걸 알아들었어! 얼마나 곰살맞게 굴던지. 그런 모습은 처음 봤단다."

어느 날 저녁, 무릎까지 진흙투성이가 된 니콜라이 베솝쉬코프가 보따리를 하나 들고 나타났다.

"나왔어요. 감옥에서 곧장 오는 길입니다!"

니콜라이 베솝쉬코프는 이렇게 말하면서 어머니의 손을 힘있게 잡았다.

"파벨이 안부를 전했습니다."

그는 미심쩍은 시선으로 방 안을 휘둘러보았다. 어머니는 각지게 깎은 그의 머리가 늘 마음에 들지 않았다. 그의 작은 눈에서는 항상 위협적인 기운이 느껴졌다. 하지만 지금은 반가운 마음뿐이었다.

"그래, 파벨은 어때? 누가 더 풀려났어? 아니면 자네 혼자 나온 거야?"

니콜라이 베솝쉬코프가 고개를 숙이며 자그마한 목소리로 대답했다.

"파벨은 아직 그곳에 있어요. 저만 풀려났답니다!"

그렇게 말하고는 눈을 들어 어머니를 바라보며 이를 앙다물었다.

"오……, 그……랬구나……."

어머니는 그의 작고 날카로운 눈과 마주치자, 자기도 모르게 움찔하며 눈을 깜박였다.

"페자는 어때? 아직도 감옥에서 시 쓰고 있어?"

안드레이가 물었다.

"쓰고 있어. 난 도무지 이해가 안 되지만. 새장 속에서도 노래를 부르겠다는 건지……."

니콜라이 베숩쉬코프는 안드레이를 뚫어져라 바라보다가 갑자기 이렇게 말했다.

"몇 놈은 죽여 버려야 한다고 생각해!"

키가 크고 깡마른 안드레이는 방 한가운데에 우뚝 서서 주머니에 손을 넣고 니콜라이 베숩쉬코프를 유심히 바라보았다. 니콜라이 베숩쉬코프는 담배 연기를 내뿜으며 의자에 몸을 기대고 앉아 있었다. 그의 얽은 얼굴이 어쩐지 장님 같아 보였다.

"이사이의 목을 분질러 놓고 말 거야. 두고 봐!"

"뭣 때문에?"

"첩자잖아. 다시는 밀고하지 못하게 만들어야지. 그놈이 내 아버지를 파멸시켰어. 놈들 앞잡이로 만들어서……."

그는 적대감에 몸을 떨었다.

"그랬군! 하지만 아버지 일로 널 탓하는 사람은 아무도 없어. 바보같이 굴지 마, 니콜라이!"

안드레이가 목소리를 높였다.

"바보나 똑똑한 놈이나 다 똑같은 거야! 너나 파벨은 똑똑하지. 그런데 너희는 나나 페자나 사모일로프를 너희와 똑같다고 생각하진 않잖아. 거짓말할 것 없어. 안 믿어……. 너희는 날 한쪽으로 제쳐 놓기만 하잖아."

"마음에 병이 생겼구나, 니콜라이!"

안드레이가 나란히 앉으면서 부드럽게 말했다.

"병들었지. 나뿐 아니라 너희도 병들었어. 너희는 너희 병이 더 고결하다고 생각할 뿐이지."

니콜라이 베솝쉬코프는 안드레이를 찌를 듯이 쏘아보았다. 뾰족한 얼굴에서 입술만이 바르르 떨렸다.

"할 말이 없다."

순간 안드레이의 푸른 눈에 우울한 빛이 어렸다. 그는 니콜라이 베솝쉬코프의 격한 마음을 달래려는 듯 짐짓 부드럽게 말을 이었다.

"마음속이 온통 피투성이인 사람과 말싸움을 하면 더 큰 싸움으로 번지게 되지."

"나와는 말싸움 따위도 않겠단 뜻이야? 그래, 나는 말싸움도 교양 있게 할 줄 모르니까."

니콜라이 베솝쉬코프가 눈을 내리깔며 말했다. 안드레이는 그의 어깨에 손을 얹었다.

"니콜라이, 한 차례 치러야 하는 홍역 같은 거야. 우리 다 앓아봤잖아. 세상에 너 혼자뿐이고, 너만 고통스러운 것 같지? 시간이 좀 흐르면 다른 사람들도 마찬가지란 걸 알게 돼. 우린 다 같이 가는 거야. 여러 종소리가 어우러져 하나가 되듯이. 알겠어?"

"그래, 어쩌면……. 하지만 믿지는 못하겠어."

니콜라이 베솝쉬코프는 빵에 소금을 고루 뿌린 다음 입에 넣고 우물우물 씹기 시작했다.

안드레이는 공장에서 자신들이 하고 있는 일에 대한 홍보 활동이 얼마나 잘되고 있는지 흥을 내며 설명했다. 니콜라이 베솝쉬코프는 침울한 목소리로 중얼거렸다.

"시간이 너무 걸려. 너무 오래 걸려. 하루가 급한데……."

어머니는 그를 물끄러미 바라보았다. 가슴속에서 그에 대한 적대감이 슬며시 고개를 들었다.

"인생은 말이 아니잖아. 채찍질로 몰아갈 수는 없는 법이지."

안드레이가 말했다. 니콜라이 베솝쉬코프는 고집스럽게 고개를 저었다. 안드레이는 고개를 숙이며 나직이 중얼거렸다.

"우리 모두 배워야 하고, 또 가르쳐야 해. 그게 바로 우리가 할 일이야, 니콜라이!"

"그럼 언제 싸우고?"

"그때까지 우린 수도 없이 맞아야겠지. 내가 아는 건 그뿐이야! 언제 우리가 싸워야 할지 나도 몰라. 먼저 머리를 무장하고 그다음에 행동해야겠지. 내 생각은 그래……."

니콜라이 베솝쉬코프는 다시 빵을 먹기 시작했다. 어머니는 그에게서 뭔가를 찾아내려고 애썼다. 하지만 니콜라이 베솝쉬코프의 작은 눈에 서린 독기와 마주치면 가슴부터 철렁 내려앉았다. 안드레이도 그를 불안한 눈길로 바라보았다.

니콜라이 베솝쉬코프는 오랫동안 비워 둔 집이 추워서 견디기 힘들다며 어머니 집에서 자고 가겠다고 했다. 얼마 후 그가 방으로 들어가 잠이 들자, 어머니는 안드레이에게 귓속말로 속삭였다.

"뭔가 무서운 생각을 하고 있는 모양이야."

"감당하기 힘든 친구예요."

안드레이는 고개를 끄덕이며 나직이 대답했다.

제 7 장
노동자들의 봄

삶은 새로운 모습으로 나날이 빠르게 흘러갔다. 날마다 새로운 일이 일어났지만, 어머니는 이제 더 이상 그런 것들을 두려워하지 않았다. 밤이 되면 낯선 사람들이 찾아와 안드레이와 늦도록 대화를 나누다가 소리도 없이 어둠 속으로 사라져 갔다.

어머니의 눈에는 그들 모두가 서로 다른 듯하면서도 고집스러운 신념을 가진 한 사람의 얼굴처럼 보였다. 엠마오로 가는 그리스도처럼 슬프고도 엄정한 시선이 담긴 얼굴…… 어머니는 그들이 파벨을 겹겹이 둘러싼 채 적들에게서 지켜 주고 있다고 생각했다.

어머니는 시내에서 찾아오는 사람들에게는 왠지 아이와도 같은 천진함이 있다는 사실을 발견했다. 정의가 승리하리라는 그들의 꿈과 신념은 그녀를 따스하게 위로하고 포근하게 감싸 주었다. 이제 어머니는 그들이 말하는 것 중 많은 부분을 이해하게 되었고, 그들의 생각에 기꺼이 동화되고 있었다. 하지만 마음 깊은 곳에서는 그들이 그들의 방식으로 새로운 삶을 건설할 수 있다고 하는 것을 온전히 믿지는 않았다. 그들이 자기들만의 불꽃으로 노동자들을 모두 끌어들이기엔 역부족이란 것을 잘 알고 있었기 때문이다.

누구든 자기가 오늘 먹을 식사를 내일로 미루고 싶지 않을 것이다. 오직 일부만이 험난한 내일을 향해 길을 떠나겠지. 그리고 그 여정의 끝에서 동화와도 같은 우정의 왕국을 볼 수 있는 사람들은 극소수에 지나지 않을 터이다. 바로 이런 이유로, 얼굴에 수염이 가득한 그들이 어머니 눈에는 여전히 순진한 아이처럼 보였다.

어머니는 그들의 삶이 험난하긴 하지만 기꺼이 사랑할 수 있다고 생각했다. 그러한 새로운 삶을 일구어 내는 데 자기가 필요하다는 생각도 슬며시 들었다. 예전에 그녀는 자기가 누군가에게 필요한 사람이라고 생각해 본 적이 한 번도 없었다. 그러나 이제는 많은 이들에게 자기가 필요하다는 생각이 들어서 마음이 흐뭇했다.

그 후로도 어머니는 아주 조심스럽게 공장으로 소식지를 들여 갔다. 이제는 경찰이나 밀정에게도 익숙해졌다. 몇 차례나 수색을 당했지만 다음 날이면 어김없이 공장 안에 소식지가 나돌았다. 어머니는 몸에 아무것도 지니지 않았을 때 일부러 밀정과 수위들의 의혹을 불러일으킬 만하게 요령을 피웠다. 그때마다 그들은 어머니를 붙잡고 샅샅이 수색을 했는데, 그녀는 짐짓 화를 내며 그들과 말다툼을 벌였다.

니콜라이 베솝쉬코프는 공장에 발을 들여놓지 않았다. 그는 노동자촌에 목재를 대 주는 상인 밑에 일꾼으로 들어가서, 날마다 통나무와 널빤지와 장작을 마을로 실어 나르는 일을 했다. 그는 늙은 말 두 마리가 끄는 허름한 마차를 타고 마을에 나타나곤 했다. 그때마다 무거운 장화를 신고 모자를 푹 눌러쓴 채 지저분한 차림으로 고개를 숙이고 다녔다.

동지들이 파벨의 집에 모여 외국 신문이나 최신 소식지를 읽을 때면 니콜라이 베솝쉬코프도 어김없이 찾아와 귀를 기울였다. 그는 구석에 자리를 잡고 앉아 한 시간이고 두 시간이고 말없이 듣기만 했다. 젊은이들이 논쟁을 벌일 때에도 결코 끼어들지 않았다. 하지만 그는 누구보다 오래 남아 있다가, 안드레이와 단둘이 있게 되면 매번 위협적인 질문을 퍼붓곤 했다.

"그래서 누가 가장 나쁜 놈이야?"

"죄가 있다면 '이건 내 거요.' 하고 처음 말한 자겠지! 하지만 그 사람은 이미 몇천 년 전에 죽었고, 지금 그에게 화를 내 봤자 무슨 소용이 있겠어?"

안드레이는 농담처럼 말하면서도 그의 눈을 불안스레 살폈다.

"그럼 부자들이야? 아님 그자들 편에 선 자들?"

안드레이는 사람과 인생에 대해 쉬운 말로 한참 동안 설명을 했다. 그의 말에는 결국 모든 사람에게 죄가 있다는 뜻이 담겨 있었다. 니콜라이 베솝쉬코프는 그 점이 불만스러웠다. 그는 입술을 꼭 깨물며 고개를 가로저었다. 그러고는 수긍할 수 없다는 듯 불만이 가득한 얼굴로 돌아가곤 했다.

한번은 니콜라이 베솝쉬코프가 이렇게 말했다.

"아니야, 분명 죄가 있는 사람들이 있어. 지금 여기에! 분명히 말하지만, 목숨 걸고 확 뒤집어엎어야 해, 가차 없이!"

"언젠가 기록계 이사이가 널 두고 바로 그런 말을 하더구나."

어머니가 기억을 떠올리며 말했다.

"이사이가요?"

니콜라이 베솝쉬코프가 잠시 침묵하다가 물었다.

"그래, 악독한 인간이지! 사람들을 몰래 관찰하고선 여기저기 캐묻고 다닌단다. 요즘엔 여기까지 나타나서 우리 집 창문을 엿보곤 하더구나."

"엿본다고요?"

어머니는 그때 침대에 누워 있었던 터라 니콜라이 베솝쉬코프의 얼굴을 제대로 보지 못했다. 하지만 서둘러 말을 돌리려는 안드레이의 목소리를 듣고는 괜한 소리를 했다는 사실을 깨달았다.

"괜찮아, 니콜라이. 와서 실컷 엿보라고 해! 시간이 남아도나 보지, 뭐……."

"아니, 잠깐만! 그놈이야말로 정말 죽어야 마땅해!"

"뭣 땜에? 바보라서?"

안드레이가 재빨리 물었지만 그는 아무 대답도 하지 않은 채 밖으로 나가 버렸다.

"니콜라이가 무슨 짓을 할지 모르겠군요. 저런 친구들이 모욕을 참지 못하고 터뜨리면 어떻게 되겠어요? 하늘과 땅이 피로 물들 거예요……."

"괜한 말을 했나 보구나, 안드레이! 끔찍해."

어머니는 나지막이 경악했다.

며칠 후, 어머니는 마리야의 가게에서 돌아와 문을 열다가, 따뜻한 여름 비 같은 기쁨에 사로잡혀서 우뚝 멈추어 섰다. 방 안에서 파벨의 힘찬 목소리가 들려왔던 것이다.

"어머니가 오셨네!"

안드레이가 먼저 소리쳤다. 어머니는 재빨리 돌아서는 아들의 모습을 보았다.

"드디어 돌아왔구나……!"

창백한 얼굴로 어머니를 내려다보는 파벨의 눈에 눈물이 글썽이더니 입술이 설핏 떨리었다. 파벨은 한동안 아무 말도 하지 못했다. 어머니 역시 말없이 아들을 바라볼 뿐이었다.

안드레이가 조용히 휘파람을 불며 고개를 숙인 채 밖으로 나갔다.

"고마워요, 어머니!"

파벨은 떨리는 손으로 어머니의 손을 맞잡으며 나직하게 말했다.

"고마워요, 사랑하는 어머니!"

아들의 목소리와 표정에 감동한 어머니는 파벨의 머리를 어루만지며 요동치는 심장의 고동을 애써 참아 냈다.

"하느님께서 널 도우셨다! 내가 한 게 뭐 있다고……."

"우리 일을 도우셨잖아요. 자기 어머니를 정신적인 동지로 부를 수 있다는 건 아무나 누리는 행복이 아니에요. 어머니, 제가 그동안 얼마나 힘들게 했는지 알아요. 전 어머니가 저희를 이해하지 못한 채 그저 묵묵히 참아 주시는 거라고 생각했거든요. 제 생각이 잘못되었어요."

"안드레이가 많은 걸 가르쳐 주었단다."

"예, 안드레이한테 얘기 들었어요. 그런데 혼자서 몰래 글자 공부를 하신다면서요?"

"저런, 안드레이가 알고 있었네!"

어머니는 당황해하며 소리쳤다.

"안드레이를 불러야겠다. 우릴 방해하지 않으려고 일부러 밖으로 나간 거야. 안드레이는 어머니가 없잖니?"

"안드레이, 어디 있는 거야?"

파벨이 현관문을 열며 소리쳐 불렀다.

"여기 있어. 장작 좀 패려고."

"그만두고 이리 들어와!"

안드레이는 곧장 들어오지 않고 부엌 쪽으로 걸음을 옮기면서 마치 주인처럼 말했다.

"니콜라이한테 장작 좀 가져다 달라고 해야겠어요. 얼마 안 남았더라고요. 어머니, 파벨 얼굴 좀 보세요! 반란자에게 벌은 주지 않고 먹이기만 했나 봅니다……."

어머니가 웃음을 터뜨렸다. 어머니는 이제껏 살아오면서 이렇게 행복한 순간은 처음이었다. 이 위대한 행복의 순간이 영원히 간직되기를 바랐다. 혹시라도 금세 사라져 버리기라도 할까 봐 서둘러 가슴속에 행복을 차곡차곡 접어 넣었다.

"자, 식사를 해야지! 아직 아무것도 안 먹었지?"

"예, 어제 간수한테서 오늘 석방된다는 소식을 듣고는 지금까지 아무것도 먹지도 마시지도 못했어요……. 이제 다들 풀려날 것 같아요."

안드레이는 식사를 하면서 르이빈 이야기를 꺼냈다. 이야기를 다 듣고 나서 파벨이 안타까운 목소리로 말했다.

"내가 집에 있었다면 그렇게 떠나도록 내버려 두지는 않았을 텐데! 혼자서 어쩌려고. 그분 머릿속엔 반란과 혼란의 감정만 가득 차 있어."

"그래, 나이가 사십인 분이 오랫동안 혼자 싸워서 얻은 것을 바꾸기란 쉽지 않지……."

두 사람은 다시 알아듣기 어려운 논쟁을 벌이기 시작했다. 식사를 끝낸 뒤에도 한참 동안 어려운 단어들이 우박처럼 쏟아져 내렸다. 가끔은 쉬운 말도 들렸다.

"우리는 한 걸음도 비켜서지 말고 곧장 우리 길을 가야만 해!"

"그러다 보면 우릴 적으로 생각하는 수많은 사람들과 부딪치게 되겠지……."

어머니는 논쟁을 유심히 들으면서 파벨이 농민들을 별로 달가워하지 않는 반면, 안드레이는 그들을 옹호하며 가르칠 수 있다고 생각한다는 것을 알았다. 그녀는 안드레이의 말이 훨씬 이해하기 쉬울뿐더러 더 옳다고 생각했다. 그러면서도 안드레이가 말할 때마다 혹시 파벨을 화나게 만들면 어쩌나, 하고 지레 걱정이 앞서곤 했다. 하지만 어머니의 걱정과는 달리, 그들은 서로 소리를 지르면서도 화를 내지는 않았다.

봄이 다가오고 있었다. 눈이 녹으면서 진창이 드러났다. 날이

갈수록 진창은 더욱 심해졌고, 노동자촌은 빨지 않은 누더기를 걸친 듯이 흉측해졌다. 노동절 기념 행사 준비가 한창이었다. 공장과 노동자촌에는 이 기념 행사의 의미를 설명하는 유인물이 뿌려졌다.

나타샤가 다시 찾아오기 시작했다. 어머니는 그녀가 있는 자리에선 안드레이가 더 활발해진다는 것을 눈치챘다. 그녀를 웃게 만들려고 농담을 하기도 하고 공연히 이 사람 저 사람 걸고 넘어지기도 했다. 하지만 그녀가 가고 나면, 더없이 우울한 표정으로 휘파람을 불며 방 안을 서성거렸다.

사샤도 자주 찾아왔다. 그런데 그녀의 얼굴에는 항상 어두운 그늘이 드리워져 있었다. 뭔지 모르지만 매우 서두르는 기색이 역력했다. 게다가 예전보다 훨씬 날카로워져 있었다.

그러던 어느 날, 어머니는 파벨과 사샤가 현관문 밖에서 나누는 대화를 우연히 엿듣게 되었다.

"당신이 깃발을 들 거예요?"

사샤가 조용히 물었다.

"그래요."

"다시 감옥에 가려고요? 다른 사람한테 양보하면……."

"안 돼요!"

"생각 좀 해 보세요! 당신과 안드레이는 여기서 할 일이 아주 많아요! 유형을 당할 게 뻔한데……. 그것도 아주 오랫동안!"

사샤의 목소리에는 어머니에게 너무도 익숙한 슬픔과 두려움이 묻어 있었다.

"난 결정했소! 어떤 이유로도 번복할 수 없어요."

"내가 애원해도요?"

파벨의 말이 갑자기 빨라졌다. 그러나 어쩐지 더 단호해진 것 같았다.

"사샤, 그렇게 말하면 안 돼요. 그러지 말아요."

"나도 사람이에요!"

그와 동시에 사샤의 구두 소리가 다다닥 하고 들렸다. 그녀가 뛰다시피 하면서 걸어가는 모양이었다. 파벨은 그녀를 따라 마당까지 나갔다. 어머니는 가슴이 답답해졌다. 그들이 나누는 말이 무슨 뜻인지는 몰라도, 뭔가 힘겨운 고통이 기다리고 있다는 것만은 가슴으로 고스란히 느껴졌다.

얼마 후 파벨과 안드레이가 함께 방으로 들어왔다. 어머니는 조심스럽게 말문을 열었다.

"파벨, 무슨 일을 하려는 거냐?"

"언제요? 지금요?"

"아니…….1일에, 5월 1일 노동절에 말이다."

"아, 제가 우리의 깃발을 들 겁니다. 맨 앞에 설 거예요. 그러고 나면 다시 감옥에 가겠지요."

어머니의 입술이 바짝바짝 마르며 눈시울이 뜨거워졌다. 파벨은 어머니의 손을 움켜잡았다. 어머니는 천천히 고개를 들다가 아들의 고집스런 눈빛과 마주치자 다시 고개를 떨어뜨렸다.

파벨은 어머니의 손을 놓고 한숨을 내쉬었다.

"슬퍼하지 말고 기뻐하세요. 언제쯤 우리 어머니들은 자식들을 기쁜 마음으로 사지에 보내 주시려나!"

"내가 뭐라던? 난 네 일에 간섭하지 않겠다. 다만 어미로서 마음이 아파서……."

"살아가는 데 방해가 되는 사랑도 있어요……."

이 말에 어머니는 몸을 부르르 떨었다. 그러고는 아들의 입에서 또 어떤 말이 나올까 두려워 서둘러 말을 막았다.

"그렇게까지 말할 거 없잖니, 파벨! 달리 어쩔 수 없다는 걸 알아. 동지들을 위해서……."

"아니요, 이건 제 자신을 위한 겁니다."

안드레이는 어깨를 문설주에 기댄 채 다소 엉거주춤하게 서 있었다.

"파벨, 그만 좀 하지 그래!"

그는 툭 튀어나온 눈으로 파벨의 얼굴을 쏘아보며 무뚝뚝하게 말했다.

"어머니를 그렇게 괴롭혀야 속이 시원하겠니?"

"항상 분명하게 말해 두는 편이 좋아!"

"어머니한테까지 그래야 해?"

"누구에게나 마찬가지야! 발목을 잡는 사랑이나 우정 따위는 필요 없어……."

"아이고, 영웅 하나 나셨군요! 가서 코나 닦으시지! 코 닦고 가서 사샤에게도 그렇게 말해 주지 그래……."

"벌써 말했어!"

"그래? 사샤한테야 아주 다정하고 간드러지게 말했겠지. 안 봐도 뻔해! 그러면서 어머니 앞에선 쓸데없는 영웅심이 발동해선…… 염소 새끼처럼 날뛰고……."

어머니는 뺨에 흐르는 눈물을 재빨리 훔쳐 냈다. 그녀는 안드레이가 파벨을 나무라는 모습을 보고 놀라서 얼른 말머리를 돌렸다.

"아유, 춥구나! 봄 날씨가 어째 이 모양인지……."

어머니는 부엌으로 나가 공연히 물건들을 이리저리 옮기며 짐짓 큰 소리로 말했다.

"모든 게 변했구나. 사람들은 한결 뜨거워졌는데 날씨는 더 차가워졌어. 예전에는 이맘때 하늘도 맑고 햇살도 따뜻하고 그랬는데……."

방에서 어머니의 말소리를 들으며, 안드레이가 파벨에게 나지막이 말했다.

"들었어? 넌 중요한 걸 모르고 있어, 파벨! 어머니의 가슴은 네 가슴보다 훨씬 풍요롭다고……."

"자, 차나 한 잔씩 하자. 어유, 너무 추워서 얼어 죽겠구나."

어머니가 차를 가지고 방 안으로 들어서며 말했다. 그녀는 떨리는 목소리를 누르려고 일부러 목청을 높였다.

파벨이 어머니에게 천천히 다가갔다.

"어머니, 용서하세요! 전 아직 어린애예요. 어리석기 짝이 없어요……."

파벨의 입술이 떨렸다. 어머니는 아들의 머리를 끌어안았다. 순간 목이 메어 왔다.

"아무 말도 하지 마라! 하느님이 함께하실 거다. 네 인생은 네 것이다! 이 세상에 제 자식을 아끼지 않는 어미가 어디 있겠니? 너희 모두 내 혈육이나 마찬가지란다. 네가 가는 곳이라면 어디든 따라가겠다, 파벨!"

어머니는 아들을 품에서 떼어 내며 안드레이에게 부탁했다.

"그리고 안드레이! 파벨한테 소리치지 마라. 나이도 더 많으면서……."

"알았어요. 이제 아예 고함을 치죠, 뭐. 그리고 흠씬 두들겨 패 주고요!"

안드레이는 몸을 돌려 부엌으로 가면서 소리쳤다.

"저리 가, 파벨. 안 그러면 네 머리통을 깨물어 버릴 테니까. 아, 어머니, 농담이에요. 제가 사모바르를 올려놓을게요. 이런, 석탄이 이게 뭐야……. 다 젖어 버렸잖아, 제기랄!"

그러고는 더 이상 말이 없었다. 어머니가 부엌에 나가 보니 안드레이는 바닥에 쭈그려 앉아 불을 붙이고 있었다. 그는 어머니를 쳐다보지도 않고 말을 계속했다.

"어머니, 걱정 마세요. 파벨한테 손끝 하나 안 댈 거예요. 제가 삶은 무처럼 물러 터졌잖아요. 그리고 저는요……, 헤이, 영웅 양반, 귀 막으시라고! 저는 파벨을 좋아해요. 하지만 쟤가 입고 다니는 조끼는 좋아하지 않아요. 파벨은 새 조끼를 입더니만 마음에 쏙 들었는지 배를 쑥 내밀고 다녀요. 사람들을 밀치면서요. 좋은 조끼인 건 사실이지만 밀긴 왜 미냐고요? 그렇지 않아도 비좁은 곳에서."

파벨이 웃으며 끼어들었다.

"계속 씹어 댈 거야? 한 대 쳤으면 됐잖아!"

그러고는 몸을 숙여 안드레이의 손을 잡았다.

"어, 어, 이거 놔. 한판 붙어 보자는 거야?"

두 사람은 서로를 끌어안고 한참 동안 뒹굴었다.

제 8 장

살인 사건

아침 일찍 파벨과 안드레이는 집을 나섰다. 그러고 나서 얼마 지나지 않아, 마리야가 숨넘어갈 듯이 달려와 소리쳤다.

"이사이가 살해됐대! 얼른 가 봅시다……."

어머니는 자기도 모르게 몸을 바르르 떨었다. 순간 살인자의 이름이 머리를 스치고 지나갔다.

"누가 그랬대?"

어머니는 옷을 입으며 짧게 물었다.

"그렇잖아도 지금 범인을 찾겠다고 난리도 아니래. 어젯밤 당신들이 집에 붙어 있었던 걸 다행으로 생각하라고! 내가 증인이지. 자정 조금 넘어서 지나가다 창문으로 보니까 다들 탁자 앞에 둘러앉아 있더구먼……."

"그게 무슨 소리야, 마리야? 설마 애들을 의심한다는 거야?"

"그럼 누가 죽였겠어? 당신네들밖에 더 있어? 이사이가 뒤를 캐고 다녔다는 건 다 아는 사실이잖우……."

어머니는 숨을 몰아쉬며 가슴에 손을 얹었다.

공장 근처에는 사람들이 구름같이 모여 있었다. 여자들과 아이들이 많았다. 이사이는 머리를 벽에 기댄 채 오른쪽으로 어깨를 늘어뜨리고 쓰러져 있었다. 허옇게 치뜬 눈은 한 곳을 응시하고 있었고, 입은 반쯤 벌어져 있었으며, 턱은 옆으로 어긋난 채 툭 튀어나와 있었다. 어머니는 성호를 긋고 한숨을 쉬었다. 살아 있을 때는 그렇게 혐오스럽더니 이제는 애잔한 연민을 불러일으켰다.

"피 한 방울 안 흘렸네! 주먹으로 한 대 제대로 맞은 게 틀림없어……."

누군가가 속삭였다.

"주둥아릴 함부로 놀리고 다니더니만……."

독기 어린 목소리도 들렸다.

'아무도 불쌍하게 여기지 않는구나!'

어머니는 이렇게 생각하며 니콜라이 베숍쉬코프의 얼굴을 떠올렸다. 그의 가늘게 째진 눈이 그녀를 싸늘하게 노려보는 것만 같았다.

저녁에 파벨과 안드레이가 집으로 돌아오자 어머니가 먼저 물어보았다.

"그래, 이사이를 죽인 범인은 잡혔다니?"

"아직 그런 소리 못 들었어요."

안드레이가 대꾸했다.

"니콜라이에 대한 말은 없던?"

파벨이 차가운 눈길로 어머니를 바라보며 말했다.

"아무 말 없어요. 그리고 그 친구, 지금 이곳에 없어요. 어제 낮에 강 건너에 갔다가 아직 돌아오지 않았거든요."

"오, 다행이구나, 다행이야!"

어머니는 마음이 놓인다는 듯이 한숨을 내쉬었다. 안드레이는 어머니를 바라보다가 고개를 숙였다.

"그 사람이 죽어 있는 걸 봤는데, 불쌍하게 여기는 사람이 아무도 없더라. 어찌나 작고 보잘것없어 보이던지……."

파벨이 식사를 하다 말고 숟가락을 내려놓으며 소리쳤다.

"난 도대체 이해가 안 돼!"

"뭐가?"

"물론 사람을 해치는 짐승 같은 인간은 죽어도 싸. 하지만 그런 불쌍한 인간에게 그렇게……."

안드레이는 어깨를 움찔했다.

"그놈은 짐승만도 못한 인간이었어."

"그래도 난 그런 식으로 처리하는 건 찬성할 수 없어."

"동지들과 과업을 위해서라면 나는 뭐든 할 수 있어! 살인이라도……!"

"오, 안드레이!"

어머니는 잔뜩 가라앉은 목소리로 비명을 질렀다. 안드레이는 흥분을 감추지 못하고 자리에서 벌떡 일어나 두 손을 흔들며 말했다.

"민중이 사랑으로 하나가 되는 그때를 앞당기려면 인간을 증오할 줄도 알아야 해. 삶의 진전을 방해하는 자들, 자신들의 안락을 위해 인간을 팔아넘기는 자들은 마땅히 제거되어야 한다고. 나도 알아, 그들의 피로 얻을 게 없다는 걸. 진리는 우리의 피로 자라나는 것이지! 내 스스로 죄를 짊어지면 되잖아! 그러면 미래의 오점이 되지 않아. 그 누구도 더러워지지 않는다고. 나 말고는 아무도!"

안드레이는 손을 내저으며 방 안을 왔다 갔다 했다. 허공에 대고 손을 내리치는 모습이 꼭 자기 목을 베는 것 같았다.

"앞으로 나아가다 보면 자기 자신의 뜻을 거스르는 경우도 있지. 하지만 모든 걸 다 바쳐야 해. 자기 삶에서 가장 소중한 것을 다 버릴 수 있을 때라야 비로소 가장 귀중한 것, 즉 진실을 얻을 수 있어!"

안드레이는 잠시 말을 멈추었다가 가슴 깊은 곳에서 울려 나오는 목소리로 말했다.

"나는 우리 모두가 자유로운 세상, 즉 해방의 그날을 위해 목숨을 바칠 각오가 돼 있어……."

갑자기 그의 얼굴에 경련이 일더니 고통이 가득한 눈물이 흘러내렸다. 파벨은 고개를 들어 안드레이의 창백한 얼굴을 바라보았다. 어머니는 불안한 마음이 들어서 자기도 모르게 의자에서 몸을 조금 일으켰다.

"안드레이, 무슨 일이 있는 거야?"

파벨이 나직이 물었다. 안드레이는 고개를 저으면서 몸을 반듯하게 폈다.

"내가……, 내가……."

어머니는 벌떡 일어나 그에게 다가가 두 손을 움켜쥐었다.

"오, 불쌍한……. 쉿, 목소리를 낮춰."

"아니에요, 제가 말씀드릴게요."

"됐어, 그럴 필요 없어. 그만둬, 안드레이!"

파벨은 촉촉한 눈길로 안드레이를 바라보며 천천히 말했다.

"나도 일부러 그랬던 건 아니야, 파벨. 우연히……. 네가 앞서 가고 난 뒤 드라구노프와 함께 뒤따라 걸어가는데, 모퉁이에서 이사이가 나타났어……. 우릴 보며 웃더라고. 드라구노프가, '저 놈 하루 종일 날 따라다녔어. 언제 반쯤 죽여 놓고 말 거야.' 그러고는 가 버렸지. 근데 이사이가 날 따라왔어……."

어머니는 말없이 안드레이의 손을 잡아끌어 의자에 앉혔다.

"그놈이 내게 우리 모두에 대해 다 알고 있다느니, 5월 전에 죄다 잡아들이겠다느니 그러지 않겠어? 그러면서 당신 같은 사람이 뭐 그런 일을 하느냐고. 그러지 말고……, 나더러 자기네를 도우라며……. 차라리 내게 주먹질을 했다면 또 몰라. 내 가슴에다 그런 더러운 가래침을 뱉는 건 도저히 참을 수가 없었어. 그래서 그놈의 면상을 한 대 후려치고 돌아섰어. 뒤도 돌아보지 않았지. 고꾸라지는 소리가 들렸지만……. 그런데 죽었다는 거야. 난 도저히 믿을 수가 없어."

안드레이는 자기 손을 물끄러미 내려다보았다.

"평생 이 오점을 씻지 못할 거야……."

어머니가 나지막이 말했다.

"네 마음만 깨끗하면 된다, 안드레이. 가엾은……."

그때 공장의 사이렌이 울렸다. 안드레이는 머리를 기울이며 고압적인 사이렌 소리를 듣더니 몸을 부르르 떨었다.

그때 현관에서 누군가의 발소리가 크게 들렸다 어머니와 파벨은 깜짝 놀라 서로를 바라보았다. 천천히 문이 열리며 들어선 사람은 다행히도 르이빈이었다.

"잘들 지냈소? 언제 나왔나, 파벨?"

타르가 잔뜩 묻은 털가죽 외투에 장갑과 털모자로 무장한 그의 표정이 자못 부드러웠다. 파벨은 르이빈을 살피며 미소를 지었다.

"멋진 농군이 되셨네요!"

"그래, 농사꾼이 다 됐지! 자넨 점점 지식인이 되어 가는데 난 거꾸로 가는구먼. 이렇게 말일세!"

"어떻게 지내셨어요?"

파벨이 맞은편에 앉으며 물었다.

"잘 지내고 있지. 일단 에딜리게예보라는 마을에 자리를 잡았어. 주민이 한 이천 명 될까? 지독히 못사는 동네야. 타르 공장에서 일하고 있어. 임금이야 여기의 반의반도 안 되지. 힘은 두 배나 더 들고! 같이 일하는 예핌이라는 청년이 있는데 아주 뛰어난 친구지. 성격이 워낙 불같아서 탈이지만 말이야! 여기 같이 왔어. 타르를 운반하는 길에 멀리 돌아서 들른 셈이지. 자네한테 책 좀 얻으려고⋯⋯."

르이빈의 눈빛은 전보다 더 민활해졌지만 예전만큼 솔직해 보이지는 않았다.

"난 이 공장 저 공장을 전전하며 오 년이나 허송했어. 농촌을 완전히 잊고 지냈는데, 막상 그곳에 가 보니 정말 눈뜨고는 볼 수가 없더라고. 모두들 굶어 죽기 직전일세. 사는 게 아니라 가난 속에서 썩어 가는 거지⋯⋯. 그걸 보고 도저히 그대로 떠날 수가 없었네. 내가 그들에게 빵을 줄 수는 없지만 보리죽 한 그릇은 줄 수 있겠지, 하고 말이야⋯⋯."

르이빈의 이마에 땀방울이 맺혔다. 그는 파벨의 어깨에 손을 얹으며 천천히 말을 이었다.

"나 좀 도와주게! 책을 좀 줘! 읽으면 피가 끓어오르는 그런 책 말일세. 그리고 소식지에 농촌 얘기도 좀 써 주게. 농민들이 죽음도 마다하지 않고 벌떡 일어나게 말이야."

"필요한 일이지요. 우리에게 자료를 보내 주세요."

"다 보낼 테니까. 송아지도 알아듣게끔 아주 쉽게 써 줘!"

그때 부엌문이 열리고 누군가가 들어왔다.

"예핌이로군! 이리 오게, 예핌! 이 사람이 바로 파벨이라네!"

예핌은 모자를 벗어 들고 머뭇거리며 파벨을 힐끔 바라보았다. 아마색 머리칼에 넓은 얼굴이 인상적이었다. 몸매 역시 매우 단단해 보였다.

"처음 뵙겠습니다!"

그는 약간 쉰 목소리로 말하고는 파벨과 악수를 나눈 뒤 머리칼을 매만지며 방 안을 둘러보았다.

"정말 책을 많이 읽는군요. 시간도 없을 텐데. 시골에서는 남는 게 시간이지만……《지질학》이라, 이건 뭐죠?"

파벨이 지질학에 대해 간략히 설명해 주었다.

"우리에겐 필요 없는 책이군요."

예핌은 책을 도로 꽂으며 말했다. 르이빈이 한숨을 내쉬며 말했다.

"농민들은 땅이 어떻게 생겼는지보다는 그 땅이 어떻게 분배되는지에 관심이 더 많지. 지구가 돌고 있는지 서 있는지는 중요하지가 않다네. 땅이 빨랫줄에 걸려 있더라도 먹을 것만 내놓을 수 있다면 그만이니까."

예핌은 다른 책의 제목을 읽으며 파벨에게 물었다.

"《노예제의 역사》라……, 우리나라 얘긴가요?"

"러시아 농노제에 관한 책도 있어요!"

파벨이 다른 책을 건네주며 말했다. 예핌은 그 책을 이리저리 살피더니 한쪽으로 밀어 놓았다.

"옛날 책이네요!"

"당신네도 분배받은 땅이 있지요?"

파벨이 물었다.

"우리요? 있지요. 삼 형제가 사 헥타르씩 분배받았어요. 그런데 죄다 모래땅이라 농사를 지을 수가 없어요! 전 그 땅은 포기했습니다. 당장 먹고살기가 힘들어서요. 품팔이 노동이 사 년째입니다. 올 가을엔 군대에 가려고요. 그런데 혁명이라는 게 봉기를 말하는 건가요?"

예핌이 안드레이에게 물었다.

"댁도 노동자신가요?"

"그렇소!"

"이 친구는 공장 노동자를 처음 본다네! 공장 노동자는 어딘가 특별한 데가 있다는 거야."

"뭐가요?"

예핌이 안드레이를 유심히 바라보며 말했다.

"당신들 뼈는 울룩불룩하지만 농민들 뼈는 둥글둥글해요."

예핌의 말에 르이빈이 얼른 덧붙였다.

"농민들은 서 있는 자세가 훨씬 더 안정적이지. 발밑의 땅을 느낄 수 있으니까. 그런데 공장 노동자는 새 같다고나 할까. 여기저기 떠돌아다니잖아."

예핌이 파벨에게 다가가 물었다.

"제게 책을 한 권 빌려 줄 수 있겠습니까?"

"그러지요."

파벨이 기꺼이 대답했다. 순간 예핌의 눈이 활활 타올랐다.

"꼭 돌려 드릴게요. 이쪽으로 오는 친구 편에라도."

르이빈은 외투를 입고 허리띠까지 졸라매며 재촉했다.

"어서 가세. 갈 시간이야!"

노동절 기념 행사를 알리는 유인물이 거의 매일 밤 노동자촌 담벼락에 나붙었다. 심지어는 경찰서 담에도 붙었고 공장 안에서도 발견되었다. 아침마다 경찰들이 욕을 해 대며 유인물을 뜯어 내고 긁어 내느라 야단법석을 떨었지만, 점심때가 되면 다시 유인물이 거리에 뿌려졌다.

파벨과 안드레이는 밤을 꼴딱 새우고 공장 사이렌이 울리기 직전이 되어서야 지친 모습으로 돌아오곤 했다. 기마 경찰들이 밤마다 노동자촌을 돌아다니며 수색을 해 댔다. 그리고 사람들을 마구잡이로 잡아들였다.

이사이 살해 사건에 대한 수사는 시들해졌다. 몇 사람 잡아다가 심문을 하는가 싶더니 이내 잠잠해져 버렸다. 마리야는 은연중에 경찰의 소식을 전해 주었다. 그녀는 경찰들과 관계가 나쁘지 않기 때문에 그쪽 소식에 비교적 밝았다.

"범인을 어떻게 잡아내겠어? 그날 아침 이사이가 만난 사람만 해도 백 명이 넘는 데다, 그중 구십 명은 그놈을 때려 주고 싶었을 텐데……. 칠 년 동안 그놈한테 시달리지 않은 사람이 어디 있어야지."

안드레이는 눈에 띄게 수척해졌다. 볼이 쑥 꺼졌고 눈꺼풀이 무거워졌으며 인중에 잔주름이 잡혔다. 말수도 한층 줄어들었는데, 공연히 흥분하는 일은 오히려 잦아졌다.

이사이에 대한 수사가 잠잠해지자, 그는 다소 우울한 목소리로 말했다.

"그들은 민중뿐만 아니라 충견처럼 따르던 자들도 귀하게 여기지 않는다는 거지……."

"그만해, 안드레이!"

파벨이 말렸다.

"썩은 나무는 건드리기만 해도 넘어지는 법이야."

어머니가 거들었지만 안드레이는 여전히 침통한 표정이었다.

"옳은 말씀이에요. 하지만 그래도 위로가 되진 않네요."

드디어 5월 1일이 찾아왔다.

공장 사이렌은 평소와 다름없이 강압적이고 위압적으로 울렸다. 간밤에 한숨도 못 잔 어머니는 차를 준비하다가 창밖을 물끄러미 바라보았다. 아침노을에 물든 솜털구름이 담청색 하늘 위로 빠르게 흘러가고 있었다. 이상하리만치 마음이 차분했다. 오히려 자잘한 일상의 일들에 생각이 가 닿았다.

'사모바르를 너무 일찍 올려놓았군. 물이 다 졸겠네. 오늘은 잠이나 더 자도록 내버려 둬야지. 둘 다 피곤할 텐데……'

막 피어난 햇살이 창문으로 들어오자 어머니는 한 손으로 그것을 받은 다음, 다른 손으로 가만히 쓰다듬으며 미소를 지었다.

두 번째 사이렌이 울리자 방 안에서 안드레이가 걸어 나왔다.

"좋은 아침입니다, 어머니! 안녕히 주무셨어요?"

어머니는 그에게 다가가 조용히 말했다.

"안드레이, 오늘은 파벨 옆에 꼭 붙어 있도록 해!"

"물론이죠! 우린 늘 한 몸인걸요!"

"무슨 얘길 하는 거야?"

파벨이 뒤따라 나오며 끼어들었다.

"아무것도 아냐. 어머니께서 나더러 세수 좀 깨끗이 하라 그러시네. 아가씨들이 쳐다볼 거라고!"

어머니와 파벨이 동시에 미소를 지었다.

날이 밝자 구름이 점차 걷혔다. 어머니는 그릇을 챙기면서 오늘 같은 날 아침에 둘 다 저렇게 농담이 나올까 싶어 고개를 갸웃거렸다. 정오가 되면 어떤 일이 저희를 기다리고 있을지도 모르면서.

아침 식사가 끝나자 어머니가 물었다.

"어떤 식으로 행진할지는 더 얘기하지 않니?"

"일단 결정된 것은 더 말해 봐야 혼란스럽기만 해요."

안드레이가 대답했다.

"어머니, 만일 우리가 모조리 잡혀가면 니콜라이 이바노비치가 와서 앞으로 어떻게 해야 하는지 알려 줄 겁니다."

"알았다."

어머니는 한숨을 쉬며 대답했다.

"거리로 나가 봐야겠어!"

파벨이 꿈을 꾸듯이 말했다.

"아냐, 집에 앉아 있어! 괜히 경찰들 자극할 거 없잖아. 넌 얼굴이 너무 많이 알려졌어."

그때 양 볼이 붉게 달아오른 페자가 두 눈을 반짝이며 집 안으로 뛰어 들어왔다.

"시작됐어! 사람들이 거리로 마구 쏟아져 나오고 있다고. 모두들 비장한 얼굴이야. 공장 정문에서 니콜라이 베솝쉬코프가 구세프 형제, 바샤, 사모일로프와 함께 계속 연설을 하고 있어. 수많은 사람들이 공장 앞에서 발길을 돌리고 있다고. 가, 얼른! 벌써 열 시야."

"가야지!"

파벨이 단호한 표정으로 일어섰다.

"점심 시간 이후엔 공장 전체가 들고일어날 거야!"

페자는 이렇게 말하고는 먼저 뛰어나갔다. 어머니는 자리에서 일어나 부엌으로 가더니 허겁지겁 옷을 갈아입기 시작했다.

"어디 가시려고요, 어머니?"

안드레이가 물었다.

"너희하고 같이 가려고."

안드레이는 콧수염을 만지작거리며 파벨을 바라보았다. 파벨이 머리카락을 쓸어 넘기며 부엌으로 쫓아왔다.

"어머니, 전 아무 말씀도 드리지 않겠어요. 어머니도 아무 말씀 마세요, 아셨죠?"

"오냐, 알았다. 하느님이 함께하실 거다."

제 9 장
붉은 깃발

어머니가 거리로 나갔을 때, 불안해하면서도 뭔가 기대에 찬 사람들의 웅성거림이 들려왔다. 그들은 창문이나 대문 옆에 무리지어 선 채 호기심 어린 시선으로 파벨과 안드레이를 바라보았다. 사람들이 건네는 인사말에도 뭔가 특별한 감정이 배어 있었다. 조그맣게 속삭이는 소리들이 단속적으로 들려왔다.

"바로 저 사람들이 주동자래."

"몰랐어, 누가 이끌고 있는지……."

"보라고, 내가 틀린 말 하겠어?"

마당 안쪽에서 누군가의 화난 목소리도 들려왔다.

"경찰이 잡아가면 그걸로 끝이야!"

"벌써 잡혀갔다 왔어!"

다리를 다치는 바람에 공장에서 장애 수당을 받고 있는 조시모프의 집 앞을 지날 때, 그가 창문 너머로 고개를 내밀고 이렇게 소리쳤다.

"파벨, 네놈 모가지를 비틀어 놓겠어! 두고 봐! 계속 그따위 짓을 하고 다니다간 무슨 일을 당하는지……."

어머니는 몸을 부르르 떨며 걸음을 멈추었다. 가슴에 분노가 격렬하게 솟구쳐 올랐다. 어머니가 그의 부어오른 얼굴을 노려보자 조시모프는 욕을 해 대며 모습을 감추었다. 파벨과 안드레이는 아무것도 들리지 않는 것처럼 의연하게 앞으로 걸어갔다.

태양이 더 높이 떠올라 따뜻하고도 신선한 기운이 사방으로 번졌다. 옅은 구름의 그림자들이 집과 사람들을 스치며 흘러갔다. 마치 담벼락과 지붕의 흙먼지를 닦아 내고, 사람들의 얼굴에서 우울함을 걷어 내는 것만 같았다. 노동자촌은 점점 활기를 띠었고, 사람들의 목소리는 점차 더 커져 갔다.

그들은 교회 쪽 광장으로 향했다. 교회 주위에는 활기찬 젊은 이들과 아이들이 오백여 명 밀집해 있었다. 사람들은 하나같이 불안한 표정으로 고개를 들고 뭔가를 기다리고 있었다. 뭐가 뭔지 모르겠다는 듯한 사람도 있었고, 공연히 호기를 부리는 사람도 있었다.

그때 찢어지는 듯한 사이렌 소리가 울려 퍼지면서 사람들의 말소리를 삼켜 버렸다. 군중은 흠칫 놀라 움찔거렸고, 앉아 있던 사람들은 자리를 박차고 벌떡 일어섰다. 한순간 모두 얼어붙은 것처럼 꼼짝하지 않았다. 긴장이 감돌면서 사람들의 얼굴이 창백해졌다.

"동지들!"

파벨의 목소리가 우렁차게 울렸다. 뜨거운 안개 같은 것이 어머니의 눈을 휘감았다. 사람들이 파벨을 향해 일제히 고개를 돌리며 자석처럼 둥그렇게 그를 에워쌌다.

"동지들! 우리는 오늘 우리의 깃발, 즉 이성과 진실과 자유의 깃발을 들었습니다."

길고 하얀 깃대가 공중으로 솟았다가 기울어지더니 군중을 둘로 가르며 모습을 감추었다. 그리고 조금 뒤 붉은 깃발이 펄럭이며 하늘 높이 솟아올랐다. 파벨이 팔을 높이 쳐들자 수십 개의 손이 깃대를 움켜잡았다.

"노동자 만세!"

누군가가 힘차게 외치자 수백 명의 목소리가 화답하듯 우렁차게 울려 퍼졌다.

"사회 민주 노동당 만세! 우리의 정당, 우리의 동지, 우리의 정신적 조국 만세!"

군중이 끓어오르기 시작했다. 사람들이 점점 더 모여들었다. 페자와 사모일로프, 구세프 형제가 파벨 곁에 바짝 붙어 섰다.

고개를 푹 숙인 니콜라이 베솝쉬코프가 군중을 밀어젖히며 앞으로 나아갔다.

"전 세계 노동자 만세!"

파벨이 외쳤다. 모두가 기세를 올리며 환호했다. 지축을 뒤흔들 것만 같은 수천 명의 목소리가 응답했다. 어머니는 니콜라이 베솝쉬코프와 또 다른 누군가의 손을 마주 잡고 있었다. 터져나오려는 울음에 숨이 막혔지만 눈물을 흘리지는 않았다. 다만 다리가 후들거렸다.

"동지들!"

안드레이의 부드러운 목소리가 군중의 웅성거리는 소리를 휘어잡았다.

"우리는 이제 새로운 신의 이름으로, 빛과 진실의 신, 이성과 선의 신의 이름으로 십자가 행진을 시작하겠습니다. 진리를 믿지 못하는 자, 죽음을 무릅쓸 용기가 없는 자, 자기 자신을 믿지 못하고 두려워하는 자, 모두 물러나십시오! 동지들, 해방 민중의 축제 만세! 노동절 만세!"

사람들이 계속 몰려들어 발 디딜 틈조차 없었다. 파벨이 깃발을 펄럭이며 앞으로 나아갔다. 깃발은 햇빛을 받아 더욱 붉게 빛나며 환하게 웃음을 지었다.

　　낡은 세계를 끝장 내고

낡은 세계의 먼지를 털고…….

페자가 낭랑한 목소리로 선창하자, 수십 명의 목소리가 부드럽고도 힘찬 파도를 이루었다. 어머니는 입가에 환한 미소를 띤 채 페자의 뒤를 따랐다. 그의 머리 너머로 아들의 모습과 깃발이 보였다.

일어나라, 깨어나라, 노동자 민중이여!
투쟁으로 떨쳐 일어나라, 굶주린 민중이여!

노동자들의 환호는 점차 노랫소리로 하나가 되었다. 집에서 조용조용 부르던 바로 그 노래였다. 이제 거리로 나온 그 노래는 무서운 힘을 지니게 되었다.

"저 앞에 군인들이 있어요!"

누군가가 이렇게 외치자 주위가 술렁거렸다.

"두려워하지 말아요."

어머니가 중얼거렸다.

"이건 성스러운 일입니다. 사람들이 그리스도를 위해 죽지 않았다면 이 세상에 그리스도가 오시지 못했을 겁니다."

"이단자 놈들!"

누군가가 창문 너머로 주먹을 휘두르며 신경질적으로 고함을

쳤다.

"감히 황제 폐하께 반역하려는 거냐!"

흥분한 얼굴들이 어머니를 빠르게 스쳐 지나갔다. 사람들은 용암과도 같이 앞으로 흘러가고 있었다. 멀리 붉은 깃발이 보였다. 그 깃발은 마치 아들의 얼굴, 구릿빛 이마, 그리고 신념에 찬 눈동자와도 같았다.

어머니는 어쩌다 군중의 맨 끝에서 걷고 있었다. 뒤에 있는 사람들은 전혀 서두르는 기색이 없었다. 그들은 그저 구경거리를 만난 듯이, 그리고 그 결말이 어떻게 되리라는 것을 잘 알고 있다는 듯이 냉담한 표정들이었다.

"학교 쪽에 중대가 하나 있고, 공장 쪽에도 하나 있대."

"주지사도 나왔어."

"정말?"

"내가 두 눈으로 똑똑히 봤다니까. 정말 왔어!"

그 말을 듣고 누군가가 잘됐다는 듯이 그들을 욕하며 한마디 했다.

"어쨌든 놈들도 우리 형제들이 겁나긴 겁나나 보네. 군대도 보내고 주지사도 보내고."

'우리 편이야.'

어머니는 마음속으로 생각했다.

대열의 선두가 어디에 부딪히기라도 한 것처럼 갑자기 멈추어 섰다. 어머니는 앞사람의 등에 바짝 붙었다가 다시 밀리기 시작했다. 노랫소리가 흔들리더니 갑자기 더욱 빠르고 커졌다. 그러다가 노랫소리가 흩어지면서 조금씩 뒤로 밀렸다. 노랫소리는 다시 조금 전의 높이로 올라가려고 애를 썼다.

일어나라, 깨어나라, 노동자 민중이여!
적을 향해 나아가라, 굶주린 민중이여!

그러나 노랫소리에서는 이미 하나 된 확신이 사라지고 불안한 떨림이 느껴지고 있었다. 어머니는 앞쪽이 전혀 보이지 않아서 무슨 일이 일어났는지 알 수가 없었다. 군중을 밀치며 앞으로 나아갔지만, 사람들의 뒷걸음질에 다시 밀리고 말았다. 사람들은 고개를 숙이거나 눈썹을 찡그리거나 당혹스런 미소를 띠었다. 냉소적으로 휘파람을 부는 사람도 있었다.

"동지들!"

파벨의 목소리가 크게 들려왔다.

"병사들도 우리와 같은 사람입니다. 그들도 우리의 진실을 알게 된다면 우리와 함께 일어날 것입니다. 그들에게 우리의 진실을 전하기 위해 전진합시다. 전진합시다, 동지들!"

파벨의 우렁찬 목소리는 또렷하게 들렸지만 군중은 하나둘 흩어지기 시작했다. 대열은 양옆으로 서서히 벌어지기 시작했다. 담장 뒤에 숨는 사람도 있었다. 이제 대열은 쐐기 모양이 되어 버렸다. 그 맨 앞에는 파벨이 서 있었다. 파벨의 머리 위로 노동자의 깃발이 붉게 타올랐다. 대열은 마치 검은 새가 날아오르려고 날개를 편 채 신경을 잔뜩 곤두세우는 모양새였다. 파벨은 그 새의 부리와도 같았다.

거리 끝 쪽에는 무표정한 군인들이 똑같은 모양으로 회색 담장처럼 앞을 가로막고 있었다. 그들의 어깨 위로 날카로운 총검이 번뜩였다. 그곳에서 한기가 불어와 어머니의 심장을 꿰뚫고 지나갔다. 정적 속에 긴장이 감돌았다. 얼마 뒤 깃발이 높이 솟아 흔들리더니 회색 벽을 향해 나아가기 시작했다.

어머니는 눈을 꼭 감고 "아악!" 외마디 비명을 질렀다. 파벨과 안드레이, 사모일로프, 폐자 이렇게 네 사람만이 앞으로 나아가고 있었다. 이윽고 공중에서 폐자의 맑은 목소리가 떨리듯 울려 퍼지기 시작했다.

그댄 숙명의 투쟁 속에
쓰러져 가리니,
모든 걸 바쳐,
자유와 해방을 위해…….

폐자의 선창에 이어 몇몇 굵은 목소리가 노래를 따라 불렀다.

대열은 한 발씩 앞으로 움직였다.

누군가가 한쪽에서 악랄하게 소리쳤다.

"오호라! 장송곡을 부르는구나, 저 개새끼들이!"

어머니는 두 손을 가슴에 모으고 주위를 둘러보았다. 조금 전까지 거리를 가득 메웠던 군중은 머뭇거리면서 깃발 든 사람들이 멀어져 가는 모습을 그저 멀거니 바라보고만 있었다. 앞으로 나아가는 사람은 수십 명 정도에 그쳤다.

전제 정치는 무너지고
민중은 부활하리라…….

다시 폐자의 선창이 거리에 울려 퍼지자 단호한 노랫소리가 그 뒤를 따랐다.

"앞에 총!"

앞쪽에서 날카로운 외침 소리가 들렸다. 수많은 총검이 허공을 가르며 한 바퀴 돌아 깃발을 든 대열을 겨냥했다.

"앞으로 갓!"

"온다!"

애꾸눈 사내가 주머니에 손을 찔러 넣고 길옆으로 성큼 비켜섰다. 어머니는 눈도 깜박이지 않은 채 그 모습을 지켜보았다. 병사들이 은빛 총검을 앞세운 채 회색 파도처럼 밀고 나왔다.

그들은 정연하게 줄을 맞추어 산개 대형(전투를 하기 위해서, 병사들이 일정한 거리를 두고 넓게 벌린 대형—옮긴이)으로 거리를 가득 채웠다. 일사불란한 그들의 모습은 보기만 해도 오싹했다.

그때 안드레이가 파벨 앞으로 나섰다. 그러자 파벨이 어깨로 밀치며 소리쳤다.

"옆으로! 동지, 옆으로 서! 깃발이 나가야지!"

"해산하라!"

키 작은 장교가 하얀 군도를 휘두르며 가느다란 목소리로 외쳤다. 그는 무릎을 굽히지도 않은 채 두 발을 높이 쳐들었다가 땅바닥을 힘차게 굴렀다. 그의 구두가 유난히 번쩍거렸다. 장교 뒤에서 키가 훤칠하고 콧수염이 난 백발의 늙은이가 뒷짐을 지고 천천히 옆으로 나왔다. 그는 붉은 줄이 들어간 회색 외투와 노란 줄무늬 바지를 입고 있었다.

어머니는 당장이라도 크게 소리를 지르고 싶었다. 그녀는 사람들에게 이리 밀리고 저리 밀리면서도 정신없이 앞으로 나아갔다. 그러나 앞으로 나갈수록 자기 뒤에 사람들이 적어지고 있음을 느꼈다.

붉은 깃발을 지키려는 사람들과 회색 제복의 병사들이 점점 가까워졌다. 병사들의 얼굴이 또렷하게 보이기 시작했다. 총검이 사람들의 가슴을 노리면서 앞으로 다가왔다.

뒤편에서 사람들의 발소리가 요란하게 들려왔다.

"흩어져, 다들……."

"뒤로, 파벨!"

"깃발을 던져, 파벨! 여기로, 이리 줘!"

니콜라이 베숩쉬코프가 소리쳤다. 그러고는 깃대를 움켜쥐고 힘껏 잡아당겼다.

"그만둬!"

파벨이 소리쳤다. 니콜라이 베숩쉬코프는 마치 불에 덴 듯 황급히 깃대를 놓았다. 노랫소리는 완전히 수그러들었다. 사람들은 파벨을 둘러싸고 멈추어 섰지만 그는 아랑곳없이 완강하게 앞으로 나아가려 했다. 깃발 아래에는 스무 명 남짓한 사람들이 꿋꿋하게 버티고 서 있었다.

"저걸 뺏어 버려, 중위!"

키 큰 노인이 깃발을 가리키며 차갑게 명령했다. 키 작은 장교가 곧바로 파벨에게 달려들어 깃대를 낚아채며 고함쳤다.

"이리 내!"

"손 치워!"

파벨이 쩌렁쩌렁 울리는 목소리로 맞섰다. 깃발이 공중에서 좌우로 나부끼다가 다시 곧추섰고, 장교는 땅바닥에 나뒹굴었다. 병사들이 앞으로 몰려나왔다. 그들이 총의 개머리판을 휘두르자, 깃발이 부르르 떨리며 기울어지더니 이내 병사들 속으로 사라져 버렸다.

그때 누군가의 비명이 들려왔다. 어머니는 짐승처럼 울부짖었다. 키 작은 장교가 어머니의 가슴을 거칠게 떼밀었다.

"저리 꺼져, 이 여편네야!"

어머니는 그의 발밑에서 부러진 깃대를 보았다. 한쪽에는 여전히 붉은 천 조각이 매달려 있었다. 어머니는 허리를 구부려 그것을 들어 올렸다.

"꺼지란 말, 안 들려!"

병사들 틈에서 노랫소리가 솟아났다.

일어나라, 깨어나라, 노동자 민중이여!

장교가 달려가 화를 내며 큰 소리로 명령했다.

"노래를 중지시켜! 크라이노프 상사!"

노랫소리는 곧 곡조를 잃고 흔들리며 사라졌다. 어머니는 다시 부러진 깃대를 집어 들었다. 누군가가 그녀의 어깨를 잡고 등을 떼밀었다.

"가요, 어서 가……."

어머니는 후들거리는 다리를 깃대에 가까스로 의지하였다. 병사들이 이쪽 끝에서 광장으로 이어지는 곳까지 거리를 완전히 장악하였다. 어머니도 병사들에게 거칠게 떼밀려 골목으로 밀려나고 말았다. 골목 안에서는 사람들이 무리지어 소리치고 있었다.

"우리 형제들이 싸우기 좋아해서 총검에 맞서고 있습니까?"

"어떻게 저럴 수가 있지? 군인들에 맞선 채 눈 하나 깜짝하지 않잖아! 겁도 안 내고!"

"저기 파벨과 그 사람들 좀 봐!"

"이보시오, 여러분!"

어머니가 군중 사이에서 소리쳤다. 사람들이 길을 내주며 외쳤다.

"여기 보시오. 여기, 이분이 깃발을 들고 왔어요!"

"조용히!"

또 다른 목소리가 차갑게 말했다. 어머니는 두 팔을 벌렸다.

"내 말 좀 들어 보세요. 제발 부탁입니다. 우린 모두 형제입니다. 그런데 저게 뭡니까? 피 같은 우리 자식들이 진실을 위해서, 모든 사람을 위해서 앞으로 나아갔어요. 십자가를 지고 진실과 정의의 새날을 위해서……."

어머니는 가슴이 미어지면서 목이 따가웠다. 가슴 깊은 곳에서 거대한 말들이, 모든 사람을 끌어안을 사랑의 말들이 점점 더 힘차고 점점 더 자유롭게 그녀의 혀를 불태웠다.

"우리의 자식들은 평화적으로 행진을 했습니다. 그리스도의 진리를 위해서지요. 우리 젊은이들이 전 민중을 위해, 전 노동자를 위해 나아가고 있는 겁니다. 그들을 버려서는 안 됩니다. 저

대로 죽게 놔둬서는 안 됩니다."

어머니의 목소리가 잠기며 몸이 비틀거리자 누군가가 팔을 잡아 주었다.

"맞는 말씀이오, 여러분!"

"어허, 금방이라도 죽을 것 같군."

어디선가 시조프 영감이 나타나 어머니를 부축했다.

"집으로 갑시다, 가요, 아주머니! 너무 기진맥진하셨소."

시조프 영감의 얼굴은 창백했으며 목소리는 사뭇 떨리고 있었다. 갑자기 그는 엄중한 눈길로 주위를 돌아보더니 이렇게 말했다.

"내 아들 마트베이는 공장에서 몸을 망쳐 죽었소. 그 애가 살아 있다면 내가 직접 저 대열 속으로 들여보냈을 거요. 가거라, 아들아, 가서 싸워라……!"

시조프 영감이 더 이상 말을 잇지 못하자 모두들 비통한 표정으로 침묵했다. 시조프 영감은 어머니의 손을 잡으며 말했다.

"이 여인의 말씀이 옳소! 우리의 자식들은 정직과 이성으로 살려고 했지만, 우리가 바로 그 애들 곁을 떠난 거요! 자, 갑시다, 닐로브나……."

제 10 장
새로운 보금자리

집으로 돌아온 어머니는 피로에 휩싸인 채 어렴풋한 기억 속을 헤매며 남은 하루를 보냈다. 눈앞에 키 작은 장교의 얼굴이 어른거리는가 하면, 파벨과 안드레이의 미소가 떠오르기도 했다. 물을 마셔도 갈증이 해소되지 않았다. 어떻게 해도 가슴속에 타오르는 슬픔과 울분이 가라앉지 않았다.

'이제 어쩌지……?'

헌병들이 들이닥쳐 집 안을 한바탕 수색하고 돌아갔다. 어머니는 옷도 갈아입지 못하고 그대로 침대에 누워 깊은 잠 속으로 빠져들었다.

꿈속에서 그녀는 모래언덕을 오르고 있었다. 파벨은 언덕 끝

낭떠러지 위에 서 있었다. 파란 하늘을 배경으로 아들의 모습이 또렷하게 보였다. 생뚱맞게도 그녀는 임신을 하고 있어서 아들 곁으로 다가가기가 부끄러웠다. 두 팔에는 갓난아기까지 안고 있었다.

들판에서는 아이들이 빨간 공을 가지고 공놀이를 하고 있었다. 아기는 어머니의 품에서 벗어나 아이들이 노는 곳으로 가려고 보챘다. 고개를 돌려 보니, 모래언덕에서 병사들이 어머니에게 총검을 겨누고 있었다. 그녀는 들판 한가운데에 있는 교회로 달려갔다.

"그리스도가 죽은 자 가운데서 부활하셨도다⋯⋯."

부제(副祭)가 향을 피우다가 인사를 하며 미소를 지었다. 사모일로프였다.

"저놈들을 잡아라!"

사제가 나타나 갑자기 소리를 지르자, 부제는 향을 내던지고 도망치기 시작했다. 그 모습이 꼭 안드레이 같기도 했다. 어머니는 안고 있던 아기를 바닥에 떨어뜨렸다. 사람들이 겁에 질린 얼굴로 아기를 바라보며 옆으로 비켜 달아났다. 어머니는 무릎을 꿇고 그들에게 소리쳤다.

"아기를 버리지 마세요! 아기를 데려가세요⋯⋯."

그때 안드레이가 나타나서 말했다.

"노래를 부르세요, 어머니. 어차피 삶이란 그런 거잖아요."

어머니는 그를 따라 걸었다. 그런데 갑자기 무엇인가에 걸려 넘어지면서 끝없는 심연으로 빨려 들어갔다.

어머니는 한기로 몸을 떨며 잠에서 깨어났다. 공장 사이렌이 울리고 있었다. 그녀는 자리에서 일어나 세수도 하지 않고 기도도 올리지 않은 채, 어젯밤 수색으로 엉망이 된 집 안을 청소하기 시작했다.

'이제 어떻게 해야 하나…….'

주위는 이상할 정도로 조용했다. 어제 거리에서 함성을 지르던 사람들은 모두 집 안으로 깊이깊이 숨어 버린 것 같았다.

전날 낮에 받았던 인상들은 좀처럼 사라지지 않았다. 어머니는 깊은 상념에 빠진 채 차갑게 식은 찻잔을 물끄러미 바라보았다. 잘 아는 사람과 뭐든 솔직하게 이야기를 나누고 싶었다.

어머니의 그런 바람에 답이라도 하듯이, 점심시간이 지나자마자 니콜라이 이바노비치가 찾아왔다. 그러나 막상 그를 보자 어머니는 마음이 더욱 불안해졌다.

"아니, 이봐요. 쓸데없이 여긴 왜 왔소? 조심해야 하는데! 사람들 눈에 띄기라도 하면 어쩌려고……."

그는 어머니의 손을 힘 있게 잡고는 재빨리 안경을 고쳐 썼다. 그러고는 얼굴을 바짝 들이대고 다급하게 말했다.

"들으셨는지 모르겠지만, 전 파벨과 안드레이와 약속해 둔 게 있습니다. 두 사람이 체포되면 그다음 날 어머니를 시내로 모시기로 말입니다. 그놈들이 벌써 집을 수색했지요?"

"그랬죠. 속속들이 뒤지고 엎었지."

니콜라이 이바노비치는 그녀가 왜 시내로 이사해야 하는지 설명하기 시작했다. 어머니는 파리하게 미소를 띠고서 자기를 염려해 주는 친절한 목소리를 가만히 듣고 있었다.

"파벨이 그렇게 하길 바란다면 걱정할 게 뭐 있겠어요……."

"전혀 염려하실 것 없습니다. 전 혼자 살고 있고, 누이가 가끔 찾아올 뿐이거든요."

"하지만 밥만 축내고 싶지는 않은데……."

"원하시면 일거리를 찾아보겠습니다."

어머니에게 이제 일거리란 아들과 안드레이, 그리고 그의 동지들이 하는 일을 뜻했다.

"그런 거 말고, 집안일 같은 거 말고!"

니콜라이 이바노비치는 미소를 짓고는 안경 너머로 어머니를 바라보며 잠깐 생각에 잠겼다.

"아, 참! 파벨을 면회하실 때 지난번에 소식지를 부탁했던 농민들의 주소를 좀 알아봐 주세요."

"나도 그 사람들을 알아요! 내가 알아보고 시키는 대로 다 하리다. 공장에도 내가 소식지를 날라다 주었잖아요."

어머니는 기쁨에 겨워 금세 활기를 되찾았다. 순간 그녀의 머릿속에 등에다 배낭을 메고 손에 지팡이를 든 채 숲과 마을을 지나 어디론가 멀리멀리 길을 떠나는 모습이 그려졌다.

"나를 그 일에 끼워 주구려. 부탁해요. 내 어디든 마다하지 않고 가리다. 겨울이든 여름이든……. 무덤 속에라도 말이오."

하지만 집도 절도 없이 순례자가 되어 이리저리 구걸하러 다니는 자신의 모습을 상상하자 갑자기 설움이 북받쳐 올랐다.

니콜라이 이바노비치는 그녀의 손을 따뜻하게 잡았다.

"그 문제는 나중에 다시 이야기하기로 하죠."

니콜라이 이바노비치는 자리에서 일어나며 시계를 들여다보았다.

"그럼 결정된 겁니다. 제가 있는 시내로 이사하시기로요."

어머니는 말없이 고개를 끄덕였다.

"언제 하시겠어요? 빠를수록 좋아요. 되도록 빨리 오십시오."

그는 다시 어머니의 손을 잡고 다짐을 받았다. 그러고는 늘 그랬듯이 조용히 떠나갔다.

니콜라이 이바노비치는 도시 변두리에 있는 낡은 이층집 별채에 살고 있었다. 별채 앞에는 수풀이 우거진 작은 정원이 있었다. 방은 세 개였는데, 창문 너머로 정원에 있는 라일락과 아카시아, 포플러 들이 보였다. 방은 모두 깨끗했으며, 벽마다 책이 빼곡히 들어차 있었다.

"이 방이 쓰시기에 좋겠지요?"

니콜라이 이바노비치가 그리 크지 않은 방으로 안내하며 물었다. 그 방에도 책장마다 책이 가득했다.

"난 부엌을 써도 되는데⋯⋯. 밝고 깨끗하잖아요."

어머니는 자신의 말에 니콜라이 이바노비치가 당황하는 기색을 보이자 얼른 말머리를 돌렸다.

"저런, 꽃에 물을 줘야겠네!"

어머니는 창턱에 놓인 화분의 마른 흙을 만져 보았다.

"아, 예. 제가 꽃을 좋아하긴 하는데 시간이 없어서⋯⋯."

니콜라이 이바노비치는 무슨 잘못이라도 저지른 사람처럼 난처한 표정을 지었다. 그는 집 안에서도 조심조심 걸어 다녔으며, 무언가를 볼 때는 가까이 서서 얼굴을 바짝 들이대고 살피곤 했다. 어머니가 오히려 이 집의 주인 같았다.

어머니는 꽃에 물을 주고 피아노 위에 널려 있던 악보들을 가지런히 정리한 다음 사모바르를 바라보며 말했다.

"좀 닦아야겠네⋯⋯."

니콜라이 이바노비치는 광택이 전혀 없는 사모바르의 표면을 손가락으로 문질러 보더니, 손가락을 코앞에 들이대고 진지하게 살폈다. 어머니는 그 모습을 보고 부드럽게 미소를 지었다.

어머니는 잠자리에 누워 지난 시간들을 회상하다가 깜짝 놀라며 머리를 들고 주변을 살펴보았다. 남의 집에서 자는 것이 생전 처음인데도 전혀 어색하지가 않았다. 니콜라이 이바노비치가 우스울 정도로 어색해하면서 일상과 담을 쌓고 살아가는 모습이 마음에 들었고, 그런 그의 두 눈에 어린아이처럼 맑은 지혜가 엿보이는 것도 안심이 되었다.

그러자 다시 아들 생각이 났다. 노동절에 있었던 시위도 또렷하게 되살아났다. 순간 가슴이 뜨거워지면서 분노가 일었다.

어머니는 아침 일찍 일어나 사모바르를 불 위에 올린 다음 물을 끓였다. 기침 소리가 나더니, 니콜라이 이바노비치가 한 손에는 안경을 들고 또 한 손으로는 목을 만지며 들어섰다. 그는 세수를 하면서 바닥에 물을 튀기기도 하고 비누와 칫솔을 떨어뜨리기도 하면서 연방 투덜거렸다.

잠시 후 마주 앉아 차를 마실 때, 그가 먼저 말을 꺼냈다.

"전 지역 의회에서 끔찍한 업무를 보고 있습니다. 농민들이 어떻게 몰락해 가는지를 관찰하고 있지요. 젊은 사람들은 굶주림에 지쳐 무덤으로 실려 가고, 애들은 태어날 때부터 허약하기 짝이 없어서 가을 파리처럼 힘없이 죽어 가요. 무엇 때문에 이런 불행이 생기는지 잘 알면서도 우린 그저 그것을 지켜보면서 봉급을 받을 뿐입니다. 사실 어떻게 할 수가 없어요."

"전에는 무얼 했나요?"

"선생이었습니다. 아버지가 공장 관리자여서 쉽게 선생이 될 수 있었지요. 하지만 농민들에게 책을 읽히다가 들켜서 감옥에 갔어요. 감옥에서 나온 뒤로는 서점에서 점원으로 일했는데, 제가 워낙 조심성이 없어서 또 감옥에 갔지요. 이번에는 아르한겔스크까지 유형을 갔어요. 거기서도 잘못 보이는 바람에 더 시골로 한 오 년 쫓겨가 있었답니다."

그의 목소리가 햇볕이 드는 방 안에 평온하게 울려 퍼졌다.

"아, 오늘 누이가 올 겁니다!"

"결혼한 누이인가요?"

"과부예요. 나보다 여섯 살 위인데요. 남편은 시베리아로 유형을 갔다가 가까스로 탈출을 했지만, 재작년에 외국에서 폐병으로 죽고 말았어요. 이건 누이의 피아노예요. 곧 연주 솜씨를 감상하실 수 있을 겁니다."

니콜라이 이바노비치가 일을 하러 나가고 정오쯤 되었을 때, 검은색 원피스 차림의 키가 큰 부인이 찾아왔다. 문을 열자 그 여자는 짐 가방을 바닥에 내던지며 급히 어머니의 손을 잡았다.

"파벨 어머니시죠? 전 소피야라고 해요."

어머니는 그 여자의 고급스런 옷차림을 보고 다소 당황스러워 했다.

"제가 생각했던 그대로시네요! 동생이 이 집에서 같이 사실 거라고 했어요. 파벨과는 오래전부터 아는 사이죠. 어머니 말씀을 어찌나 많이 하던지……."

그녀의 회색 눈은 밝게 빛나고 있었지만, 관자놀이에는 잔주름이 보였고 귀밑머리도 희끗희끗했다.

"정말 우리 아들이 내 얘길 하던가요?"

"그럼요, 얼마나 많이 했는지 몰라요. 파벨이 몹시 걱정되시죠?"

그녀는 조그만 가죽 담뱃갑에서 담배 한 개비를 뽑아 피워 물고 방 안을 서성였다. 어머니는 소피야를 찬찬히 살펴보았다. 그녀는 뭔가 자유분방한 듯하면서도 지나치리만큼 활달하고 조급해 보였다.

"모두들 감옥에 오래 있지는 않을 거예요. 곧 재판을 받고 유형을 갈 겁니다. 그때 우린 파벨을 탈출시킬 계획이에요. 파벨은 이곳에 꼭 필요한 사람이거든요."

어머니는 다소 의아한 눈길로 소피야를 바라보았다. 소피야는 눈으로 담배꽁초 버릴 곳을 찾다가 화분의 흙에다 푹 찔러 넣었다.

"저런, 그러면 꽃들이 못쓰게 돼요!"

어머니는 무심결에 이렇게 말했다.

"죄송해요! 니콜라이도 늘 그렇게 말하지요."

"아니, 미안해요. 난 그저 생각 없이 한 말이라오. 내가 어떻게 부인을 훈계하겠소?"

"아니요, 잘못한 게 있으면 당연히 가르쳐 주셔야죠."

"탈출을 계획하고 있다고 그랬지요? 그럼 평생 탈옥수가 되는 건가요?"

"걱정 마세요. 그렇게 사는 사람이 수도 없이 많은걸요. 지금도 그런 사람을 배웅하고 오는 길이에요. 그 사람도 오 년형을 받았는데 석 달 반 만에 탈출했거든요……."

어머니는 그녀를 뚫어져라 바라보더니 조용히 미소를 지었다.

저녁 무렵, 니콜라이 이바노비치가 집으로 돌아왔다. 식사를 하는 동안 소피야는 이따금씩 웃음을 지으면서, 유형지에서 사람들을 어떻게 탈출시켰는지, 첩자들을 만났을 때 얼마나 무서웠는지, 탈옥한 사람들이 얼마나 우습게 행동했는지 등등을 이야기했다. 그녀에게서는 힘든 일을 잘 끝내 놓은 노동자의 만족감 같은 것이 묻어났다.

"그런데 누나! 할 일이 하나 있어. 누나도 알다시피 우리가 얼마 전부터 농촌 소식지를 기획하고 있잖아. 그런데 최근의 검거 사건 때문에 그쪽 사람들하고 연락이 끊겨 버렸어. 여기, 파벨 어머니께서 그 사람들을 아신다니까 누나가 같이 가 줘. 되도록 빨리."

"좋아. 어머니, 같이 가 주실 거죠?"

소피야가 담배 연기를 내뿜으며 말했다.

"그럼요, 갑시다……."

"먼가요?"

"한 팔십 킬로미터 정도 될 거예요."

"멋진 여행이 되겠네요. 그건 그렇고 이제 피아노를 좀 쳤으면 좋겠는데……. 어머니, 잘 치지 못해도 너그러이 들어 주실 수 있으시죠?"

"그런 건 물어보지 않아도 돼요. 개의치 말고 하고 싶은 대로 하구려."

"들어 봐, 니콜라이. 그리그의 곡이야."

소피야는 악보를 펼치고 왼손으로 피아노 건반을 누르기 시작했다. 처음에는 낮고 굵은 소리가 나는가 싶더니 이내 높고 커다란 소리가 앞의 소리와 어우러졌다. 오른손 손가락 밑에서 맑은 음이 울리며 날아오르다가 낮은 음 속으로 놀란 새 떼처럼 재빨리 파고들었다.

어머니는 처음에 이 소리들이 그저 소란스럽게만 느껴졌다. 그래서 반쯤 졸린 눈으로 소피야의 단정한 옆모습과 숱이 많은 금발을 물끄러미 바라보았다. 피아노 선율이 방 안으로 점점 울려 퍼지자, 어머니는 자기도 모르게 가슴 저린 어두운 기억 저편으로 건너갔다.

죽은 남편이 밤늦게 술에 잔뜩 취해 들어와서는 옆구리를 걸어차며 내쫓는다. 그녀는 옷도 제대로 입지 못한 채 아이를 품에 안고 어두운 길거리로 뛰쳐나온다. 아이는 발버둥을 치며 그악스럽게 운다. 그녀는 두려움에 떨며 하염없이 거리를 걷고 또 걷는다…….

오—오—오……, 오—오—오……!

날이 밝아 오고 있다. 그녀는 어둠을 응시하며 바닥에 주저앉은 채 두려움의 노래를 부르며 가슴의 분노를 억누른다.

오─오─오……, 오─오─오……!

그 순간 그녀의 머리 위로 검은 새 한 마리가 어른거리다 멀리로 날아간다. 그녀는 정신이 번쩍 들어 자리에서 일어선다. 그녀는 추위에 떨며 끔찍한 모욕이 기다리고 있는 집을 향해 천천히 걸어간다…….

마지막으로 굵은 화음이 은은하게 울리다 싸늘하게 가라앉더니 천천히 사라져 갔다. 소피야는 몸을 돌려 동생에게 나직이 물었다.

"맘에 들어?"

"아주 좋은데? 아주 좋아……."

하지만 어머니의 가슴속에선 계속해서 회상의 메아리가 울리고 있었다.

'여기 사람들은 참 다정스럽고 단란해. 서로 욕을 하나, 술을 마시나, 주먹을 휘두르나…….'

소피야는 담배 한 대를 다시 입에 물었다.

"제가 시끄럽게 해서 폐가 되진 않았나 몰라요."

"난 아무것도 몰라요. 그저 들으면서 나 혼자만의 생각에 빠져 드는 거지……."

"그렇지 않아요! 여자라면 음악을 이해하지 못할 이유가 없거든요. 슬픔에 싸여 있다면 더더욱…….”

그녀는 다시 힘차게 건반을 두드렸다. 그러자 마치 충격적인 소식을 접한 사람이 내지르는 비명처럼 날카로운 소리가 커다랗게 울렸다. 마치 소피야의 가슴에서 터져 나오는 소리 같았다. 새로운 음들이 나타나 그 소리를 딛고 떨리다 황급히 사라지면서 또다시 귀를 멍하게 만들 정도로 거대한 분노의 소리가 터져 나왔다. 그리고 조금 뒤 온화하면서도 강인한 목소리가 자기를 따르라고 호소라도 하는 듯 아름답게 메아리쳤다.

어머니는 자기도 모르게 음악에 빨려 들어가 완전히 도취되어 버렸다.

“우리 같은 사람들은 모든 걸 느끼면서도 말을 못 한다오. 그래서 화가 나지요. 난 얼마 전에야 다른 사람들과 마음을 터놓고 이야기하는 법을 배웠어요. 나는 당신들이 모두 잘되기를 바란다오. 할 수만 있다면 내 가슴을 열어서 그 마음을 보여 주고 싶어.”

어머니는 자기 감정을 충분히 표현하지 못했다고 생각했는지 지금까지 어떻게 살아왔는지, 자신의 인생에서 가장 소중한 것이 무엇인지 계속해서 이야기했다.

남매는 짐승처럼 매를 맞으면서도 불평 한 마디 하지 못하고 웅크려 살아온 한 인간의 진솔한 이야기를 귀 기울여 들으며 깊은 생각에 빠져들었다. 어머니의 삶은 그녀 개인만이 아니라 이 땅에 살고 있는 수많은 사람들의 삶을 그대로 보여 주고 있었다.

소피야가 고개를 떨어뜨리며 나직이 입을 열었다.

"언젠가 한번은 저 자신이 그렇듯 불행하게 느껴질 수가 없었어요. 온갖 모욕과 감옥살이, 절친했던 동지의 배신, 남편의 체포와 유형, 죽음……. 당시엔 제가 세상에서 가장 불행하다고 생각했지요. 하지만 그 모든 것을 열 배로 곱해도 어머니 인생의 단 한 달에도 미치지 못할 거예요."

어머니는 소피야의 손을 감싸 쥐며 말했다.

"고마워요!"

며칠 뒤 어머니와 소피야는 낡은 무명 옷에 배낭을 메고 지팡이를 든 채 길을 떠났다. 옷차림 때문인지 소피야는 키가 조금 작아 보였지만 창백한 얼굴은 훨씬 강단져 보였다.

두 여인은 말없이 시내를 통과했다. 그리고 들판을 가로지른 다음 어깨를 나란히 한 채 자작나무가 늘어선 좁다란 길을 걸어갔다.

"힘들지 않겠어요?"

어머니가 소피야에게 물었다.

"제가 잘 걷지 못할 거라고 생각하세요? 저, 걷는 거 잘해요."

소피야는 자기가 수행했던 혁명 사업을 자랑스럽게 이야기하기 시작했다. 그녀는 첩자들의 눈을 속이기 위해 가명과 가짜

신분증을 사용했을 뿐 아니라 변장까지 하고 다녔다. 금서를 배포하거나 유형당한 동지의 탈출을 도와 외국까지 동행하는 일을 맡았기 때문이다.

한번은 수녀로 변장하고 기차에 탔는데, 공교롭게도 그녀를 잡으려던 첩자와 동석을 하게 되었다. 그자는 자기가 하는 일을 떠벌이며 자신이 얼마나 유능한지 자랑을 해 댔다. 그는 자기가 찾는 여자가 분명 그 열차에 타고 있을 것이라며 기차가 역에 정차할 때마다 나갔다 들어와서는 이렇게 말했다.

"이번 역에서도 보이질 않네요. 깊은 잠에 빠져 있는 게 틀림없어. 그 사람들도 꽤나 지쳤겠지. 인생이 고달픈 건 우리나 그들이나 마찬가지일 테니까."

어머니는 그녀의 이야기를 들으며 큰 소리로 웃었다.

큰 키에 깡마른 소피야는 가볍고 힘차게 걸었다. 그녀의 걸음걸이와 말하는 태도, 건강한 목소리에서는 대담함이 한껏 묻어났다. 그녀의 눈은 언제나 모든 사물을 신선하게 바라보았고, 그 덕분에 때와 장소를 가리지 않고 연신 감탄사를 쏟아 내었다.

"저기 좀 보세요! 정말 아름다운 소나무예요!"

그러나 막상 어머니가 걸음을 멈추고 살펴보면 다른 나무들에 비해 그다지 크지도 않고 잎이 많지도 않은 그저 평범한 소나무에 지나지 않았다.

"괜찮은 소나무군요."

어머니는 무심한 목소리로 대답했다.

"종달새예요!"

소피야는 회색 눈을 빛내며 종달새 소리를 따라 금방이라도 청명한 하늘로 날아오를 것처럼 소리쳤다. 때때로 그녀는 허리를 굽혀 들꽃을 꺾기도 했고, 가녀린 손길로 꽃잎을 만지거나 쓰다듬기도 했다. 그러면서 무슨 노래인가를 혼자 흥얼거렸다.

어머니는 그런 소피야가 한결 사랑스럽게 느껴졌다. 어머니는 자기도 모르게 그녀에게 바짝 붙어 서서 발을 맞추어 걸어가고 있었다. 하지만 불쑥불쑥 튀어나오는 과격한 단어들은 여전히 어머니의 마음을 불안하게 만들었다.

'르이빈은 소피야 같은 여자를 별로 탐탁해하지 않을지도 모르는데……'

"부인의 눈과 목소리는 아직도 처녀 같구려. 사는 게 몹시 힘들었을 텐데도 그렇듯 항상 밝게 웃고 있으니……."

"전 힘들다고 생각한 적 없어요. 지금보다 더 훌륭하고 즐거운 삶을 살았던 적은 없거든요."

"당신 앞에선 누구나 망설이지 않고 마음을 열 것 같아요. 당신과 당신 동지들을 보면 악을 이겨 내려고 끊임없이 노력하는 게 느껴져요."

"예, 우린 반드시 승리할 거예요! 노동자들과 함께하고 있잖아요. 그들에겐 모든 가능성이 있고, 그들과 함께라면 뭐든지 이루어 낼 수 있으니까요."

이런 말을 듣고 나면 어머니는 소피야가 더 안쓰럽게 느껴졌다. 그러면서도 그녀에게서 조금 다른, 좀 더 솔직한 이야기가 듣고 싶어지곤 했다.

"부인의 이런 수고를 누가 알아줄까요?"

"우린 이미 보상을 받았어요. 스스로 만족하는 삶을 찾았잖아요. 전심전력으로 살고 있는데 뭘 더 바라겠어요?"

두 사람은 상쾌한 공기를 가슴 깊이 들이마시며 부지런히 걸었다. 어머니는 마치 성지 순례를 가고 있는 듯 경건한 기분이 되었다.

제 11 장
민중의 삶

　사흘째 되는 날, 어머니와 소피야는 마침내 목적지에 도착했다. 어머니는 들판에서 일하는 농부에게 타르 공장이 어디 있는지 물어보았다. 얼마 뒤 그들이 다다른 공장 앞에는 석탄과 톱밥, 그리고 타르가 여기저기 지저분하게 널려 있었다.

　온통 숯검정이 된 채 셔츠를 가슴까지 풀어 헤친 르이빈과 예핌, 그리고 청년 둘이 널빤지로 만든 탁자 앞에 둘러앉아 식사를 하고 있었다.

　"안녕하세요, 르이빈 형제님!"

　어머니가 먼발치에서 소리쳤다. 르이빈은 자리에서 일어나 천천히 다가오다가, 어머니를 알아보고는 그 자리에 멈추어 서며 웃음을 지었다.

"순례 중입니다. 지나는 길에 들렀지요. 이쪽은 소피야라는 친구예요……."

"안녕하셨습니까, 아주머니. 거짓말하지 마세요. 여긴 도시가 아니라오. 모두 우리 편이에요……."

예핌이 자리에 앉은 채 두 순례자를 유심히 살펴보며 소곤거렸다. 어머니와 소피야가 탁자 쪽으로 다가가자 예핌이 벌떡 일어나 말없이 고개를 끄덕여 인사를 했다.

"우릴 찾아오는 사람은 아무도 없거든요. 주인 나리라는 사람은 이 마을에 있지도 않고……. 내가 관리인이다시피 하죠. 이리와요. 차부터 한 잔 하시고……. 아, 뭘 좀 드셔야지? 예핌, 여기 우유 좀 내오게."

르이빈이 어머니의 어깨를 토닥이며 말했다.

"아드님은 잘 지냅니까?"

"감옥에 가 있다오."

"아니, 또요? 에헤……."

르이빈은 소피야에게도 자리를 권했다. 어머니는 자리를 잡아 앉은 후 노동절 시위 때 아들이 잡혀가던 상황을 간략하게 설명했다.

"그런 일이 있었군. 아니, 그래도 그렇지, 어떻게 그렇듯 공개적으로……."

"만일 우리가 그런 행진을 한다면 초죽음이 되도록 몰매를 맞았을 거야……."

르이빈은 갑자기 정색을 하며 청년들에게 말했다.

"이보게들, 이분이 바로 파벨의 어머니셔. 파벨은 총검에 찔리고 강제 노동에 처해지리라는 걸 알면서도 자기 갈 길을 갔다는구먼. 그 길에 어머니가 누워서 막아섰다 해도 밟고 넘어섰을 것이네. 안 그래요, 닐로브나?"

"그랬겠지요!"

어머니는 몸을 부르르 떨고는 길게 한숨을 내쉬었다. 소피야는 눈살을 찌푸린 채 말없이 어머니의 손을 잡으며 르이빈을 쏘아보았다.

"그런데 닐로브나, 소식지와 책은 가지고 왔소?"

"물론 가지고 왔지요……."

"그렇지! 내가 처음 보는 순간 알아차렸다니까. 이봐, 자네들 좀 보라고! 아들이 감옥에 가니까 어머니가 자식 대신 나서지 않나!"

한결 수척해진 르이빈의 얼굴에는 수염이 제멋대로 자라나 있었다. 눈에는 핏발이 가득했다. 그의 모습은 전보다 훨씬 음울해 보였다. 그러나 핏발 선 눈에는 쉼 없이 분노의 불꽃이 번뜩이고 있었다.

어머니와 소피야는 가져온 배낭을 열어 소식지를 꺼냈다. 위에서 내려다보던 르이빈이 흐뭇한 표정으로 말했다.

"아이고, 많이도 가져오셨구려! 그런데 이분은 이런 일을 하신 지 오래된 모양이네. 이름이 뭐라고 했소?"

그가 소피야를 보며 물었다.

"소피야입니다. 이 일을 한 지 십이 년쯤 됐어요."

"어쩐지 감옥에도 많이 다녀오신 것 같았어요."

"물론입니다."

"언뜻 보기엔 지주 부인 같습니다. 농민과 지주는 물과 기름인데……."

"난 지주 부인이 아니라 그냥 인간일 뿐입니다."

소피야가 웃으며 가볍게 대꾸했다. 르이빈과 청년들은 앞 다투어 소식지와 책을 집어 들고 움막으로 들어갔다.

"농민들이 퍽 열성적이네요."

어머니는 청년들의 뒷모습을 바라보며 소피야에게 말했다.

"그러게요. 전 르이빈 같은 얼굴은 처음 봐요. 대단한 순교자 같군요. 우리도 들어가지요. 좀 더 보고 싶네요……."

움막 안으로 들어서자, 소식지와 책에 머리를 파묻고서 정신없이 읽고 있는 청년들이 보였다. 르이빈은 자리에 앉지도 않은 채 지붕 틈새로 흘러드는 햇빛에 비추어 가며 소식지를 읽고 있었다.

어머니는 움막 안쪽으로 가서 자리를 잡아 앉았고, 소피야는 그 옆으로 가서 어머니의 어깨를 끌어안은 채 말없이 주위를 관찰했다.

"르이빈 아저씨! 우리 농민들을 욕하고 있는데요."

야코프라는 청년이 속삭이듯 말하자 르이빈이 빙그레 웃으면서 대답했다.

"사랑해서 그런 거야!"

이그나트라는 청년이 갑자기 고개를 들더니 눈을 감고 중얼거렸다.

"여긴 이렇게 씌어 있어요. '농민들은 더 이상 인간일 수 없다.' 그렇지, 인간이 아니지!"

그의 순박한 얼굴에 모욕의 그림자가 지나갔다.

어머니는 꾸벅꾸벅 졸기 시작했다. 소피야는 책을 읽고 있는 사람들을 지켜보면서 어머니의 얼굴 주위를 맴도는 벌 떼를 부지런히 쫓았다.

"두 분은 좀 쉬도록 해요. 우린 일을 해야 하니까. 이야기를 나누고 싶지만, 저녁때까지 좀 미뤄 둡시다."

잠시 후 르이빈과 청년들이 나가는 소리가 들렸다.

타르 제조 작업을 마친 일꾼들이 돌아와 저녁을 먹고 모닥불 옆에 둘러앉았다. 어둠이 깊어져 주위가 조용해지자 사람들의 목소리도 한결 부드러워졌다. 소피야와 어머니는 농민들을 조용히 지켜보았다. 모두들 움직임이 아주 느릿느릿한 데다 발걸음도 몹시 힘겨워 보였다.

그때 숲속에서 키가 크고 등이 굽은 사내가 나타나 그들 쪽으로 다가왔다. 그는 지팡이에 의지한 채 천천히 걸음을 옮겼는데, 그럴 때마다 숨소리가 가쁘게 들려왔다.

"접니다!"

그는 이렇게 말하고는 기침을 하기 시작했다. 남자는 넝마나 다름없는 옷을 걸치고 있었는데, 얼굴에는 광대뼈만 앙상하게 튀어나와 있을 뿐 핏기라곤 전혀 없었다. 움푹 파여 있는 두 눈은 병색이 아주 짙어 보였다.

르이빈이 소피야를 소개하자 그는 대뜸 이렇게 물었다.

"책을 가져오셨다고요?"

"그렇습니다."

"감사합니다……. 모두 다 민중을 위한 일이지요! 민중은 아직 알아주지 못하지만, 제가 대신 감사를 드리겠습니다."

그는 가쁘게 숨을 쉬며 더듬거리듯 토막토막 끊어 말했다.

"이 늦은 시각까지 숲에 있다 오셨나 봐요. 활엽수림이라 습기도 많고 숨 쉬기도 힘들 텐데……."

소피야가 말했다.

"제게 건강이고 뭐고 할 게 있나요? 그저 하루빨리 죽는 것밖에……."

그의 목소리는 듣고 있기가 고통스러울 정도였다. 그는 무력하게 무언가 억울함을 토로하는 사람처럼 보였다.

"하지만 제겐 민중을 위해 눈앞의 죄악을 고발할 의무가 있지요. 자, 절 보세요. 제 나이 이제 겨우 스물여덟이지만 이렇게 죽어 가고 있잖아요. 십 년 전만 해도 멀쩡했는데, 지금 이렇게 되고 말았어요. 주인들이 제 속의 기를 모조리 약탈해 간 겁니다."

"늘 하는 신세타령이지요."

르이빈이 음울하게 말했다.

"이건 저만의 얘기가 아니에요. 수많은 민중이 노동에 지치고 병든 채 굶주려 죽어 가고 있으니까요."

그는 다시 온몸으로 기침을 해 대기 시작했다.

"노동으로 폐인이 된 사람들이 많습니다. 삶을 강탈당한 지 오래지요. 저는 네페도프 공장에서 십 년 만에 인생을 망치고 말았어요. 주인이란 작자는 여자한테 빠져서 금으로 만든 대야는 물론 요강까지 선물을 하더군요. 거기에 내 인생과 피가 담겨 있는데. 죽도록 일을 시켜서 얻은 것을 그따위로……."

"저 사람 말이 사실인가요?"

어머니가 소피야에게 속삭였다.

"그럼요, 신문에 실린 적도 있는걸요. 모스크바에서도 그런 일이 있었다죠……."

"그런 놈은 죽여 없애야 해. 민중 앞에 끌어내서 사지를 절단

해야 한다고. 민중이 들고일어나기만 하면 대대적으로 처형을 하겠지."

르이빈이 목소리를 높였다.

"현실은 책에서 보는 것보다 훨씬 참혹하지. 기계에 손가락이 잘리거나 목숨을 잃으면 노동자의 잘못이라고 하잖아. 말도 안 되는 소리 아닌가? 민중이 왜 이유 없이 학대와 고통을 받아야 되느냔 말이야. 네놈들은 그저 죽도록 일이나 해라, 난 그걸로 애인에게 순금 요강이나 선물하련다……."

모닥불이 활짝 피어오르자 그림자들이 경쾌하게 너울댔다. 사벨리라는 폐병 환자는 파리한 미소를 지으며 말했다.

"전 여러분과 함께할 수 있어서 정말 기뻐요. 어쩌면 여기 있는 사람들이 삶을 강탈당한 자들을 위해, 탐욕의 희생자들을 위해 복수를 해 줄지도 모른다는 희망이 생기거든요."

"이 사람은 매일 우리를 찾아와 똑같은 말을 되풀이한답니다."

르이빈이 말했다.

"난 저 사람 얘기를 열 번도 넘게 들으면서 솔직히 의심을 하기도 했어요. 인간의 추악한 광기란 믿기 어려운 법이잖소? 하지만 지금은 가진 자나 가지지 못한 자나 모두 불쌍하다는 생각이 들어요. 한쪽은 황금에 눈이 멀고, 또 한쪽은 굶주림에 눈이 먼 거지."

르이빈은 침통한 눈길로 어머니와 소피야를 바라보았다.

소피야는 노동자의 권리를 찾기 위해 전 세계에서 벌이고 있는 투쟁을 이야기해 주었다. 농민 투쟁의 역사와 영국·프랑스 등지에서 노동자들이 펼치는 자유 투쟁도 들려주었다. 마치 먼 과거에서 들려오는 듯한 그녀의 낭랑한 목소리가 농민들에게 희망을 일깨우고 신념을 불어넣어 주는 것만 같았다.

"만국의 노동자들이 고개를 들고 일어나 '이제 그만! 우리는 더 이상 이렇게 살지 않겠다.'라고 외칠 날이 올 겁니다. 그날이 오면 탐욕스럽게 군림하던 자들은 모두 파멸할 거예요!"

어머니는 눈썹을 치켜뜨고 소피야의 말에 귀를 기울였다. 그녀는 소피야에게 불필요하다고 여겨졌던 모든 것, 이를테면 너무 활달하고 거침없던 모습이 열정적이면서도 차분한 말 속에 묻혀 서서히 사라져 가는 것을 기쁘게 바라보았다. 어머니는 밤의 고요와 어른거리는 모닥불, 그리고 농민들의 진지한 모습이 모두 마음에 들었다.

그들은 소피야의 이야기를 끊지 않으려고 미동조차 하지 않았다. 마치 자기들과 세계를 이어 주는 실마리를 놓치지 않으려 애쓰는 듯한 모습이었다. 어쩌다가 장작을 모닥불 위에 살짝 얹어 놓을 때면, 불티나 연기가 소피야에게 날아가지 않도록 손으로 휘저을 뿐이었다.

한번은 야코프가 자리에서 일어나더니 나지막한 목소리로 부탁했다.

"잠깐만요, 얘기를 조금 쉬었다가 해 주세요……."

그러고는 움막으로 뛰어 들어가서 옷가지를 들고 나와 소피야와 어머니의 어깨를 덮어 주었다. 소피야는 승리의 날이 오면 어떤 모습이 펼쳐질 것인지, 민중이 자기의 힘에 어떤 확신을 가져야 할 것인지, 노동자와 민중의 연대는 어떤 것인지 등에 대해 계속해서 이야기했다. 어머니는 이야기를 들으면서 이렇게 위험을 무릅쓰고, 노동의 족쇄로 속박된 사람들에게 달려가는, 그리하여 고결한 이성과 진실을 전해 주는 그 모든 사람들을 위해 감사 기도를 올리고 싶었다.

'도와주소서, 주여!'

여명이 밝아 올 무렵, 지친 소피야가 말을 멈추고 자기를 바라보는 진지한 눈길들을 미소 띤 얼굴로 둘러보았다.

"이제 갈 시간이 되었군요!"

청년 한 명이 커다랗게 한숨을 내쉬었다. 그러자 르이빈이 처음 만났을 때와는 달리 부드러운 목소리로 말했다.

"가신다니 아쉽군요. 말씀 잘 들었습니다! 민중을 한 가족처럼 만드는 건 정말로 위대한 일이죠!"

청년들은 천천히 소피야에게 다가와 손을 꼭 잡았다. 모두들 말은 하지 않았지만 만족감과 고마움, 우정 같은 것을 진하게 느끼고 있었다.

"안녕히 가십시오!"

농민들은 속삭이듯 작별 인사를 했다. 아쉬움이 짙게 밴 그 인사말은 오랫동안 귓전에 머물렀다.

어머니와 소피야는 서두르지 않고 여명이 밝아 오는 오솔길을 걸었다. 들판으로 나서자 낮게 떠오른 태양이 그들을 맞이했다. 아직 그 모습이 온전히 나타나지는 않았지만 맑고 깨끗한 장밋빛 햇살이 풀잎에 맺힌 이슬 방울들에 비쳐서 형형색색으로 반짝였다. 새들도 즐겁게 지저귀며 아침을 깨우고 있었다.

제 12 장
탈 옥

어머니의 삶은 이상하리만치 평온하게 흘러갔다. 이런 평온함이 낯설어 그녀는 속으로 깜짝깜짝 놀라곤 했다. 감옥에서 중형을 기다리고 있는 아들을 생각할 때면 안드레이를 비롯한 여러 사람들이 겹쳐서 떠올랐다.

소피야는 집을 자주 비웠다. 시골에서 돌아오자마자 곧바로 나가서는 닷새 정도가 지나서야 다시 돌아왔다. 그러곤 몇 시간도 안 되어 또다시 사라졌다가 이 주일이 지나서 나타났다.

그녀가 오면 집 안은 늘 활기와 음악으로 가득 찼다. 하지만 어머니는 소피야의 단정치 못한 행동이 종종 이해되지 않았다. 그녀는 가는 곳마다 자기 물건들과 담배꽁초, 담뱃재를 흘리고 다녔다. 더구나 거침없는 말투에는 정말이지 두 손 두 발 다 들지 않을 수 없을 지경이었다.

그런 모습은 니콜라이 이바노비치의 부드럽고 신중한 말투나 침착함과 대조되어 더욱 눈에 거슬렸다. 소피야는 어른으로 보이고 싶어 안달하는 소녀 같았다. 노동의 신성함에 대해 시시때때로 열변을 토해 내지만, 정작 본인은 단정하지 못한 행동들로 어머니의 노동을 가중시키고 있었다.

자유에 대해서도 마찬가지였다. 이론적으로는 온갖 말을 다 하면서도 급한 성격과 논쟁적인 말투로 사람들을 자유롭지 못하게 했다. 그녀 안에 존재하는 많은 모순을 지켜보면서 어머니는 긴장의 끈을 늦추지 않았다.

하지만 니콜라이 이바노비치에게는 항상 따뜻함을 느꼈다. 그는 하루하루가 단조롭지만 여유를 잃지 않고 살아가려 노력했다. 마치 엄격한 재판관 같았다. 그의 눈빛을 보면 그 누구도, 그 무엇도 결코 용서하지 않으리라는 것을 알 수 있었다. 어머니는 그가 그런 결단성을 유지하려고 내적으로 무척 힘들어한다는 것을 알기에 자주 안쓰러움을 느꼈다.

니콜라이 이바노비치가 출근하고 나면 어머니는 집 안을 말끔히 청소하고는 자기 방에 들어앉아 그림책을 들추어 보곤 했다. 이젠 제법 글을 읽을 줄 알았지만 글씨가 많은 책은 조금만 읽어도 쉽게 지쳐 내용이 머릿속에 들어오지 않았다.

하지만 그림책은 그녀 앞에 새롭고도 경이로운 세계를 펼쳐
보였다. 거대한 도시와 아름다운 건물, 멋진 자동차, 어마어마한
배 등 인간이 창조해 낸 대단한 것들과 놀랄 만큼 경이로운 자
연의 창조물들……. 이 모든 것들은 어둠에서 갓 깨어난 영혼을
자극하기에 충분했다.

어머니는 특히 동물의 세계를 다룬 그림책을 좋아했다. 외국
어로 씌어 있기는 했지만, 대지의 아름다움과 풍요로움, 광활함
을 아주 잘 보여 주었다.

"정말 아름답지 않아요, 니콜라이? 어디 하나 아름답지 않은
곳이 없구려. 하지만 사람들은 이 아름답고 놀라운 땅에서 살면
서도 그걸 제대로 알지도 즐기지도 못하는군요."

"바로 그렇습니다!"

니콜라이 이바노비치는 웃으면서 이렇게 대꾸했다. 그 후 그
는 그림책들을 더 많이 가져다주었다.

저녁이면 그의 집은 손님들로 붐볐다. 니콜라이 이바노비치
는 그들과 오랫동안 대화를 나누거나 논쟁을 벌였다. 어떤 때에
는 성명서 같은 걸 작성해서 나지막이 낭독하기도 했다. 어머니
는 그가 구겨서 버린 원고 뭉치를 모두 주워 모아 불에 태웠다.

어머니는 자기가 그 사람들보다 노동자들의 삶을 더 잘 알고
있다고 생각했다. 그들은 마치 남녀 관계의 복잡다단함을 알지
못한 채 신랑 신부 놀이를 하고 있는 어린애들 같았다. 남에게

보이려고 일부러 열을 올리는 것 같은 인상을 주었다. 하나같이 자기 말이 다른 사람 말보다 진리에 가까우며 가치가 있다는 것을 증명하기 위해 끝없이 논쟁을 벌였다.

어머니는 논쟁에 귀를 기울이며 그 뜻을 알아들으려고 애를 썼다. 노동자촌에서는 사람들이 선에 대해 포괄적으로 이야기했는데, 여기서는 낱낱이 쪼개고 분해를 해서 말했다. 노동자촌에서는 새로운 것에 대한 희망을 많이 이야기한 반면, 여기서는 낡은 것을 파괴하는 데 집중했다. 그 때문에 파벨과 안드레이의 말이 더 이해하기 쉬웠던 듯했다.

시간이 지나면서 어머니는 니콜라이 이바노비치가 노동자 출신이 찾아오면 더욱 친밀하고 부드럽게 대한다는 사실을 깨달았다.

'이해시키려고 무척 애를 쓰는 게야!'

하지만 그를 찾아온 노동자들은 우물쭈물하며 주저하기 일쑤였다. 그것은 흡사 어머니 자신의 모습과도 똑같았다.

이따금 사샤도 찾아왔다. 그녀는 오래 머물지도 않을뿐더러 항상 딱딱한 표정으로 사무적인 이야기만 했다. 한번은 어머니가 파벨이 너무 오래 갇혀 있다고 불평을 늘어놓았다. 사샤는 여전히 얼굴을 찡그리기만 할 뿐 아무 말도 하지 않았다. 어머니는 그런 그녀의 모습을 보며 더욱 마음이 아팠다.

'가엾기도 하지. 난 아가씨가 파벨을 사랑한다는 걸 알아.'

어머니는 이렇게 말해 주고 싶었지만 사샤의 냉정한 얼굴과 굳게 다문 입술, 사무적인 말투 때문에 끝내 아무 말도 못 하고 말았다.

어머니는 수녀나 봇짐장수, 부잣집 마나님, 순례자 등 여러 모습으로 변장을 한 뒤 배낭을 메거나 무거운 가방을 든 채 시골 구석구석을 바쁘게 돌아다녔다. 어머니는 어디서든 침착하게 처신을 해서 사람들에게 쉽사리 신뢰를 얻었다.

사람들을 만나면 만날수록 어머니 눈앞에 세상의 풍경이 더욱 다채롭게 펼쳐졌다. 하지만 세상 어디를 가나 남의 것을 빼앗으려는 이기적인 욕망이 판을 쳤다. 세상의 한켠에는 없는 것이 없을 만큼 호화로웠지만, 또 다른 한켠의 민중들은 늘 굶주려 있었다. 도시도시마다 정작 하느님에게는 아무런 쓸모도 없는 교회들이 황금빛을 내며 우뚝 서 있었는데, 바로 그 입구에는 거지들이 동전 한 닢을 구걸하며 웅크리고 있었다.

어머니는 그리스도가 가난한 자들의 친구로서 옷차림이 매우 검소했다는 글을 어디선가 읽은 기억이 있었다. 그런데 가난한 사람들이 위안을 얻으러 찾아간 교회의 그리스도는 금실과 비단을 온몸에 두르고 있었다. 순간 르이빈의 말이 떠올랐다.

'놈들은 하느님으로 우리를 속이고 있어.'

어머니는 자기가 미처 깨닫지 못하는 사이, 기도하는 횟수가 줄어들었다. 하지만 그리스도와 민중에 대해서는 그전보다 더 많이 생각했다. 민중은 그리스도의 말씀처럼 세상을 가난한 이들의 왕국으로 여기며 살아왔다. 그리스도는 사람들의 삶을 위해 뜨거운 피로 씻겨 부활했다. 그 피는 그리스도의 이름을 위해 사람들이 기꺼이 흘린 것이었다.

어머니는 여행하는 동안 많은 것을 보고 들은 데다, 임무를 완수했다는 자신감으로 마음이 한껏 풍요로워졌다.

"여기저기 다니면서 참 많은 것을 볼 수 있어 좋군요."

어머니는 저녁이면 니콜라이 이바노비치에게 종종 이렇게 말하곤 했다. 그녀는 이제 자기 자신의 언어로 삶의 불평등을 말해야 한다고 느끼기 시작했다.

니콜라이 이바노비치는 그림책에 매달려 있는 어머니를 볼 때마다 미소를 지으며 기적 같은 이야기를 들려주곤 했다. 그가 말하는 인간의 과제는 너무나 대담한 것이었다. 그럴 때마다 어머니는 반신반의하면서 이렇게 묻곤 했다.

"그런 일이 정말로 일어날 수 있을까?"

그러면 그는 안경 너머로 어머니를 바라보면서 선량하게 웃음을 지어 보였다.

"인간의 욕망은 끝이 없을 뿐 아니라 능력도 무궁무진하지요! 하지만 세상은 여전히 인간의 영혼으로 충만하지 못하답니다. 사람들은 예속에서 벗어나려 하면서도 지식보다는 돈을 모으기

바쁘지요. 하지만 민중이 이와 같은 탐욕에서 벗어나는 날, 강제 노동에서 헤어나 진실로 스스로를 해방시킬 수 있을 겁니다."

어머니는 니콜라이 이바노비치의 말을 모두 다 알아듣지는 못했지만, 그에 대한 믿음이 점차 이해할 수 있게 만들었다.

"이 세상에는 해방된 사람들이 너무 적어요. 그게 이 땅의 불행이지요."

어머니는 이 말의 뜻을 이해할 수 있었다. 그녀는 탐욕과 증오에서 해방된 사람들을 이미 알고 있었다. 만일 그런 사람들이 더 많아진다면 삶의 어둡고 무서운 얼굴은 훨씬 더 밝고 선해질 터였다.

"인간은 어쩔 수 없이 잔인해져야만 합니다!"

니콜라이 이바노비치가 수심에 잠겨 말했다. 어머니는 언젠가 안드레이가 했던 말을 떠올리며 고개를 끄덕였다.

항상 정확한 시각에 귀가하던 니콜라이 이바노비치가, 어느 날은 평소보다 훨씬 늦게 직장에서 돌아왔다. 그는 옷도 갈아입지 않은 채 상기된 표정으로 말했다.

"파벨 어머니, 오늘 우리 동지 중 한 사람이 탈옥을 했답니다. 아직 누군지는 모르고요……."

어머니는 다리가 마구 후들거렸다. 불안한 마음을 감추지 못하고 의자에 털썩 주저앉았다.

"설마, 파벨은 아니겠지?"

"모르겠습니다. 어떻게든 몸을 숨길 수 있도록 도와주어야 할 텐데, 어디서 찾는다죠? 조금 전까지 거리를 돌아다니다 오는 길입니다. 혹시나 만날 수 있을까 해서요. 지금 다시 나가 봐야 겠습니다."

"나도 가겠소!"

"어머니는 예고르한테 가 보세요. 뭔가 들은 게 있을지도 모르 니까요."

어머니는 머릿수건을 쓰고 거리로 나왔다. 눈앞이 흐려지고 가슴이 마구 뛰었다. 한편으로는 아들을 만나게 될지도 모른다 는 희망이 살그머니 피어났다. 그녀는 발걸음을 재촉했다.

날씨는 몹시 무더웠다. 예고르의 집 앞에 도착했을 때, 어머니 는 숨을 고르며 잠시 걸음을 멈추었다. 그런데 언뜻 뒤를 돌아 보다가 너무 놀란 나머지 비명을 지르고 말았다. 어머니의 눈에 니콜라이 베솝쉬코프의 모습이 들어왔던 것이다. 하지만 뒤로 돌아서서 자세히 보니 그의 모습은 어디론가 사라지고 없었다.

'참 희한한 일이네.'

어머니는 속으로 이렇게 중얼거리며 계단을 천천히 올라갔 다. 그러면서도 연신 뒤편에 귀를 기울였다. 그녀는 고개를 돌리 지 않은 채 허리만 조금 구부리고는 아래쪽 계단을 살펴보았다. 그러자 그녀를 바라보며 웃고 있는 얽은 얼굴이 보였다.

"니콜라이! 니콜라이……."

그녀는 아래쪽으로 달려 내려가며 소리쳤다. 하지만 가슴 한 켠에서 밀려오는 실망감은 어찌할 수가 없었다.

"그냥 가세요. 그대로 올라가시라고요."

니콜라이 베솝쉬코프는 손을 내저으며 소리 죽여 말했다. 어머니는 재빨리 계단을 올라가 예고르의 집으로 들어섰다. 그러고는 안락의자에 누워 있는 예고르에게 나직이 속삭였다.

"지금 니콜라이 베솝쉬코프가 이리로 오고 있어요. 탈옥을 해서……."

니콜라이 베솝쉬코프는 어느새 방 안에 들어와 있었다. 그는 문을 걸어 잠그고는 모자를 벗은 다음 살며시 미소를 지었다. 예고르가 팔꿈치를 의자에 기대며 몸을 일으켰다. 니콜라이 베솝쉬코프는 활짝 웃으며 어머니에게 한 발짝 다가왔다.

"어머니를 만나지 못했다면 다시 감옥으로 갈 뻔했어요! 시내에 아는 사람이 없어서 공장 쪽으로 가려던 참이었거든요. 갔으면 영락없이 잡혔겠지요. 그런데 갑자기 어머니가 뛰어가시는 모습이 보이지 뭐예요. 그래서 이렇게 따라왔어요……."

"도대체 어떻게 도망친 거야?"

어머니가 물었다.

"우연한 기회였지요. 산책을 하던 중, 형사범들이 악독한 간수 한 놈과 다툼을 벌이는 바람에 몹시 소란스러워졌어요. 다른 간수들이 놀라서 호루라기를 불며 달려오고 한바탕 소동이 벌어졌지요. 그런데 언뜻 감옥 문이 열려 있는 게 눈에 띄더라고요. 그래서 그냥 걸어 나왔어요. 천천히 말이죠……. 뒤돌아보니 벌써 감옥 문이 닫혔더라고요."

"흠, 그럼 되돌아가서 정중하게 문을 두드리지 그랬나? 죄송합니다, 제가 한눈을 팔다 그만……."

예고르가 짐짓 너털거리면서 말했다.

"그래요, 제가 바보 같은 짓을 했어요. 동지들에게도 좋지 않은 영향이 갈 테고……. 하지만 저로서도 어쩔 수 없었습니다. 지금쯤 동지들이 걱정을 많이 하고 있겠지요."

니콜라이 베솝쉬코프는 머리를 긁적이며 대답했다.

"자네를 맡은 간수가 불쌍하다는 생각은 들지 않던가? 모르긴 몰라도, 그 사람 역시 자넬 많이 걱정할 텐데."

예고르는 다시 농담 삼아 말했다.

"자, 농담은 이쯤에서 그만하고, 이제 자네가 숨을 만한 곳을 찾아야 할 텐데……. 신나는 일이긴 해도 결코 쉬운 일은 아닐세. 더구나 내가 이렇게 누워 있으니……."

예고르가 숨을 헐떡이며 괴로워했다.

"몸이 많이 안 좋으신 모양이군요, 예고르."

니콜라이 베솝쉬코프는 이렇게 말하며 고개를 푹 떨어뜨렸다.

"난 괜찮네. 아주머니, 파벨의 안부를 물어보세요. 굳이 아닌

척하실 필요가 뭐 있습니까?"

"파벨은 잘 있어요! 거기서 대표나 마찬가지예요. 맨 앞에서 책임자와 이야기하기도 하고……. 거의 명령하는 수준이에요. 다들 존경하고 있지요."

어머니는 니콜라이 베숍쉬코프의 이야기를 들으며 고개를 끄덕였다. 퉁퉁 부은 예고르의 창백한 얼굴에 두 눈만 생생하게 빛나고 있었다.

예고르는 어머니에게 복도 왼쪽의 두 번째 집에 가서 사람을 불러다 달라고 했다. 어머니도 한두 번 본 적 있는 류드밀라라는 여자였다.

잠시 후 류드밀라가 집으로 오자 예고르가 말했다.

"류드밀라, 난 이제 조상님들께 가려 하네. 그런데 이자가 간수 허락도 받지 않고 감옥을 나와 버렸지 뭔가? 겁도 없이 말이야. 일단 먹을 것부터 준 다음 어디 몸을 숨길 곳이 있는지 찾아봐 주구려."

"예고르, 약을 두 번이나 건너뛰었군요. 몸을 왜 이렇게 함부로 하는 거죠? 저 동지는 제 집에 가 있으라고 하고, 당신은 당장 병원으로 가요."

류드밀라의 목소리는 그다지 크지 않았지만 자못 강단이 있었다. 웃음기 없는 표정 때문인지 다소 오만해 보이기도 했다. 그런데도 움직이는 모습은 아주 유연했다.

"저 동지, 옷부터 갈아입혀야겠어요. 닐로브나, 지금 바로 나가서 입을 만한 옷을 구해 주세요. 소피야가 여기 없어서 안타깝군요. 사람 숨기는 건 그녀가 전문인데."

어머니는 새로운 임무를 맡을 때마다 그 일을 잘해 내고 싶은 열망에 사로잡힌 나머지, 그것 말고는 아무것도 생각하지 못하곤 했다.

"밀정들이 있나 잘 살펴보면서 다니세요!"

류드밀라의 입술이 설핏 떨리더니 이내 표정이 부드러워졌다.

어머니는 밖으로 나오자, 잠시 멈추어 서서 머릿수건을 고쳐 쓰는 척하며 주위를 꼼꼼히 살폈다. 그녀는 이제 많은 사람들 속에서도 밀정 노릇하는 자들을 빠짐없이 구별해 낼 수 있었다. 일부러 무관심한 듯 이리저리 걸어 다니는 사람들이나 지친 얼굴에 눈빛이 불안하게 흔들리는 사람들은 대개 위험한 부류에 속했다.

어머니는 시장에서 니콜라이 베솝쉬코프의 옷을 사면서 값을 매몰차게 흥정하고는, 짐짓 한 달에 한 번씩 옷을 사 입혀야 하는 주정뱅이 남편 탓을 하였다. 정작 상인들은 신경을 쓰지 않는 것 같았지만, 어머니는 자신의 능란한 말솜씨에 스스로 흡족해하였다.

어머니는 곧 예고르의 집으로 돌아와, 니콜라이 베솝쉬코프의 옷을 갈아입힌 다음 그를 변두리로 데리고 나갔다. 그녀는 일부러 니콜라이 베숩쉬코프와 어느 정도 거리를 두고 걸었다.

그는 고개를 푹 숙인 채 코끝까지 눌러쓴 모자를 연방 고쳐 쓰면서 무겁게 발걸음을 옮겼다. 그 모습이 우습기도 하고 재미있기도 했다. 어머니는 목적한 지점에서 사샤를 만나 그를 인계하고 작별을 했다.

'파벨은 아직 감옥에 있는데, 안드레이도……'

어머니는 금세 우울해졌다.

제 13 장

동지의 죽음

집으로 돌아오니, 니콜라이 이바노비치가 긴장된 얼굴로 어머니를 맞았다.

"예고르가 위독하답니다. 류드밀라가 다녀갔는데, 어머님이 병원으로 좀 와 주셨으면 하더군요……."

'죽어 가고 있어.'

어두운 생각이 어머니의 머리를 스쳐 갔다. 그러나 막상 병원에 도착해서, 작지만 깨끗하고 햇볕이 잘 드는 병실에서 웃고 있는 예고르를 보자 마음이 한결 편안해졌다. 어머니는 웃으면서 예고르가 의사에게 하는 말을 들었다.

"치료라, 그건 개혁과도 같지……."

"농담할 때가 아냐, 예고르!"

의사는 잔뜩 걱정스러운 목소리로 경고했다.

"난 혁명가라서 개혁을 증오하지……."

그 의사는 어머니도 아는 사람이었다. 그는 니콜라이 이바노비치의 가장 가까운 동지 중 한 명인 이반 다닐로비치였다. 어머니가 다가가자 예고르가 혀를 쑥 내밀었다. 그 바람에 이반이 뒤를 돌아보았다.

"아, 파벨 어머님! 안녕하셨습니까? 손에 든 건 뭐죠?"

"책이랍니다."

"이 사람은 책을 읽으면 안 돼요!"

"이 사람이 날 멍텅구리로 만들려고 한다니까!"

가래 끓는 소리와 함께 짧고 거친 숨소리가 예고르의 가슴에서 터져 나오더니 금세 얼굴에 땀이 배어났다. 그는 말을 듣지 않는 손을 힘겹게 들어 올려 이마의 땀을 닦았다. 둥글고 선한 얼굴이 몰라보게 변해 있었다.

"파벨 어머님, 베개를 받쳐서 이 사람이 눕지 못하도록 하시고, 되도록 말을 시키지 마세요. 해롭습니다……."

어머니는 고개를 끄덕였다. 이반이 나가자, 예고르는 고개를 뒤로 젖히고 두 눈을 감은 채 꼼짝도 하지 않았다. 그저 손가락만 조금씩 움직일 따름이었다.

"아주머니가 곁에 있으니까 참 좋네요. 전 아주머니 얼굴을 보면 기분이 정말 좋거든요. 그리고 혼자 질문을 던져 보지요. 닐로브나의 종말은 어디일까. 남들처럼 감옥에 가 온갖 수모를 겪게 되겠지. 감옥에 가는 거 무섭지 않으세요?"

예고르는 숨을 꼴깍거리며 간신히 한 마디씩 말을 이었다.

"조금도 두렵지 않아요."

어머니가 대답했다.

"물론 그러셔야죠. 감옥은 정말 더러운 곳이에요. 날 이렇게 망쳐 놓았잖아요. 난 아직 죽고 싶지 않은데……. 할 일도 아직 많고……."

어머니는 무엇이든 위로의 말을 찾고 싶었지만 무거운 한숨만 새어 나올 뿐이었다. 창문 너머로 보리수나무가 보였다. 꼭대기에 먹구름이 낮게 드리워져 있었다. 이상하게도 그것은 멈추어 선 채 밤을 기다리는 것만 같았다.

조금 뒤 예고르는 눈을 감고 잠을 청했다. 어머니도 피곤했던 터라 까무룩 잠이 들었다. 그러다 문밖에서 들려오는 소리에 놀라 눈을 번쩍 떴다. 예고르가 눈을 말똥히 뜨고서 그녀를 바라보고 있었다.

"깜빡 졸았네……. 미안해요!"

"아니, 제가 죄송하지요."

그때 류드밀라가 병실로 들어서며 불을 켰다. 순간 예고르가 온몸에 심한 경련을 일으키며 손으로 가슴을 부여잡았다.

"왜 그래요?"

류드밀라가 그에게 달려들었다. 예고르는 움직임 없는 눈으로 어머니를 바라보았다. 그러다가 입을 크게 벌리고 고개를 쳐든 채 팔을 앞으로 내저었다. 어머니는 예고르의 팔을 조심스레 잡으며 그의 얼굴을 가만히 바라보았다.

"더는 안 되겠어…… 끝났어!"

그의 몸이 가볍게 떨리더니 이내 머리가 어깨 위로 축 늘어졌다. 침대 위의 램프 불빛이 부릅뜬 그의 두 눈을 고요히 비추었다. 류드밀라는 침대에서 떨어져 천천히 창가로 다가갔다. 그녀는 창밖을 바라보다가 갑자기 힘없이 주저앉으며 얼굴을 감싸 쥐고 흐느껴 울기 시작했다.

어머니는 예고르의 무거운 두 손을 가슴에 올려놓고 머리를 베개 위에 반듯이 누인 다음 눈물을 닦았다. 그리고 류드밀라에게 다가가 머리를 쓰다듬어 주었다. 류드밀라는 어머니의 어깨에 머리를 기댄 채 한참 동안 흐느꼈다.

"우린 감옥에도 같이 갔고, 유형 생활도 같이 했어요. 그는 언제나 쾌활한 데다 농담을 아주 잘했지요. 자기의 고통은 감추고 언제나 약한 사람을 도와주려 애썼는데……. 전 그의 도움을 정말 많이 받았답니다."

류드밀라는 예고르에게 다가가더니 허리를 구부려 손에다 입을 맞추었다.

"소중하고 사랑스런 나의 동지여! 고마워요. 진심으로 고마워요. 잘 가세요. 나도 당신처럼 평생 흔들림 없이 이 일을 해 나갈게요……."

그녀는 오열을 간신히 참아 내며 예고르의 침대 옆에 쓰러졌다. 어머니는 하염없이 눈물만 흘렸다.

다음 날 어머니는 하루 종일 장례식 준비로 바빴다. 저녁 무렵이 되어서야 겨우 짬이 났다. 니콜라이 이바노비치, 소피야와 함께 차를 마시고 있을 때 사샤가 잔뜩 상기된 표정으로 들어섰다. 뺨이 발그레하고 눈에 생기가 도는 것이 무엇인가 기대에 잔뜩 차 있는 모습이었다. 그런 그녀의 모습은 고인을 추모하는 우울한 분위기와 사뭇 어울리지 않았다.

"오늘은 어째 평소와 좀 달라 보이네, 사샤……."

니콜라이 이바노비치가 침울하게 물었다.

"그래요? 그럴지도 모르죠."

사샤가 행복한 미소로 대답했다. 어머니는 아무 말 없이 질책하듯 그녀를 바라보았다. 결국 소피야가 주의를 환기시켰다.

"우리는 지금 예고르에 대해 이야기하고 있었어요……."

"그랬군요. 정말 대단한 분이죠, 안 그래요? 항상 미소 띤 얼굴로 유쾌하게 농담을 하시곤 했죠. 일은 또 얼마나 잘하셨어요! 가히 혁명의 예술가라고 할 수 있지! 위대한 노동자처럼 위대한 혁명 사상을 지니셨어요. 단순하면서도 힘 있게 이 세상의 허위와 폭력과 불의를 폭로하셨으니까요."

사샤는 우울한 미소를 지으며 나지막하게 말했다. 하지만 그런 미소로도 그녀의 시선에 담긴 기쁨의 빛을 감추지는 못했다.

세 사람은 세상을 떠난 동지에 대한 추모의 분위기를 사샤가 몰고 온 기쁨의 감정에 양보하고 싶지 않았다. 그래서 어떻게든 자기들의 분위기로 그녀를 끌어들이려 애썼다.

"그런 그가 지금 죽었잖아요!"

소피야가 사샤를 똑바로 바라보며 단호하게 말했다. 사샤는 의문에 찬 시선으로 모두를 찬찬히 둘러보고는 눈썹을 곧추세웠다.

"죽었다고요?"

그녀는 큰 소리로 되묻고는, 뭔가 호소하는 듯한 목소리로 말을 이었다.

"죽었다니, 그게 무슨 의미인가요? 무엇이 죽었다는 건가요? 예고르에 대한 나의 존경이, 나의 사랑이, 아니면 그의 혁명 사상이 죽었다는 건가요? 그것도 아니면, 용감하고 정직했던 분에 대한 우리의 감정이 사라졌다는 뜻입니까? 그런 것은 결코 죽지 않아요. 우린 사람을 두고 너무 빨리 '죽었다'고 말하지요. 그의 몸은 죽었을지 몰라도 그가 남긴 말은 영원히 산 자들의 가슴속에 살아 있습니다! 동지들, 전 저에게 아름다운 삶을 살게 해 준

그분을 마음속에서 영원히 지울 수 없어요."

"그런데 무슨 좋은 일이라도 있어요?"

소피야가 애써 마음을 풀며 물었다.

"예! 제 생각엔 아주 좋은 일이에요. 밤새 니콜라이 베숩쉬코프와 얘기를 나눴는데요. 전에 저는 그 사람을 별로 좋아하지 않았어요. 무례하면서도 음험해 보였거든요. 그는 항상 자기를 모든 일의 중심으로 밀어 넣으려고 하면서 '나요, 나, 나!'라고 외쳐 대는 것 같았어요. 그런데 그가 아주 딴사람이 됐더라고요. 우리 일에 헌신하려는 마음의 자세도 되어 있고요."

어머니는 사샤의 말에 유심히 귀를 기울였다. 본디 무뚝뚝하기 이를 데 없던 처녀가 한결 부드럽고 유쾌해진 모습이 그리 나빠 보이지 않았다. 그러나 동시에 마음 깊은 곳에서 왠지 모를 질투심 같은 것이 솟아났다.

'우리 파벨은 대체 어쩌려고……'

"니콜라이 베숩쉬코프는 온통 동지들 생각뿐이더라고요. 글쎄, 동지들을 탈옥시킬 좋은 방법이 있는데 아주 쉽고 간단하다는 거예요……"

소피야가 고개를 들며 활기차게 말했다.

"그것도 좋은 생각이긴 한데! 사샤, 당신 생각은 어때요?"

어머니의 손에 들려 있던 찻잔이 가볍게 떨렸다.

"정말로 그게 가능하다면 해야죠! 그건 우리의 의무잖아요!"

사샤는 얼굴이 빨개지더니 이내 의자에 걸터앉았다. 어머니는 미소를 지으며 그녀를 바라보았다. 소피야도 미소를 지었다. 그런데 니콜라이 이바노비치가 사샤의 얼굴을 잠시 바라보더니 갑자기 큰 소리로 웃음을 터뜨렸다. 웃음소리에 사샤가 고개를 번쩍 들었다. 그녀는 얼굴이 하얘져서 눈을 깜박이며 화난 듯이 말했다.

"왜들 웃으시는지 알아요……. 저의 개인적인 감정이 개입되었다고 보시는 거죠? 그렇다면 전 이번 일을 결정하는 자리에 참석하지 않겠어요. 절 그렇게 보신다면……."

"그만, 사샤!"

니콜라이 이바노비치가 냉정하게 말을 막았다.

"동지들을 탈옥시켜야 한다는 데 이견이 있을 수는 없어요. 하지만 그보다 먼저 갇혀 있는 동지들이 그걸 원하는지부터 알아봐야 합니다……."

"제가 니콜라이 베솝쉬코프를 한번 만나 봐야겠군요."

소피야가 말했다.

"내일 시간과 장소를 알려 드릴게요!"

사샤가 대답했다. 그러자 니콜라이 이바노비치는 찻잔을 닦고 있는 어머니에게 다가가 넌지시 말을 건넸다.

"내일모레 면회를 가시면 파벨에게 쪽지를 전해 주세요. 의견을 물어봐야죠……."

소피야는 피아노 앞에 앉더니 우울한 분위기의 곡조를 연주하기 시작했다.

다음 날 아침, 수십 명의 사람들이 병원 입구에 서서 동지의 관이 나오기를 기다렸다. 경찰의 밀정들은 그들의 행동거지와 말 한 마디 한 마디에 촉각을 곤두세웠다. 거리 맞은편에는 옆구리에 권총을 찬 경찰들이 집합해 있었다.

어머니는 사람들 틈에서 낯익은 얼굴들을 찾아보았다.

'사람들이 많지는 않구나. 수가 적어. 게다가 노동자는 찾아보기도 힘드네……'

마침내 병원 문이 열리고 화환으로 장식한 관이 실려 나왔다. 화환에는 붉은 띠가 둘러져 있었다. 사람들은 일제히 모자를 벗었다. 마치 검은 새 떼가 머리 위로 날아오르는 것 같았다. 키가 큰 경찰 간부가 사람들을 거침없이 밀치며 다가오자, 경찰들이 발을 맞추어 그 뒤를 따랐다. 경찰 간부가 소리쳤다.

"띠는 제거하시오!"

"폭력 경찰 물러가라!"

흥분한 사람들이 그를 에워싸고 손을 내저으며 소리쳤다. 분노의 눈물을 흘리는 사람도 있었다.

"장례도 마음대로 못 치른답니까? 이게 말이 되는 소리야!"

적대감은 점점 더 고조되었다. 관을 머리 위로 받쳐 들자 붉은 띠가 사람들의 얼굴을 휘감았다. 어머니는 충돌이 일어날지도 모른다는 생각에 연신 좌우를 돌아보며 초조하게 말했다.

"여러분, 띠를 떼는 게 어떨까요! 장례를 순조롭게 치르자면 양보를 해야지 어쩌겠소?"

그때 누군가 높고 가녀린 목소리로 노래를 부르기 시작했다.

그대 해방 투쟁의 희생자 되어…….

결국 붉은 띠와 화환을 떼어 낸 채 운구가 시작되었다. 기마 경찰이 나타나 행렬을 감시했다. 어머니는 인도에서 행렬을 따라 걸었다. 거리로 나오자 어느새 군중이 더 늘어나 넓은 거리를 가득 메웠다.

안녕, 잘 가시오! 우리의 동지, 안녕…….

누군가 다시 아름다운 목소리로 노래를 불렀다.

"안 됩니다! 조용히 합시다, 여러분!"

엄격하면서도 설득력을 지닌 외침이 노래를 제지했다. 슬픈 노래가 이내 멈추고 사람들의 말소리도 잦아들었다. 사람들의 발자국 소리만이 둔탁하게 거리에 울려 퍼졌다.

장례 행렬이 공동묘지에 도착했다. 행렬은 묘지 사이의 좁은 길을 따라 들어간 뒤 제법 넓은 공터에서 멈추었다. 조그만 십자가들 사이로 바람이 윙윙 울부짖었고, 관 뚜껑 위의 시든 꽃들이 구슬프게 떨었다.

경찰들은 바짝 긴장한 얼굴로 언제 떨어질지 모르는 상관의 명령을 기다리고 있었다. 묘지 위로 머리카락을 길게 기른 젊은이가 올라섰다. 눈썹이 유난히 검었으며 얼굴이 몹시 창백했다.

"동지들!"

젊은이가 큰 소리로 외치기 시작했다. 경찰 간부가 다급히 소리쳤다.

"잠깐, 여러분! 연설을 허락할 수 없는 이유를 설명하겠소!"

"몇 마디만 하겠소!"

젊은이가 차분한 목소리로 대꾸했다.

"동지들! 우리의 스승이자 동지의 무덤 앞에서 우리 다 같이 이분의 유언을 잊지 말 것을 맹세합시다. 그리고 우리 목숨을 바쳐 조국의 모든 불행의 원천이자 악의 근원인 전제 정치의 무덤을 파헤치겠노라고 맹세합시다! 전제 정치 타도하자!"

"체포하라!"

경찰 간부가 소리쳤다. 하지만 그의 목소리는 이내 군중의 고함 소리에 파묻혀 버렸다.

"전제 정치 타도하자!"

"자유 만세!"

경찰들이 군중을 밀치며 연설을 한 젊은이에게 달려들었다. 경찰의 호루라기 소리가 울리며 거센 명령 소리가 터져 나왔다. 뒤를 이어 여자들의 날카로운 비명이 길게 메아리쳤다. 나무 울타리가 부서지는 소리와 어지러운 발소리가 난무했다. 어머니는 참을 수 없는 두려움에 두 눈을 꼭 감고 꼼짝도 하지 못했다.

조금 뒤 어머니는 눈을 뜨고 주위를 둘러보다가 자기도 모르게 비명을 지르고 말았다. 머리 긴 젊은이가 경찰들에게 에워싸여 있었던 것이다. 사람들은 경찰들에게 마구 달려들었다. 경찰들은 칼을 휘두르며 달려드는 사람들을 위협했다. 몽둥이와 벽돌 조각이 어지럽게 날아다니기 시작하더니 이내 여기저기서 거친 비명이 터져 나왔다.

그때 젊은이가 창백한 얼굴을 앞으로 내밀며 소리쳤다.

"동지들, 힘을 낭비하지 마십시오!"

그 말이 끝나자마자 사람들이 하나둘 뒤로 물러섰다. 어머니는 물러나는 사람들 틈에서 모자를 눌러쓴 니콜라이 이바노비치를 보았다. 그의 한쪽 손이 피로 붉게 물들어 있었다.

"니콜라이, 여기서 뭐 해요? 어서 도망쳐!"

어머니가 그에게 달려가며 낮게 외쳤다. 그러나 누군가의 손이 그녀의 어깨를 잡았다.

"어딜 가시려고요? 그리로 가시면 경찰한테 두들겨 맞아요!"

소피야였다. 그녀는 다른 한 손으로 아직 소년 티를 채 벗지 못한 젊은이의 손을 붙잡고 있었다. 그의 얼굴에서 피가 흘렀다.

"이 아이 좀 맡아 주세요. 손수건으로 얼굴을 싸매시고요! 그리고 얼른 이곳에서 빠져나가세요. 자칫하면 잡혀가요!"

사람들은 순식간에 여기저기로 흩어지기 시작했고, 회색 제복의 경찰들이 그 뒤를 쫓아다녔다. 어머니는 자꾸만 손을 빼내려 하는 젊은이의 손을 다잡으며 묘지를 벗어났다.

"절 어디로 끌고 가십니까? 동지, 저 혼자서도 충분히 갈 수 있어요!"

젊은이가 소리쳤다. 하지만 그의 다리는 두려움 때문인지 흥분 때문인지 부들부들 떨리고 있었다.

"전 양철공 이반입니다. 예고르 동지가 이끌던 모임에는 저 같은 양철공 세 명을 포함해서 전부 열 명의 노동자가 있었어요. 우린 정말 그분을 좋아했답니다. 부디 천국에 가시기를……."

어머니는 마차를 불러 이반을 태웠다.

"자, 이젠 입조심해야 해……."

어머니는 이반을 껴안아 자기 가슴에 기대게 했다. 그러고는 겁에 질린 눈으로 사방을 두리번거렸다.

"술에 취했소?"

마부가 인자하게 미소를 지으며 물었다.

"아들이오?"

"예, 제화공이랍니다. 난 식모로 일하고……."

"아이고, 힘드시겠어요……."

마부가 말에 채찍질을 하면서 목소리를 낮추어 말했다.

"그런데 들으셨소? 공동묘지에서 한바탕 소란이 일어났답니다. 제법 활발히 활동하던 반정부 인사의 장례식이 있었대요. 그런데 거기서 '전제 정치 타도'를 외쳤다지 뭡니까? 정부 때문에 민중이 파멸했다고요. 보나 마나 경찰이 사람들을 두들겨 팼겠지요. 놈들은 죽은 사람도 깨워서 두들겨 팰 겁니다."

마차는 자갈길을 달리고 있어서 그런지 몹시 흔들거렸다. 그럴 때마다 이반의 머리가 어머니의 가슴에 살며시 닿았다.

소피야는 벌써 집에 돌아와 있었다. 그녀는 부상자들을 돌보느라 몹시 부산스러웠다. 옆방에서 손에 붕대를 감은 니콜라이 이바노비치와 남루한 차림의 의사 이반이 건너왔다. 의사 이반이 빠른 걸음으로 양철공 이반에게 다가가 상태를 살폈다.

"물 좀 가져와요, 넉넉하게. 붕대하고 솜도."

소피야가 부엌으로 나갔다.

어머니는 니콜라이 이바노비치의 얼굴을 보자 울먹이듯 소리쳤다. 도저히 울분을 참을 수가 없었다.

"니콜라이, 어떻게 이런 일이 일어날 수 있지? 놈들이 사람들에게 함부로 칼을 휘둘렀어요, 칼을!"

"어머니, 저도 보았어요! 서로 조금 흥분했던 겁니다. 너무 걱정 마세요. 그래도 칼등으로 쳐서, 중상은 한 명 정도밖에 안 되는 것 같아요. 제가 간신히 이리로 데려왔답니다……."

니콜라이 이바노비치의 차분한 목소리를 듣자 어머니의 마음도 조금 진정이 되었다. 하지만 여전히 머리가 어지럽고 가슴이 두근거렸다. 어머니의 손과 치마에도 피가 엉겨 붙어 있었다.

'파벨도 저렇게 당하는 것은 아닐까?'

의사 이반이 중상자에 대해 설명했다.

"얼굴 상처는 별것 아닌데 두개골에 골절이 있어. 그것도 그리 심한 것은 아니지만, 일단 병원으로 데려가야 할 것 같은데."

"안 돼요. 여기 그대로 둬야 해요!"

니콜라이 이바노비치가 소리쳤다.

"오늘이나 내일까지는 그렇다 쳐도, 그다음엔 병원에 제대로 입원시켜야 하네. 나도 이제 여기 올 시간이 없고. 자네도 장례식 사태에 대한 유인물을 만들어야 할 것 아닌가?"

의사 이반이 부상자들에게 응급 처치를 끝내자마자, 그들은 부엌에 모여 앉아 오랫동안 이야기를 나누었다. 마치 오늘 일어난 일은 까맣게 잊어버린 것처럼 내일 해야 할 일을 논의하는 데 몰두하였다. 얼굴에는 피로한 기색이 역력했지만 생각과 말은 여느 때와 다름없이 활기에 차 있었다.

의사 이반이 날카로운 목소리로 말했다.

"홍보 활동, 이게 중요합니다! 홍보 활동이 지금 너무 부족해요. 홍보 활동을 강화해야 합니다!"

"여기저기서 소식지와 유인물이 부족하다고 아우성이에요. 그런데도 제대로 된 인쇄 시설이 없으니……. 류드밀라도 지쳐서 거의 탈진 상태예요. 일을 도와줄 사람이 필요합니다."

니콜라이 이바노비치가 이반의 말을 받았다.

"니콜라이 베솝쉬코프는 어때요?"

소피야가 물었다.

"그 사람은 지금 안 돼. 인쇄소를 차리고 난 뒤에 참여시키도록 하고, 지금은 아쉬운 대로 도와줄 사람이 한 명 정도만 있으면 될 것 같은데……."

"나는 어떻겠소?"

어머니가 물었다.

"좋은 생각이네요!"

"아니요, 어머니껜 힘든 일입니다. 게다가 교외에 머물게 될 수도 있고, 파벨한테 면회를 못 가게 될 수도 있고요……."

"그건 상관없다오. 이젠 만나 봐야 가슴만 아프고, 아무 할 말도 없어요! 바보처럼 간수 눈치나 살피면서 마주 보고만 있어야 하니……."

최근에 일어난 일련의 사건들로 몸과 마음이 잔뜩 지쳐 있던 어머니는 교외에 지내면서 이런 혼란과 어느 정도 거리를 두는 것도 좋겠다는 생각이 들었다. 그래서 어떻게든 그 일을 맡겠노라고 고집을 부렸다.

한참 동안 고개를 숙이고 있던 이반이 침울한 표정으로 다른 말을 꺼냈다.

"지금 우리는 사람이 부족해요. 더 열심히 일할 사람들이 필요하다고요. 파벨이나 안드레이 같은 동지들을 설득해서 탈옥시켜야 합니다. 그들이 아무 일도 하지 못하고 갇혀 있는 건 아주 큰 손실이에요."

니콜라이 이바노비치는 눈썹을 찌푸린 채 고개를 절레절레 저으며 어머니를 바라보았다. 어머니는 그가 자기 앞에서 파벨 이야기를 꺼내는 것을 거북해한다는 걸 알아차리고 얼른 자기 방으로 건너갔다. 사람들이 자기 말에는 별로 관심을 보이지 않는 것 같아서 은근히 화가 나기도 했다.

어머니는 아들이 어서 빨리 자유의 몸이 되는 것을 보고 싶었다. 하지만 그런 생각은 동시에 두려움을 안겨 주었다. 그녀는 주변에서 벌어지는 일들이 점점 격렬해지고 있음을 피부로 직접 느끼고 있었다. 폭동이니 사회주의니 혁명 운동이니 하는 말들이 전보다 훨씬 더 자주 사람들 입에 오르내리고 있었다. 만약 파벨이 감옥에서 나오면 가장 위험한 자리에 설 것이고, 그렇게 되면 아들의 죽음까지도 담담히 받아들여야 할 터였다.

어머니에겐 가끔 아들이 동화 속 영웅의 모습으로 떠오르기도 했다. 그녀는 사람들에게서 들었던 정직하고 용감한 이들의 이야기와 자신이 알고 있던 모든 영웅적인 특징을 죄다 아들의 모습에 투영했다. 그럴 때마다 가슴이 벅차올라 자기도 모르게 나직하게 탄성을 터뜨리곤 했다.

'모든 일이 다 잘될 거야. 모든 일이 다!'

아들에 대한 어머니의 사랑은 가슴이 아플 정도로 붉게 타올랐다. 하지만 곧 어머니의 가슴에 인간 본연의 감정이 솟아났다. 위대한 감정이 있던 자리에 불안의 잿더미가 내려앉으며 우울하고 두려운 생각이 자리를 잡았다.

'아아, 파벨은 죽게 될 거야. 결국 죽임을 당하겠지……..'

제 14 장
새로운 임무

한낮에 어머니는 감옥 면회실에서 파벨과 마주 앉아 있었다. 어머니는 손가락 사이에 끼우고 있는 쪽지를 전할 기회를 엿보고 있었다.

"다들 건강하게 잘 지내요. 어머니는요?"

"나도 잘 지낸다. 참, 예고르 이바노비치가 세상을 떠났단다."

"예?"

파벨은 깜짝 놀라더니 이내 고개를 떨어뜨렸다.

"장례식 날 경찰이 폭력을 마구 휘두르고는 노동자 한 명을 잡아갔지 뭐냐?"

간수가 얇은 입술 사이로 "쫏!" 하는 소리를 내더니 벌떡 일어섰다.

"그건 금지 사항이라는 거 몰라요? 정치 얘기는 금지예요!"

어머니 역시 의자에서 일어나며, 정말 몰랐다는 듯한 표정을 지어 보였다.

"정치가 아니라 싸움 얘긴걸요! 정말로 싸웠단 말이에요. 한 사람은 머리가 깨지기도 했는데……."

"마찬가집니다! 입 다무세요. 가족에 대한 얘기 빼고는 절대로 안 돼요!"

간수는 당황한 표정을 감추지 못한 채 자리에 앉더니 서류를 거칠게 뒤적이며 덧붙였다.

"안 그러면 내가 다 책임을 져야 합니다……."

어머니는 간수가 서류를 들여다보는 틈을 타 재빨리 파벨의 손에 쪽지를 건넸다.

"그렇다면 무슨 말을 해야 할지……."

파벨이 미소를 지었다.

"저도 무슨 말을 해야 할지……."

"그럼 면회는 뭐 하러 왔소? 할 얘기도 딱히 없으면서. 귀찮아 죽겠구먼."

두 사람은 별로 중요하지 않은 말을 몇 마디 주고받았다. 어머니는 파벨의 애정 어린 눈길을 알아차렸다. 아들은 여전히 침착하고 의연했다. 다만 수염이 자라 나이가 더 들어 보였고, 손가락이 더 하얘졌을 뿐이었다. 어머니는 니콜라이 베솝쉬코프의 소식도 알려 주고 싶었다. 그래서 대수롭지 않은 듯이 말을 꺼냈다.

"일전에 네 대자(代子)를 만났단다."

파벨은 이해가 되지 않는다는 듯한 표정으로 어머니를 뚫어져라 바라보았다. 어머니는 니콜라이 베솝쉬코프의 얽은 얼굴을 상기시키려고 손가락으로 뺨을 콕콕 찍어 보였다.

"별일 없이 잘 지낸다더라. 일자리도 곧 구하게 될 거라 하고."

파벨은 어머니의 말을 알아듣고서 고개를 끄덕이며 맞장구를 쳤다.

"그렇잖아도 걱정했는데, 그것참 잘됐군요!"

면회를 끝내고 집으로 돌아오니 사샤가 와 있었다. 파벨을 면회하고 오는 날이면 어김없이 사샤가 모습을 드러냈다. 하지만 정작 파벨에 대해서는 아무것도 묻지 않고 그냥 어머니의 낯빛만 살피곤 했다. 그런데 오늘은 어머니를 보자마자 여러 가지 질문을 던졌다.

"쪽지는 전하셨어요?"

"물론이지, 아주 감쪽같이."

"답변을 들으려면 일주일을 더 기다려야겠군요. 어머니 생각은 어떠세요?"

"잘은 모르지만……, 별다른 위험만 없다면 굳이 거부할 것 같지 않은데?"

순간 사샤의 얼굴에서 핏기가 사라지더니 금세 눈에 슬픔이 가득 담겼다. 그리고 입술까지 파르르 떨었다.

"어머니께 부탁이 있어요. 제 생각엔 파벨이 동의하지 않을 거 같아요! 어머니께서 설득해 주세요. 그는 정말 없어서는 안 되는 사람이거든요. 할 일도 많고. 혹시 병이라도 날까 봐 제가 노심초사한다는 말도 전해 주세요. 재판도 계속 미뤄지고 있잖아요……."

사샤의 목소리가 흔들렸다. 그녀는 눈을 내리깔고 입술을 꼭 깨문 채 바르르 떨릴 정도로 주먹을 꽉 움켜쥐었다. 어머니는 그녀의 갑작스런 감정의 폭발이 당혹스러웠지만 애써 그 마음을 헤아리고 꼭 끌어안아 주었다.

사샤가 어느 정도 진정되자, 어머니는 양철공 이반에게 먹을 것을 가져다주었다.

"그런데 젊은인 몇 살이나 되었소?"

어머니가 생각에 잠긴 목소리로 물었다.

"열일곱이에요……."

"부모님은 어디 계시고?"

"농촌에요. 전 열 살 때부터 여기 있었어요. 그런데 성함이 어떻게 되세요, 동지?"

어머니는 동지란 말을 들을 때마다 웃음이 나오면서도 속으로는 은근히 감동을 받았다.

"이름은 알아서 뭐 하게?"

이반은 당황스런 목소리로 말했다.

"우리 모임에 나오던 대학생이 파벨 블라소프라는 노동자의 어머니 얘기를 들려줬어요. 노동절 시위를 이끈 사람, 있잖아요. 그분은 우리 당의 깃발을 처음으로 공개적으로 들어 올린 분이에요."

젊은이는 아주 자랑스럽게 말했다.

"펠라게야 닐로브나라고, 그분 어머니 말씀인데요. 그분도 그날 이후 우리 편이 되셨대요. 정말 대단하죠? 기적 같은 일이래요, 다들……."

어머니는 환하게 웃었다. 젊은이의 감탄 어린 말을 들으니 기분이 무척 좋았다. 기쁘기도 하고 어색하기도 했다. 어머니는 '내가 바로 닐로브나요.'라고 말하고 싶은 마음을 가까스로 억눌렀다.

'아이고, 주책없는 할망구 같으니.'

"어서 더 먹어요. 먹고 힘을 내야지!"

어머니는 갑자기 활기가 솟는 것을 느꼈다. 얼굴이 붉게 달아올랐다.

며칠 뒤 어머니는 혼자 우편 마차를 타고 가을 비에 젖은 도로를 따라 농촌으로 갔다. 비 온 뒤라 습한 바람이 불어오는 데다 마차 바퀴에선 연방 흙탕물이 튀어 올랐다.

살찐 까마귀들이 황량한 경작지에서 먹을 걸 찾아 종종거렸다. 싸늘한 바람이 '휙' 하고 덮치면 까마귀들의 깃털이 날려 옆구리가 다 드러났다. 까마귀들은 넘어지지 않으려고 안간힘을 쓰다가 어쩔 수 없이 날갯짓을 하며 다른 곳으로 날아갔다.

어머니의 머릿속에 최근 몇 년 동안 겪었던 일련의 사건들이 주마등처럼 스쳐 지나갔다. 이젠 그 일에 깊숙이 관련되어 있을 뿐 아니라 많은 도움을 주는 입장이 되었다.

어머니는 정오가 지나서야 니콜스크 마을에 이르렀다. 그녀는 역사로 가서 창가에 자리를 잡았다. 그리고 무거운 여행 가방을 의자 밑에 밀어 넣은 다음 차를 한 잔 주문했다. 창밖으로 그리 넓지 않은 광장과 진회색 관청 건물이 내다보였다. 먹구름이 빠르게 흘러가고 있었다. 날이 어둑해져서 그런지 오고 가는 사람이 드물었다.

금발을 땋아 내린 동그란 얼굴의 소녀가 차를 가져왔다.

"안녕하시우? 아주 영리해 보이는 아가씨네!"

어머니가 친절하게 말을 건넸다. 소녀는 접시와 찻잔을 탁자에 내려놓으며, 밝은 목소리로 밑도 끝도 없이 이렇게 말했다.

"방금 강도를 하나 잡았는데, 이리로 끌고 오고 있대요."

"무슨 강도래요?"

"잘 모르겠어요……. 그저 잡았다는 말만 들었어요. 관청의 수위가 경찰서장을 부르러 달려갔대요."

창밖을 내다보니 농민 몇 명이 서성이고 있었다. 모두들 왼편으로 고개를 돌리고 있는 것을 보니, 뭔가를 애타게 기다리는 모양이었다. 소녀가 거리를 유심히 바라보다가 문을 쾅 닫고는 밖으로 달려 나갔다. 어머니도 여행 가방을 의자 밑에 더 깊숙이 밀어 넣고는 머릿수건을 쓰며 광장으로 나갔다.

관청 계단으로 간 어머니는 깜짝 놀라 입을 쩍 벌렸다. 두 팔을 등 뒤로 포박당한 르이빈이 경찰 두 명에게 끌려오고 있었던 것이다. 르이빈은 계속해서 뭐라고 소리치고 있었지만 무슨 소린지는 알아들을 수가 없었다. 어머니는 정신을 가다듬고 숨을 한 번 크게 들이마셨다. 르이빈의 얼굴에서 잠시도 눈을 떼지 못한 채.

사람들이 점점 더 많이 몰려들기 시작했지만 아무도 말을 하지 않았다. 르이빈은 사람들이 모여 있는 곳으로 끌려오자 우렁차게 소리쳤다.

"동포 여러분! 여러분은 우리 농민 생활의 진실을 말해 주는 진실의 책을 들어 보셨습니까? 나는 그걸 민중에게 배포했다는 이유로 이렇게 잡혀갑니다!"

르이빈의 고르고 침착한 목소리는 계속해서 들려왔다.

"뭐라는 거야?"

어머니 옆에 서 있던 농민이 푸른 눈의 농민에게 물었다. 푸른 눈의 농민은 아무 대답도 하지 않고 고개를 들다가 어머니를 힐끔 바라보았다. 질문을 했던 농민도 덩달아 어머니의 얼굴을 살피더니 슬그머니 몇 발짝 떨어졌다.

'내가 무서운 모양이군.'

어머니는 신경이 바짝 곤두섰다. 그녀는 몇 계단 위로 올라가서 르이빈의 얼굴을 좀 더 잘 보려고 애썼다. 그러면 르이빈도 어머니의 얼굴을 볼 수 있을 터였다. 사람들은 눈살을 찌푸리며 그를 바라보기만 할 뿐 아무도 입을 열지 않았다. 사람들 뒤쪽에서 숨죽인 말소리들이 조금씩 들릴 뿐이었다.

"농민 여러분! 진실이 적힌 글을 보았다고 이렇게 잡혀갑니다. 이제 곧 매를 맞고 죽겠지요. 그러나 여러분, 그 글에는 농민의 진실이 담겨 있습니다. 그 진실이 빵보다 더 중요합니다. 여러분, 믿어 주세요!"

경찰 간부 하나가 관청의 계단에 나타나 술 취한 목소리로 고함을 질렀다.

"지금 지껄여 대는 놈이 누구야!"

그는 사람들을 헤치고 르이빈에게 다가가더니 머리칼을 움켜쥐고 마구 흔들며 소리쳤다.

"네놈이야, 엉? 이 개자식아!"

그 모습을 보고 사람들이 웅성거리기 시작했다. 어머니는 너무나 가슴이 아파서 얼른 고개를 숙였다. 다시 르이빈의 목소리가 들렸다.

"자, 보시오, 여러분!"

"입 닥쳐!"

경찰 간부가 뺨을 후려쳤다. 르이빈은 다리가 휘청거리며 꺾이더니 이내 목을 움츠렸다. 경찰 간부는 고깃덩어리에 달려드는 개처럼 르이빈에게 달려들어 얼굴이며 가슴이며 배며 닥치는 대로 주먹을 휘두르고 발길질을 해 댔다.

"이봐! 빨리 끌고 가! 사람들 해산시키고!"

"때리지 마라!"

"왜 때리는 거냐?"

군중 속에서 누군가가 소리쳤다. 경찰 간부는 사람들의 기세에 밀려 계단 쪽으로 올라섰다. 그는 흥분해서 주먹을 들어 올리며 위협했다.

"저놈을 빨리 끌고 와! 빨리!"

"그냥 둬라!"

사람들 틈에서 굵고 힘찬 목소리가 울려 나왔다. 푸른 눈의 농민이었다.

"끌려가면 맞아 죽는다. 그리고 나중엔 우리 중 누군가가 죽였다고 덮어씌울 게 틀림없어!"

"농민 여러분! 누가 우리를 약탈하고 기만하며 피를 빨아먹습니까? 여러분이야말로 이 세상 최고의 힘입니다. 하지만 무슨 권리가 있습니까? 우리에겐 굶어 죽을 권리밖에 없습니다!"

르이빈의 목소리가 울려 퍼졌다. 여기저기서 사람들이 웅성거리기 시작했다.

그때 건장한 체격의 경찰서장이 군중 쪽으로 걸어 나왔다. 그의 군홧발 소리는 묵직하고 힘찼다. 웅성거리던 사람들의 목소리가 금세 수그러들었다. 어머니는 얼굴이 떨리고 눈에 불꽃이 일었다.

"웬 소란인가?"

경찰서장이 르이빈 앞으로 다가가 그의 얼굴을 자세히 살피며 물었다.

"이 짐승 같은 놈들아, 민중을 그만 괴롭혀라. 네놈들에게도 이제 최후의 날이 올 것이다!"

르이빈이 목청을 돋우었다.

"아, 아니! 이런 개자식 같으니! 뭐가 어째?"

경찰서장이 한 발짝 물러서더니 르이빈의 얼굴을 세차게 후려쳤다.

"주먹으로 진실을 죽일 순 없다. 무슨 권리로 사람을 치냐, 이 개새끼야!"

르이빈이 이를 악물고 고함을 질렀다.

"뭐라고? 권리가 없다?"

이번에는 경찰서장이 르이빈의 머리 쪽으로 주먹을 뻗었다.

하지만 르이빈이 몸을 낮추는 바람에 주먹은 빗나가면서 경찰 서장이 되레 비틀거리며 넘어질 뻔했다. 군중 속에서 비웃는 소리가 크게 들렸다. 르이빈은 격분해서 다시 소리를 질렀다.

"네놈은 날 칠 수 없다, 이 저주받을 놈아!"

경찰서장은 얼굴을 파르르 떨더니 발을 구르며 욕설을 퍼붓고는 다시 르이빈에게 달려들었다. 르이빈은 몇 번인가 몸을 피하려 했지만 결국은 그의 주먹에 맞아 바닥에 나뒹굴었다. 경찰서장은 길길이 뛰면서 가슴과 옆구리, 머리 할 것 없이 마구 발길질을 해 댔다.

순간 군중이 술렁대더니 여기저기서 욕설이 튀어나오기 시작했다. 분위기가 심상치 않자 경찰서장은 군도를 뽑아 들었다.

"네놈들이 폭동을 일으키겠다는 게냐? 네놈들이 감히……. 저놈은 정치범이다. 황제에 대항해 폭동을 선동하는 놈이란 말이다! 네놈들도 모두 폭도냐?"

"잘못을 했다면 재판을 받아야 할 것 아닙니까?"

"그만 용서하시지요……."

"아니, 뭐 법도 없단 말인가?"

"무조건 때리기부터 하다니, 이게 어느 나라 법이오!"

사람들이 르이빈을 부축하며 거칠게 항의하자 경찰서장과 경찰들이 다소 주춤했다. 그때 농민들 몇 명이 앞으로 나서 경찰서장을 가로막아 르이빈과 떼어 놓았다.

르이빈은 얼굴에 흐르는 피를 닦으며 주위를 둘러보았다. 그 눈길이 어머니의 얼굴을 스치는 순간, 그녀는 깜짝 놀라 손을 들고 다가가려 했다. 그는 곧바로 몸을 돌리더니, 조금 뒤 다시 어머니를 바라보았다.

'날 본 건가? 정말로 알아본 것인가?'

어머니는 마음이 아프기도 하고 반갑기도 해서 짐짓 고개를 끄덕여 주었다. 그러다 다음 순간 르이빈 옆에 서 있던 푸른 눈의 농민이 자기를 빤히 바라보고 있다는 것을 느꼈다. 그의 시선과 마주치자, 어머니는 위기 의식이 느껴져 몸을 움찔했다.

'내가 지금 무슨 짓을 하는 거야? 나까지 잡혀가게 생겼네.'

푸른 눈의 농민이 재빨리 르이빈의 귀에 대고 뭐라고 속닥이자, 르이빈이 고개를 끄덕이더니 다시 우렁차게 소리쳤다.

"여러분, 괜찮습니다. 세상에는 나 혼자 있는 게 아니에요. 모든 진실을 잡아넣지는 못합니다. 내가 있던 곳엔 나의 흔적이 남을 것이고, 나의 동지들이 남을 것입니다……."

'나에게 하는 소리구나…….'

어머니는 속으로 이렇게 생각했다. 그때 한 여인이 물동이를 가져와 르이빈의 얼굴을 닦아 주었다.

결국 르이빈은 경찰들에게 양팔을 붙잡힌 채 계단을 따라 올라갔다. 불만이 가득한 군중의 웅성거림이 조금씩 잦아들면서 사람들도 하나둘 흩어지기 시작했다. 어머니는 푸른 눈의 농민이 곁눈질로 자기를 힐끔거리는 것을 다시금 보았다.

'도망을 쳐야 하나? 아니, 그럴 필요 없어.'

경찰들이 관청 안으로 사라지고 농민들이 몇 명 남지 않았을 때였다. 푸른 눈의 농민이 어머니에게 다가왔다.

"어떻게 저런 일이 벌어지는지……."

"예? 그러게요."

"뭐 하시는 분이죠?"

"아낙네들한테서 뜨개질한 레이스 같은 것을 사들이고 있어요. 아마포도 사고요……."

"그런 건 여기서 구하기 힘들 텐데요……."

그의 얼굴은 꽤 잘생긴 편이었다. 그런데 가까이에서 보니 두 눈에 수심이 가득 어려 있었다. 옷차림은 보잘것없었다. 헝겊 조각을 대서 아무렇게나 기운 외투에 낡아 빠진 신발을 신고 있었다. 어머니는 왠지 안도의 한숨이 새어 나왔다. 그러다 갑자기 무슨 마음이 들었는지 자기도 모르게 불쑥 이렇게 물어보았다.

"혹시 오늘 댁에서 묵어도 될까요?"

막상 말을 뱉고 나자, 온몸의 뼈와 근육이 오그라드는 듯했다.

'이러다 내가 니콜라이 이바노비치를 죽음으로 몰아넣는 건 아닐까? 파벨도 다시 못 보고……. 이렇게 끝나는 거 아닐까?'

그는 땅을 내려다보며 아무렇지도 않은 목소리로 대답했다.

"하룻밤 묵으시겠다고요? 그러시죠, 뭐. 안 될 거 있겠습니까?

집이 누추해서 그렇지······."

"그런 건 조금도 상관없어요."

"그럼, 그러시죠!"

어느새 어둠이 내려와 그의 두 눈에 차갑게 맺혔다.

"그럼 제 여행 가방을 좀 들어다 주시겠습니까? 저기 역사 안에 있는데······."

어머니는 문턱에 서서 손바닥을 이마에 대고 방 안을 살폈다. 그가 안내한 농가는 비좁긴 했지만 무척 깨끗했다. 그의 아내가 어머니를 보더니 말없이 인사를 건넸다. 그리고 남편과 몇 마디 주고받고는 이내 모습을 감추었다.

어머니는 푸른 눈의 농민과 마주 앉았다.

"아까 그 사람, 아는 사람입니까?"

"그렇습니다."

이 짧은 대답은 그녀의 정체를 고스란히 드러나게 했다. 상대의 태도 또한 분명하게 만들었다.

"당신과 그 사람이 신호를 주고받는 걸 보고 짐작했답니다. 그래서 그 사람에게 다가가 나지막이 물어보았어요. 저기 계단에 있는 부인을 아느냐고요."

"그가 뭐라던가요?"

"우리 편은 아주 많다고 하더군요. 아주 많다고······."

조금 주저하는 듯한 목소리와 매몰차 보이지 않는 얼굴, 그리고 맑게 빛나는 눈을 대하면서 어머니는 점차 그에 대한 두려움을 떨쳐 버렸다.

"그런데 혹시……, 가방에 든 게 유인물 같은 거 아닌가요?"

"맞아요. 그 사람에게 가져가던 중이었지요."

농부는 미간을 찌푸리더니 턱수염을 손에 쥐고서 한동안 생각에 잠겼다.

"우리도 유인물을 본 적이 있어요. 소식지도 있었죠. 우리도 그 사람을 알아요. 전에 본 적이 있거든요……. 그럼 이제 어쩌실 건가요, 그 가방을?"

어머니는 잠시 동안 그를 바라보다가 도전적으로 말했다.

"당신들한테 주고 갈 생각이에요!"

"우리한테……."

그는 놀라지도, 거절하지도 않았다. 그리고 다시 생각에 잠기더니 금세 고개를 끄덕였다. 그때 그의 아내가 농민을 한 명 데리고 들어왔다. 광장에서 푸른 눈의 농민과 함께 있던 사람이었다.

"전 표트르 랴비닌이라고 합니다. 저 사람은 스테판이고, 이 사람은 그의 아내 타치야나입니다. 전 당신들이 하는 일을 잘 알고 있습니다. 글도 조금은……. 바보는 아닌 셈이죠."

표트르는 어머니의 손을 잡고 흔들었다.

"스테판, 거 보라고! 내가 그런 일은 옳지 않다고 말했지? 이

분이 진실을 다 들려줄 순 없겠지만, 바야흐로 민중이 자기 일을 시작한 거라고. 이분은 우리에게 올바른 길을 가르쳐 주러 오신 거야. 민중이 바른길로 갈 수 있도록 말일세!"

"그나저나 이분이 가방 걱정을 하시던데……."

"그건 걱정 마세요. 우리가 도와 드릴게요. 우리에게도 유인물이 필요하니까요……."

"이분이 그걸 모두 우리에게 주시겠다는데……."

"아주 잘되었네요, 부인! 우리가 돌릴 곳을 찾아보겠습니다."

표트르는 자리에서 일어나더니 기분 좋게 웃으면서 방 안을 거닐었다.

"그런데 아까 그분 정말 대단했어요. 어찌나 당당하던지! 정말 대단한 사람이지요."

"그 사람, 결혼은 했나요?"

타치야나가 그의 말을 가로채며 물었다.

"홀아비라오."

어머니가 대답했다.

"그러니 용감할 수밖에! 결혼한 사람은 그런 일을 하기 힘들죠. 아무래도 겁이 나지 않겠어요?"

"무슨 소리요? 난 결혼했어도 못할 일이 없소!"

표트르가 소리쳤다. 그리고 어머니에게 물었다.

"혹 남편이 계신가요?"

"죽었어요. 아들이 하나 있는데, 지금은 감옥에 있답니다. 벌써 두 번째지요. 하느님의 진리를 깨닫고 그것을 세상에 퍼뜨렸기 때문이랍니다. 지금 재판을 기다리고 있어요. 만약 시베리아로 유형을 가게 되면 탈출해서 하던 일을 계속할 겁니다."

어머니는 이렇게 말하면서 가슴속으로 커다란 자부심을 느꼈다. 그러나 막상 아들을 영웅의 모습으로 그리려고 하자 적당한 말이 떠오르지 않고 목만 갑갑해 왔다.

"지금도 그런 사람들이 많이 있지만 앞으로는 더 많이 생겨날 겁니다. 모두 죽을 때까지 해방과 진실을 위해 싸울 거예요."

어머니는 이름까지 들먹이지는 않았지만, 자기가 알고 있는 비밀스러운 운동을 낱낱이 이야기하기 시작했다. 소중한 사람들의 모습을 떠올리며, 어머니는 단어 하나하나에 온 정성을 기울였다. 그녀는 갖가지 구슬을 실에 꿰듯이 단어들을 조곤조곤 이어 나갔다. 말을 하면 할수록 지금까지 살아오면서 흘린 피눈물이 살살이 씻겨 나가는 것 같았다. 어머니는 자기 말이 농민들의 마음에 새로운 감동을 불러일으키고 있음을 깨달았다. 그들은 꼼짝도 하지 않고 그녀를 뚫어져라 바라보고 있었다.

"그동안 가난과 불의 속에서 고통스러워하던 사람들이 가진 자들에게 맞서려고 일어났습니다. 이제 민중이, 자신들을 위해 감옥에서 고통당하며 죽어 가고 있는 사람들을 위해 일어서야 합니다. 그 길이 아무리 험난하더라도, 그들과 함께라면 결코 두려울 것이 없습니다."

어머니는 오래전부터 가지고 있던 바람을, 즉 자기가 직접 진실을 말해 보겠다던 바람을 비로소 이룬 듯해서 무척 흐뭇했다.

어머니는 벽에 등을 기댄 채 고개를 뒤로 젖혔다. 타치야나가 일어나 주위를 둘러보고는 다시 자리에 앉았다.

"당신은 그동안 참 많은 걸 보고, 또 그만큼 슬픔도 많이 겪었을 테지요."

그녀가 어머니를 돌아보며 말을 이었다.

"말씀을 참 잘하세요. 마음으로 낱낱이 느껴져요. 그런 사람들이 살아가는 모습을 조금이라도 직접 볼 수 있다면 정말 좋겠네요. 저도 몇 차례인가 소식지를 읽고 고민에 빠진 적이 있답니다. 부인 말씀을 듣고 보니, 그분들이 무엇을 위해 살아가는지 알겠어요. 부인께서 하신 말씀은 이상하게도 제가 그전부터 알고 있었던 것 같은 착각이 들어요. 오늘 처음 듣는 얘기인데도 말이죠……."

타치야나는 눈가에 웃음을 띠며 이빨로 실을 끊어 내듯 단호하게 말했다. 바람이 유리창을 흔들었다. 지붕 위에서는 지푸라기들이 바람결에 날렸다. 멀리서 개 짖는 소리도 들려왔다.

"타치야나, 이제 뭘 좀 먹고 불을 꺼야지? 이렇게 늦게까지 불을 켜 놓으면 사람들이……. 혹시라도 손님에게 해라도 될까 봐 염려스러워서……."

스테판이 가라앉은 목소리로 말했다. 타치야나는 알았다는 듯 고개를 주억거리고는 이내 저녁 식사를 준비하러 갔다.

얼마 후, 다 같이 식탁 앞에 마주 앉았을 때 표트르가 천천히 입을 열었다.

"부인, 사람들 눈에 띄지 않도록 내일 아침 일찍 여기를 떠나시는 게 좋겠어요. 시내로 가지 말고 다음 역으로 가세요……."

"왜? 내가 모셔다 드리면 되지."

스테판이 말했다.

"안 돼! 혹시라도 놈들이 누가 여기서 잤는지, 어디로 갔는지 캐물을지도 모르잖아. 그러면 일이 다 틀어져."

"아니, 표트르! 어디서 그렇게 겁먹는 법만 배웠어요!"

타치야나가 비웃는 투로 말하자, 표트르가 무릎을 치며 말을 받았다.

"남자라면 뭐든 다 알아야지! 겁먹는 법도 알고 용감할 줄도 알고. 나는 무엇보다 우리 손에 들어온 이 유인물들을 걱정하는 거야. 억만 금을 줘도 빼앗기지 않을 겁니다, 부인. 아무 걱정 마세요. 우리가 아주 멋지게 나누어 주겠습니다. 그 유인물들을 보고 우리 농민들도 똑똑히 알게 되겠지요. 생각하라! 단결하라! 바로 이런 답을 얻게 될 것입니다. 우리도 더 이상 이대로는 살수가 없습니다. 요즘은 농민들 분위기도 예전과 많이 달라졌어요. 얼마 전에 스몰랴코프라는 작은 마을의 관청에서 세금을 걷으러 온 적이 있었어요. 하지만 농민들이 완강하게 거부하며 버텼지요. 급기야 경찰서장까지 나섰답니다. '이 개자식들아, 네놈들이 지금 황제 폐하께 반역을 하는 거냐?' 그랬대요. 그러자 스피바킨이라는 농부가 '이런, 젠장, 황제는 무슨 황제야! 입던 옷까지 벗겨 가는 판국에 무슨 황제냐고!'라며 대들었답니다. 그대로 감옥에 끌려갔지만 그가 남긴 말은 어린아이들까지 다 알고 있지요."

표트르는 말을 마친 뒤, 어머니에게 정중히 인사를 하고는 자기 집으로 돌아갔다. 타치야나는 긴 의자에 옷가지들을 깔아서 어머니에게 잠자리를 만들어 주었다.

"활발한 사람이군요."

어머니가 말했다.

"말이 어찌나 많은지, 멀리서도 그 사람 목소리밖에 들리지 않는답니다."

"댁의 남편은 어때요?"

"괜찮은 사람이에요. 술도 마시지 않고 마음씨도 착하고요. 소극적인 성격이어서 아쉽긴 하지만……."

그러다가 타치야나는 정색을 하고 물었다.

"이제 민중이 들고일어나야 하지요? 사실 다들 그렇게 생각하고 있지만 마음뿐이에요. 일제히 소리를 질러야 하는데……. 처음에 누구라도 먼저 단호하게……."

그녀는 의자에 걸터앉아서 다시 질문을 던졌다.

"젊은 여자들도 이런 일을 하나요? 노동자들하고 책도 읽고 그러나요? 겁도 안 내고요?"

타치야나는 벽난로 쪽으로 다가가서 무언가 골똘히 생각하며 한참을 서 있었다. 어머니는 옷을 입은 채 잠자리에 들었다. 뼈마디가 죄다 쑤시는 데다 피로까지 겹쳐서 신음 소리가 절로 나왔다. 타치야나가 불을 끄자 금세 농가에 짙은 어둠이 들어찼다.

"기도를 하지 않으시네요. 저 역시 하느님은 없다고 생각해요. 물론 기적도 없고요."

어머니는 긴 의자 위에서 조용히 몸을 뒤척였다. 깊은 어둠이 창문 너머로 그녀를 바라보고 있었다. 어머니는 나지막한 목소리로 속삭였다.

"하느님에 대해서는 나도 모른다오. 하지만 난 그리스도와 그분의 말씀은 믿어요. 네 이웃을 네 몸처럼 사랑하라고 하셨지요. 그 말씀을 믿어요……."

타치야나는 더 이상 아무 말도 하지 않았다. 어머니는 어둠 속에서 그녀의 희미한 실루엣을 보았다. 그녀는 꼼짝도 하지 않은 채 서 있었다. 어머니는 서글픈 마음으로 눈을 감았다. 그러다 완전히 곯아떨어졌다.

희뿌연 새벽 어스름이 찾아올 무렵, 타치야나가 어머니를 흔들어 깨웠다.

"차 한 잔 드시고 얼른 길을 떠나세요."

부부는 이것저것 꼼꼼히 일러 주며 어머니를 배웅했다. 어머니의 마음 깊은 곳에서는 이번 일을 성공으로 이끌었다는 은근한 기쁨이 피어올랐다. 동시에 그런 마음이 조금 부끄럽기도 해서 서둘러 발걸음을 옮겼다.

제 15 장
암 호

집에 도착하자, 니콜라이 이바노비치가 손에 책을 든 채 부스스한 모습으로 문을 열어 주었다.

"어떻게 이리도 빨리 오셨어요?"

그는 어머니를 반갑게 맞이했다. 안경 너머로 두 눈이 생기 있게 반짝였다.

"어젯밤에 가택 수색이 있었어요. 혹시 어머니께 무슨 일이 생긴 건 아닌지 걱정했죠. 어머니께서 체포되셨다면 우리도 모두 잡혀갔을 텐데, 그렇지는 않은 것 같아서 별일 아니다 싶긴 했지만……."

정말로 집 안은 온통 뒤죽박죽이었다. 벽에 걸려 있던 초상화가 마룻바닥에서 뒹굴었고, 벽지는 찢어졌으며, 마룻바닥 한쪽은 아예 떨어져 나갔다.

"제가 조금 치웠는데도 이 모양입니다. 그냥 두세요. 또 들이닥칠 것 같으니. 그런데 가셨던 일은 어떻게 됐어요?"

니콜라이 이바노비치의 질문에 어머니는 가슴이 다시 미어질 듯 아파 왔다. 르이빈의 피투성이 얼굴이 떠올랐던 것이다.

"그 사람이 붙잡혔다오⋯⋯."

순간 니콜라이 이바노비치의 얼굴이 일그러졌다. 그는 어머니에게서 얘기를 모두 들은 다음, 자리에서 벌떡 일어서서 잠시 동안 방 안을 서성거렸다. 그러나 한참이 지나도 아무런 말을 하지 못했다.

"걸출한 양반이었는데⋯⋯. 그런 사람은 감옥에 적응하기가 힘들 텐데⋯⋯."

어머니가 중얼거렸다. 니콜라이 이바노비치는 흥분과 증오를 감추지 못하고 버럭 소리를 질렀다.

"참으로 끔찍한 일이에요! 야수 같은 놈들이지요. 어리석은 무리들이 민중을 압살하고 있어요. 닥치는 대로 때리고 짓밟고 목을 조르고⋯⋯."

그는 어느 정도 흥분이 가라앉자 평상시의 모습을 되찾으며 어머니에게 이렇게 물었다.

"우리는 시간이 없습니다! 일을 제대로 처리해야지요⋯⋯. 가방은 어디 있죠?"

"부엌에 뒀어요."

"지금 집 근처에 밀정들이 숨어 있어요. 유인물을 대량으로 빼돌리는 건 불가능해요. 마땅히 숨길 만한 곳도 없고요. 들인 공이 아깝기는 해도 어서 태워 버리도록 합시다."

"뭘 말이죠?"

"뭐라뇨? 가방 속에 든 거 전부……."

어머니는 그제야 그의 말을 알아들었다. 그녀는 임무를 완수했다는 사실에 자부심을 느끼면서 얼굴 가득 미소를 지었다.

"그 안에는 아무것도 없어요, 종이 한 장도."

어머니는 스테판과 표트르를 만난 일을 자세히 들려주었다. 니콜라이 이바노비치는 처음엔 불안한 듯 얼굴을 찌푸리더니, 얘기를 다 듣고 난 뒤에는 오히려 깜짝 놀란 표정을 지으며 소리쳤다.

"와, 대단하십니다! 정말로 기적 같은 성공이에요. 자칫하다가 그대로 감옥으로 가실 뻔했네요. 어머닌 정말 대단하신 분이에요. 어쩜 그렇게 민중을 제대로 보시고 이해하시는지 놀랍다니까요."

니콜라이 이바노비치는 유쾌하게 웃었다. 그의 웃음은 이내 어머니의 가슴을 따뜻하게 감쌌다.

"분명한 건 농민들이 흔들리기 시작했다는 사실입니다. 당연한 일이지만요. 농민들을 담당할 사람들이 필요해요. 사람이 필요합니다!"

"이럴 때 파벨이라도 곁에 있으면 좋으련만. 안드레이도 말이에요."

어머니가 나직이 한숨을 쉬었다.

"예, 어머니! 그런데 한 가지 말씀드릴 게 있어요. 파벨은 탈옥하지 않을 겁니다. 그는 재판을 받으려 할 거예요. 재판에서 자신의 생각을 당당하게 밝히기 위해서지요. 탈옥을 한다 해도 시베리아에 가서나 할 것 같습니다."

"어쩌겠어요? 그 애가 잘 알아서 하겠지……."

"그렇습니다."

니콜라이 이바노비치는 안경 너머로 어머니를 바라보며 말을 이었다.

"어서 르이빈에 대한 유인물을 만들어서 농촌에 뿌려야 해요! 오늘 제가 글을 쓰고 류드밀라가 신속히 인쇄를 할 거예요……. 그런데 한 가지 문제는, 그걸 어떻게 그곳까지 가져가느냐 하는 것입니다."

"내가 하면 되지요……."

"말씀은 고맙지만 이번엔 안 됩니다. 차라리 니콜라이 베숩쉬코프에게 맡기는 게 좋겠어요."

니콜라이 이바노비치는 말을 마치자마자 자리에 앉아 글을 쓰기 시작했다. 어머니는 탁자를 치우면서 그가 글 쓰는 모습을 찬찬히 살펴보았다. 손에 든 펜이 빠르게 움직이며 종이 위를 새카만 글씨로 가득 채웠다. 이따금씩 그의 목덜미가 경련을 일으켰다. 그럴 때마다 그는 고개를 뒤로 젖히고 눈을 감은 채 생각에 잠겼다. 이따금씩 턱이 부르르 떨리기도 했다. 어머니는 글을 쓰는 그의 모습을 바라보며 깊은 감동을 받았다.

　어머니는 부엌 쪽으로 난 문을 두드리는 소리에 놀라 잠이 깼다. 누군가 초조하게 계속해서 문을 두드리고 있었다. 아직 날이 밝지 않아 사방이 깜깜했다. 주위 역시 쥐 죽은 듯 고요했다. 정적 속에 불안감이 감돌았다. 어머니는 옷을 주섬주섬 걸치고 부엌으로 나와 문 앞에 섰다.

"거기 누구요?"

"접니다!"

낯선 목소리가 대답했다.

"누구라고요?"

"문부터 열어 주세요!"

문밖에서 조용히 부탁하는 목소리가 들렸다. 어머니가 문을 열자 이그나트가 안으로 들어서면서 밝게 웃었다.

"휴, 찾긴 제대로 찾았군요!"

그는 허리까지 진흙투성이였다. 허옇게 질린 얼굴에 움푹 꺼진 눈, 헝클어진 머리는 그야말로 처참하기 그지없었다.

"우리 쪽은 끔찍했어요!"

"알고 있어요……."

"아니, 어떻게 아셨어요?"

어머니는 그동안 보고 들은 것을 간단히 설명해 주었다. 어머니의 얘기가 끝나자 그가 말했다.

"르이빈 아저씨하고 다섯 명이 붙잡혀 갔어요."

"자넨 어떻게 도망쳤어?"

"저요? 놈들이 들이닥치기 직전, 산림계 직원이 와서 창문을 두드리며 알려 주었어요. 르이빈 아저씨는 눈 하나 깜짝 않고 저한테 '이그나트, 넌 서둘러 도시로 가! 지난번에 다녀간 부인을 기억하지? 이 쪽지를 가지고 그분을 찾아가!' 그러더라고요. 전 그대로 나와서 숲으로 도망쳤어요. 쉬지 않고 이틀 밤을 꼬박 걸어왔어요."

이그나트는 스스로도 대견스러운지, 갈색 눈에 미소를 가득 머금으면서 쪽지를 내밀었다.

"쪽지부터 받으세요……."

그는 얼굴을 찡그리며 힘겹게 발을 의자 위에 올려놓았다. 그때 니콜라이 이바노비치가 문가에 나타났다.

"안녕하시오, 동지. 괜찮다면 내가 도와 드리리다."

니콜라이 이바노비치는 이렇게 말하고서, 허리를 구부려 흙투성이 각반을 재빠르게 풀기 시작했다. 이그나트는 그 모습이 당황스러웠는지 어머니를 바라보며 두 눈을 연방 끔벅거렸다.

르이빈의 쪽지에는 이렇게 씌어 있었다.

이 일을 그대로 넘겨서는 안 됩니다, 아주머니. 지난번에 함께 왔던 키 큰 부인에게 우리 일에 대해 더 많이 써 달라고 부탁해 주세요. 꼭 부탁합니다.

—르이빈

이그나트는 통통 부은 발가락을 꼼지락거리며 그녀를 바라보았다. 어머니는 눈물범벅이 된 얼굴을 감추며 대야에 물을 떠왔다. 그러고는 마룻바닥에 쪼그려 앉아 그의 다리로 손을 뻗었다. 이그나트는 깜짝 놀라 의자 밑으로 얼른 발을 감추었다.

"왜 그러세요?"

"어서 발을 이리 내요⋯⋯."

"보드카라도 가져와야겠군요."

니콜라이 이바노비치가 말했다. 이그나트는 다리를 더욱 뒤로 빼며 중얼거렸다.

"대체 왜 이러세요? 여기가 병원도 아니고⋯⋯."

어머니는 개의치 않고 그의 발을 끌어당겨 씻기기 시작했다. 이그나트는 당황스러운 듯 코를 씩씩거리며 어색하게 몸을 비틀었다.

"알고 있어요, 이그나트? 르이빈이 몹시 맞은 걸?"

"그래요?"

이그나트는 화들짝 놀라며 나지막이 신음했다.

니콜라이 이바노비치는 보드카 병을 가져다 놓고 석탄 위에 사모바르를 올려놓은 뒤 말없이 방을 나갔다. 이그나트는 호기심 어린 눈길로 그의 뒷모습을 바라보다가 이렇게 물었다.

"저 나리는 의사세요?"

"여기서 나리가 왜 나와? 다 동지들이지……."

이그나트는 믿을 수 없다는 듯한 표정으로 말했다.

"정말 괴상해서요."

"뭐가 괴상해?"

"하여튼 괴상해요. 한쪽에선 주먹질을 해 대고 다른 쪽에선 발을 씻겨 주고……. 그 중간엔 대체 뭐가 있어요? 아주머니도 모르세요?"

그때 방문이 열리더니, 니콜라이 이바노비치가 문설주에 기대서서 말했다.

"그 중간에는, 주먹질하는 사람들에게 아첨하고 주먹질당한 사람들의 피를 빨아먹는 자들이 있소. 그런 게 바로 중간이지."

이그나트는 존경스럽다는 듯이 니콜라이 이바노비치를 물끄러미 바라보았다.

"그런 것 같네요."

그는 벌떡 일어나 몇 걸음 움직여 보고는 두 다리를 굳게 딛고 서서 말했다.

"강철처럼 튼튼한 새 다리가 됐어요. 고맙습니다……."

이그나트가 몸을 추스르자, 그들은 모두 자리에 앉아 함께 차를 마셨다.

"전 유인물을 배포하는 일을 맡아 했어요. 걷는 건 자신 있거든요."

"사람들이 많이 읽던가요?"

니콜라이 이바노비치가 물었다.

"그럼요, 부자들까지 읽었는걸요."

니콜라이 이바노비치가 잠시 생각에 잠겼다가 말했다.

"어떻게 하면 르이빈의 소식을 좀 더 빨리 그쪽으로 보낼 수 있겠소?"

이그나트가 바짝 긴장하며 물었다.

"유인물이 나왔어요? 그럼 절 주세요. 제가 가져가겠습니다."

니콜라이 이바노비치는 눈을 가늘게 뜨고 선한 눈길로 이그나트를 바라보며 말했다.

"자네는 너무 지쳐 있어서 안 되고……. 대신 다른 사람이 가게 될 거요. 그 사람한테 무엇을 어떻게 해야 하는지 소상히 일러 주도록 해요. 그리고 적당한 신분증을 만들어 줄 테니 일단 신분을 위장하고 있도록 하지."

저녁 무렵, 이그나트는 작은 지하실 방에서 니콜라이 베솝쉬코프와 마주 앉아 낮은 목소리로 말하고 있었다.

"가운데 창문을 네 번……."

"네 번?"

니콜라이 베솝쉬코프가 되물었다.

"처음에 세 번, 하나, 둘, 셋, 그리고 조금 기다렸다가 다시 한 번 더."

"알겠어요."

"붉은 머리의 농민이 문을 열고 산파를 데리러 왔냐고 물을 겁니다. 그러면, '예, 공장 주인이 보내서 왔습니다.'라고 대답하세요. 그럼 됩니다."

어머니는 팔짱을 끼고서 건장한 두 젊은이가 머리를 맞대고 앉아 목소리를 낮추어 소곤거리는 모습을 바라보았다. 비밀스런 노크, 약속된 암호와 대답이 어머니로서는 왠지 우습게 느껴졌다.

'아직 애들이야……'

"다 됐어요! 잘 기억하실 수 있죠?"

이그나트는 미심쩍은지 몇 번이나 확인하고 나서야 자리를 떴다. 니콜라이 베솝쉬코프는 밝은 얼굴로 어머니에게 말했다.

"자, 이제 저한테도 일이 생겼군요. 그냥 숨어만 지내자니 어찌나 지루하던지……. 가끔씩 감옥에서 왜 뛰쳐나왔나, 싶더라고요. 그런데 어머니, 탈옥 건에 대해 뭐 결정된 게 있나요?"

"글쎄, 나도 잘 모른다네."

니콜라이 베솝쉬코프는 어머니의 어깨에 손을 얹고 얼굴을 가까이 들이밀며 말했다.

"어머니가 말씀 좀 해 주세요. 아주 쉬운 일이라고요. 감옥 담벼락 옆에 가로등이 있는데, 그 맞은편은 텅 빈 공터예요. 왼편으로는 공동묘지가 이어져 있고, 오른편으론 시내로 연결되는 도로가 있지요. 가로등 청소부가 낮에 매일같이 가로등을 닦는데, 바로 그걸 이용하는 겁니다. 먼저 사다리를 벽에 걸치고 올라가서 줄사다리를 벽 꼭대기에 걸어서 담장 안쪽으로 던져 놓으면 되는 거예요. 그 시각에 감옥 안에서 몇몇 사람들이 소란을 피워 주고, 다른 사람들은 줄사다리를 타고 넘으면 돼요. 그렇게만 하면 아주 완벽해요!"

그는 어머니의 얼굴을 빤히 바라보면서 간단하고 확실하게 탈옥 계획을 설명했다. 어머니는 이제까지 그를 답답하고 요령 없는 인물이라고만 여겼다. 적대감과 불신밖에 모르던 그가 이제는 온화하디온화한 눈빛으로 사람을 대하고 자기를 이해시키려고 노력하고 있었다.

"그러다 총이라도 쏘면?"

"누가요? 군인들은 총이 없어요. 간수들이 가진 권총은 못 박는 데나 쓸까, 전혀 쓸모 없는 물건들이거든요."

"그렇다면 정말 아주 간단한 일이구먼."

"그럼요, 전 준비를 다 끝냈어요. 줄사다리하고 걸쇠 따위 모두요. 그리고 여기 집주인이 가로등 청소부 역할을 하기로 되어 있어요. 고분이라는 사람인데, 예프첸코라는 조카를 탈출시키고 싶어 해요."

제 16 장
흔들리지 않는 신념의 불꽃

일요일, 파벨을 면회하고 다시 작별할 때 어머니는 손에 조그만 종이 쪽지가 쥐어지는 것을 느꼈다. 어머니는 종이 쪽지에 손바닥을 데기라도 한 듯 흠칫 몸을 떨고는 아들의 얼굴을 물끄러미 바라보았다. 파벨의 푸른 눈은 평소와 다름없이 편안하게 미소 짓고 있었다.

"안녕히 가세요, 어머니."

그녀는 손도 내밀지 않고 가만히 있었다.

"걱정하지 마세요. 화내지 마시고요!"

어머니는 뒤돌아보지 않고 서둘러 밖으로 나왔다. 돌아오는 길 내내 쪽지를 쥔 손에 얼마나 힘을 주었는지 손가락 마디가

다 저릴 지경이었다. 집에 다다른 어머니는 꼬깃꼬깃하게 뭉쳐진 종이를 니콜라이 이바노비치에게 건네며 일말의 희망을 안고 기다렸다. 잠시 후, 니콜라이 이바노비치가 말했다.

"예상했던 대로군요. 여기 이렇게 씌어 있습니다. '우리는 나가지 않습니다. 그 누구도 그럴 수 없습니다. 우리 자신에 대한 존엄을 버릴 수가 없어요. 차라리 얼마 전에 체포된 농민을 도와주세요. 그는 날마다 당국과 충돌합니다. 계속해서 독방 신세예요. 그를 도와주세요. 그리고 제 어머니께 잘 말씀드려 주세요. 다 이해하실 겁니다.'"

"내게 뭘 말하라는 거요? 나도 다 아는데!"

어머니가 떨리는 목소리로 말했다.

"어찌 됐든 끝내 설득하지 못했네요……."

"괜찮아요. 재판을 받으면 되지!"

어머니는 말은 그렇게 하면서도 마음은 적잖이 착잡했다.

"상트페테르부르크에서 날아온 소식에 따르면 재판을 하지도 않았는데 이미 유형으로 결정되었다고 합니다."

"난 괜찮아. 파벨이 말한 농민은 바로 르이빈이에요. 이제 그 사람을 어떻게 할 것인지 생각해 봐야지요."

그때 초인종이 울리고 사샤가 안으로 들어섰다.

"그럴 줄 알았어요."

사샤는 어머니의 말을 듣고 아무렇지도 않게 말했다. 그러나 금세 얼굴에서 핏기가 사라졌다. 그녀는 외투의 단추를 풀다가 다시 두 개를 잠그고는 외투를 벗으려고 섶을 벌렸다. 하지만 섶이 벌어질 리가 없었다.

"비에 바람에……. 정말이지 허구한 날 외투를 입고 다니는 것도 지겨워!"

"맞아요. 그런데 참, 대신 르이빈을 내보내라고 하던데."

"그래요? 잘됐군요. 계획을 한 번 써먹을 순 있겠네요."

사샤는 이렇게 말하고 나서 니콜라이 이바노비치를 바라보며 물었다.

"그럼 이제부터 어떻게 하죠? 다들 계획이 성공하리라고 믿고 있나요? 제가 지금 사람들의 생각이 어떤지 확인해 볼게요."

그녀는 가녀린 손가락으로 외투 단추를 잠그기 시작했다. 어머니와 니콜라이 이바노비치는 창문 가로 다가가 마당을 가로질러 대문 밖으로 사라져 가는 사샤를 물끄러미 지켜보았다.

"그 일이라도 해야 마음이 편한 게지."

어머니가 깊은 생각에 잠겨 있다가 나직하게 말했다.

"예, 그렇겠지요."

니콜라이 이바노비치는 이렇게 말하고 나서 어머니를 돌아보았다.

"그런데 어머니, 이제껏 살아오면서 사랑하는 사람에 대한 그리움 같은 거…… 없으셨어요?"

"그리움은 무슨! 시집갈 나이에 이 사람인가, 저 사람인가 두려움뿐이었지."

"마음에 드는 사람은 없었어요?"

"기억이 나지 않아요. 설마 이렇게 긴 세월을 살아오는 동안 마음에 드는 사람이 하나도 없었겠어? 단지 기억이 나지 않을 뿐이지……."

니콜라이 이바노비치는 애정이 담뿍 담긴 눈길로 어머니를 바라보며 과거의 추억을 떠올렸다.

"제게도 사샤와 같은 사연이 있었어요. 한 처녀를 사랑했는데……. 정말 멋진 사람이었죠. 스무 살 무렵에 만났는데, 솔직히 말하면 지금도 마음속 깊이 사랑하고 있답니다. 제 마음을 다 바쳐 앞으로도 영원히 사랑할 겁니다……."

그는 의자에 앉아 머리를 기댄 채 허공을 바라보며 생각에 잠겼다.

"우리는 그렇게 될 수밖에 없었어요. 그녀가 감옥에 가면 저는 풀려나고, 제가 감옥에 가면 그녀가 풀려나곤 했지요. 결국 그녀는 시베리아에 십 년간 유형 가 있다가 거기서 다른 사람을 만났어요. 제 동지였는데, 훌륭한 청년이었어요. 나중에 둘이 함께 외국으로 도망쳐서 결혼을 했다더군요."

니콜라이 이바노비치는 말을 끝내고 안경을 벗어 닦았다. 그러고는 불빛에 안경알을 비추어 보더니 다시 닦기 시작했다.

그때 얇은 외투 차림의 류드밀라가 추위에 뺨이 빨갛게 언 채 안으로 들어왔다. 낡아서 다 해진 덧신을 벗으며 그녀는 화난 듯한 목소리로 소식을 전했다.

"재판 날짜가 잡혔대요. 다음 주랍니다."

"그게 정말이오?"

방 안에서 니콜라이 이바노비치가 소리쳤다. 순간 어머니에 게는 놀라움인지 기쁨인지 모를 흥분이 밀려들었다.

사흘째 되는 날 사샤가 찾아왔다. 그녀가 니콜라이 이바노비 치에게 말했다.

"모든 준비가 끝났어요. 오늘 한 시예요."

"벌써 준비가 끝났다고?"

니콜라이 이바노비치는 깜짝 놀라서 눈이 휘둥그레졌다.

"놀라실 게 뭐 있어요? 저는 그저 르이빈이 숨을 장소와 옷가 지만 준비하면 됐는걸요. 르이빈은 시내 한 구역만 통과하면 돼 요. 니콜라이 베숍쉬코프가 변장을 하고서 그를 만나 외투와 모 자를 건네주고 길을 안내할 겁니다."

어머니는 니콜라이 이바노비치와 사샤 뒤에 서 있다가 느닷 없이 이렇게 말했다.

"내가 가 봐야겠어."

"왜요?"

"가시면 안 됩니다, 어머니! 괜히 눈에 띄어 좋을 게 없어요."

사샤와 니콜라이 이바노비치가 동시에 말렸다.

"아니, 내가 가 봐야겠어요……."

어머니의 가슴속에 한 가닥 희망이 타오르고 있었다.

'어쩌면 파벨도…….'

한 시간 뒤 어머니는 감옥 뒤편의 들판에 서 있었다. 매서운 바람이 휘몰아치며 옷섶을 헤집었다. 공동묘지 근처에서 병사 한 명이 밧줄로 말을 훈련시키고 있었고, 다른 병사 한 명은 그 옆에서 뭐라고 소리치며 휘파람을 불며 낄낄거렸다. 그 두 사람 말고는 감옥 주변에 아무도 보이지 않았다.

어머니는 앞뒤 좌우를 살피면서 공동묘지의 울타리 쪽으로 천천히 걸음을 옮겼다. 그러다 갑자기 발이 땅에 얼어붙은 것처럼 꼼짝도 하지 않았다. 감옥 모퉁이에서 가로등 청소부 차림의 노인이 어깨에 사다리를 메고 나타난 것이었다. 어머니는 깜짝 놀라 재빨리 병사들 쪽을 돌아보았다.

병사들은 여전히 그 자리에서 맴돌며 말에 정신이 팔려 있었다. 청소부 차림의 노인은 벌써 담벼락에 사다리를 걸치고 기어 오르고 있었다. 사다리 꼭대기에 오른 그가 담장 안쪽을 향해 커다랗게 팔을 휘두르더니 재빨리 내려와 어디론가 사라져 버렸다. 어머니의 가슴이 쿵쾅거렸다.

바로 그때 담장 위로 검은 머리가 나타나더니 곧이어 몸이 따라 올라왔다. 그 몸이 담장을 타고 넘더니 미끄러지듯 아래로 떨어져 내렸다. 그리고 또 하나의 머리가 나타나는가 싶더니 순식간에 땅바닥으로 떨어져 모퉁이 뒤로 모습을 감추었다.

"뛰어, 뛰어!"

어머니는 발을 동동 구르며 속삭였다. 이윽고 담장 위로 세 번째 머리가 나타났다. 어머니는 두 손을 가슴에 모아 쥐고서 숨막히게 지켜보았다. 밝은 색 머리가 하늘로 솟아오르는가 싶더니 이내 땅에 떨어졌다가 벌떡 일어서서 달리기 시작했다. 담장 안쪽에서 고함 소리가 들려오기 시작했다. 비명 소리와 호루라기 소리가 바람을 타고 찢어질 듯 울려 퍼졌다. 말을 훈련시키던 병사들은 갑자기 동작을 멈추고 감옥 쪽으로 귀를 모았다.

감옥 문이 열리고 간수 셋이 튀어나오더니 허둥지둥 방향을 잡아 달리기 시작했다. 말을 훈련시키던 병사 중 한 명이 그들을 따라갔고, 또 한 병사는 말에 오르려 애를 썼다. 불안하고 필사적인 호루라기 소리가 계속해서 허공을 갈랐다. 어머니는 떨리는 다리를 간신히 이끌고 공동묘지의 울타리를 따라 걸었다.

'파벨도 마음만 먹었다면…….'

울타리의 모퉁이에서 경찰 두 명이 달려 나왔다.

"거기 서! 혹시 수염 기른 남자, 못 봤소?"

경찰이 숨을 헐떡이며 소리쳐 물었다.

"저리로 뛰어가던데, 무슨 일이오?"

"예고로프! 호루라기를 불어, 어서!"

어머니는 집으로 걸음을 옮기면서 왠지 모르게 마음이 쓰라리고 답답했다. 들판을 벗어나 거리로 들어섰다. 그때 마차 한 대가 그녀를 앞질러 갔다. 마차 안에는 밝은 색 콧수염을 기른 창백한 얼굴의 젊은이가 어깨를 한쪽으로 비스듬히 기울이고 앉아 있었다.

재판이 열리는 날, 어머니는 목덜미와 등에 무거운 짐을 진 듯한 기분으로 법정에 들어섰다. 그녀는 얌전히 자리에 앉아 옷매무새를 고치고는 주위를 둘러보았다.

"당신 아들이 우리 애를 망쳐 놨어!"

나란히 앉은 한 여자가 조그맣게 내뱉었다.

"입 다물어, 나탈리아!"

시조프 영감이 여자를 말렸다. 돌아다보니 사모일로프의 어머니였다. 그 옆에는 그녀의 남편이 앉아 있었다.

높다란 창문을 통해 법정 안으로 흐릿한 빛이 흘러들고 있었다. 정면에는 황제의 커다란 초상화가 진홍빛 휘장을 두른 금빛 액자에 걸려 있었고, 초상화 앞쪽으로는 초록색 천을 덮어 놓은 긴 탁자가 놓여 있었다. 그 오른쪽에는 쇠창살로 된 문과 나무 의자 두 개가 있었다. 그리고 왼쪽에는 진홍빛 안락의자들이 두 줄로 자리 잡고 있었다. 금색 단추가 달린 제복을 입은 사무원들이 부산하게 돌아다녔다. 이 모든 색깔과 빛과 소리와 냄새가 눈을 피로하게 만들었다. 숨 쉴 때마다 오히려 가슴이 더 답답해져 왔다.

누군가 뭐라고 외치는 소리가 들리자 모두들 자리에서 일어섰다. 왼쪽의 큰 문이 열리고 법복을 입은 노인이 절뚝거리며 들어왔다. 젊은 남자가 그를 부축해 주었고, 법복을 입은 세 사람과 관리 셋이 그 뒤를 따라 들어왔다.

그들은 한동안 긴 탁자 앞에 서서 무언가 말을 주고받더니 한 명씩 차례로 자리를 잡아 앉았다. 노인은 몸을 반듯하게 펴고 앉은 채 꼼짝도 하지 않았다. 어머니는 노인의 안경 너머로 색깔 없는 사마귀 두 개를 보았다. 탁자 끝에 놓인 책상 옆에서 키 큰 대머리 사내가 기침을 하며 서류를 뒤적이고 있었다. 가운데 앉은 노인이 중얼거리듯이 말했다.

"개정하겠습니다. 들여보내세요……."

쇠창살 안쪽 문이 열리더니 병사들의 감시를 받으며 파벨과 안드레이, 페자, 구세프 형제, 사모일로프, 부킨, 소모프, 그리고 이름을 알 수 없는 젊은이 다섯 명이 차례로 모습을 드러냈다. 파벨은 부드럽게 미소를 짓고 있었다. 그들이 들어오자 법정이 한결 밝아지고 편안해진 느낌이었다. 활기찬 기운이 감도는 것을 느끼며 어머니의 가슴이 뛰기 시작했다. 사람들 틈에서 웅성거리는 소리와 흐느끼는 소리가 들려왔다.

"정숙하시오!"

파벨과 안드레이, 그 옆으로 페자와 사모일로프, 구세프 형제가 차례로 자리를 잡고 앉았다.

늙은 재판장의 목소리는 알아듣기가 힘들었다. 그는 피고들은 보지도 않은 채 법복 속에 목을 움츠려 넣고 혼자서 중얼거리듯 질문을 던졌다. 침착하면서도 짤막하게 아들과 젊은이들이 대답을 했다.

도자기처럼 얼굴이 빤지르르한 사내가 냉랭하게 서류를 읽어 내려가자 갑갑한 느낌이 더욱 커졌다. 사람들은 몸이 굳은 듯 꼼짝도 하지 않았다. 변호사 네 명은 피고인들과 부지런히 이야기를 나누었다.

늙은 재판장 옆에는 살찐 판사가 의자에 몸을 푹 기대고 있었고, 반대편에는 창백한 얼굴에 불그레한 수염을 기른 판사가 앉아 있었다. 그는 지친 듯이 머리를 의자 등받이에 기대며 뭔가 생각에 잠긴 것처럼 눈을 지그시 감았다. 검사의 얼굴도 지치고 무료해 보이긴 마찬가지였다. 판사들 뒤에는 시장과 귀족단장, 지역 원로가 한 명씩 자리했다.

"이곳엔 범죄자도 판사도 없습니다."

파벨의 목소리가 법정 안에 쩌렁쩌렁 울려 퍼졌다.

"이곳엔 포로와 정복자가 있을 뿐입니다."

재판장은 별다른 말 없이 그저 귀를 기울이고 있었다. 배심원들 사이에서 약간의 동요가 일었다. 재판장은 파벨의 말이 끝나 자마자 안드레이를 호명했다.

"으흠, 안드레이 나호드카, 당신은 당신의 죄를 인정합니까?"

안드레이가 천천히 자리에서 일어나 재판장을 바라보았다.

"도대체 무슨 죄를 인정하라는 것입니까? 난 사람을 죽이거나 도둑질을 하지 않았습니다. 오히려 사람들이 도둑질을 하거나 서로를 죽여야만 하는 삶에 동의하지 않을 뿐입니다."

"간단하게 대답하시오."

재판장이 힘들게, 그러나 또박또박 말했다.

어머니는 뒷자리에서 전해 오는 활기를 느꼈다.

"페자 마진! 대답하시오."

"난 재판을 거부합니다. 난 아무 말도 하지 않겠소. 당신들 재판은 불법이오! 누가 당신들에게 우릴 재판할 권리를 주었소? 민중은 결코 당신들에게 재판권을 주지 않았소!"

살찐 판사가 재판장에게 뭐라고 속닥였다. 창백한 얼굴의 판사는 눈을 치켜뜨며 탁자 위의 서류에 뭔가를 적어 넣었다. 지역 원로는 고개를 절레절레 흔들며 자세를 고쳐 앉았다. 귀족단장은 검사와 무언가 말을 주고받았고, 시장은 볼을 비비며 귀를 기울이고 있었다.

대머리 검사가 일어나서 한 손으로 책상을 짚고 숫자를 여러 개 열거해 가며 빠르게 피고인들의 범죄를 설명했다. 하지만 그의 목소리에서 무시무시한 느낌은 들지 않았다.

어머니는 판사와 검사를 번갈아 바라보았다. 도무지 그들을 이해할 수가 없었다. 그들은 파벨이나 그의 동지들에게 화를 내지도 않고 모욕을 주지도 않았다. 마지못해 질문을 던졌는데, 그 질문들이 조금도 중요해 보이지 않았다. 또 대답을 듣기 위한 질문도 아니었다.

헌병과 헌병 장교들이 증인으로 불려 나와 몇 가지씩 대답을 하고 물러갔다. 얼굴이 누런 낯익은 장교도 파벨과 안드레이에 대해 진술했다. 판사들은 여전히 무관심하게 질문을 던지곤 했다. 살찐 판사는 손으로 입을 가리며 연방 하품을 해 댔고, 얼굴 창백한 판사는 손가락으로 관자놀이를 눌러 보다가 멍하니 천장을 바라보곤 했다.

검사는 이따금 서류에 뭔가를 재빨리 쓰기도 했고, 귀족단장과 귓속말을 주고받기도 했다. 시장은 다리를 꼬고 앉아 손가락으로 부지런히 무릎을 두드렸다. 재판 시간이 길어지자 모두들 지루함에 갇혀서 어쩔 줄 몰라 하는 것이었다.

"잠시⋯⋯, 선언하⋯⋯."

늙은 재판장이 얇은 입술로 말소리를 도로 삼켰다. 그러자 갑자기 수런거리는 소리와 한숨 소리, 나직한 탄식과 기침 소리, 발자국 소리 등이 법정을 가득 메웠다. 피고인들은 쇠창살 안으로 다시 들어갔고, 그사이에 사람들은 고개를 끄덕여 친지들과 인사를 나누거나 목소리를 낮추어 이런저런 이야기를 주고받았다.

"가서 차나 한잔하시겠소? 재판이 다시 시작되려면 한 시간 반이나 기다려야 하오."

시조프 영감이 어머니에게 권했다.

"아니요, 별생각이 없습니다."

"그럼, 나도 그만둬야겠소. 애들 어떻습니까? 자기들만이 진짜 사람인 것처럼 굴지요. 아, 페쟈, 그 녀석 참!"

사람들이 어머니 곁으로 다가오며 재판에 대해 다들 한마디씩 말했다.

"우리 사모일로프 어땠습니까? 변론도 거부하고 말을 전혀 안 하려고 하지요? 당신 아들 파벨은 변호사하고 어떻게 해 보려고 하더구먼. 우리 애는 아예 변호사하고도 말을 안 합디다."

사모일로프의 아버지가 턱수염을 쓰다듬으며 말했다. 그의 아내는 옆에 서서 연방 눈물을 찍어 내고 있었다.

"재판이 무슨 장난 같아요. 난 저 도깨비 같은 녀석들을 처음 보았을 땐 무슨 쓸데없는 짓거리들을 하나 싶었는데, 가만 들어 보니 어쩌면 저 애들 말이 맞을지도 모른다는 생각이 드네요."

사모일로프의 어머니가 미소를 띠며 사과했다.

"저, 파벨 어머니! 아까 당신 아들 탓이니 뭐니 했던 말은 생각 없이 튀어나온 것이니 너무 노여워하지 마세요. 누가 잘못을 하고 누가 진실을 말하는지는 지나가는 개도 다 아는 일이잖아요.

우리 애도 제 몫은 하더군요."

사람들은 복도를 서성거리며 몇 명씩 무리를 지어 볼멘소리로 분통을 터뜨리거나 신중하게 말을 주고받았다. 모두들 무엇이든 말하고, 묻고, 그리고 듣고 싶어 하는 표정이 역력했다. 귀가 커다란 부킨의 형은 여기저기 기웃거리다가 이런 말을 내뱉었다.

"지역 원로라는 클레파노프는 이런 일에 끼어들 자격이 없는 사람이지요. 지난해에 자기 집사의 아내를 탐하고는 끝내 집사를 죽이고 지금 그 여자와 살고 있거든요. 그게 말이 됩니까? 게다가 누구나 다 아는 도둑놈인데……."

"맞아, 옳은 소리야! 재판 자체가 정당하지 못하다고!"

사모일로프의 아버지가 맞장구를 쳤다. 어머니는 니콜라이 이바노비치에게서 들은 재판의 불공정성에 대해 말해 주고 싶은 생각이 들었다. 하지만 그녀 자신도 제대로 이해되지 않는 대목이 있는 데다 들었던 내용마저 대부분 잊어버려서 그렇게 할 수가 없었다. 어머니가 그 말들을 기억해 내려고 애쓰면서 잠시 사람들과 거리를 두려는 순간, 젊은 사내 한 명이 자기를 아까부터 주시하고 있다는 걸 알아차렸다. 그는 오른손을 바지 주머니에 찔러 넣고 있어서 왼쪽 어깨가 오른쪽 어깨보다 더 솟은 것처럼 보였다. 어머니는 그 모습을 어디선가 본 것 같다는 생각이 들었다. 뭔가 생각이 날 듯 말 듯하면서도 이렇다 할 실

마리는 떠오르지 않았다. 그 남자는 곧바로 등을 돌렸다. 어머니도 더 이상 그 남자에 대해 생각하지 않았다.

경비원이 법정 문을 열고 소리쳤다.

"가족들은 표를 보여 주고 들어오시오!"

벨이 작게 울리더니 냉랭한 목소리가 재판의 시작을 알렸다.

"속개하겠습니다."

또다시 사람들이 모두 자리에서 일어났다. 아까와 똑같이 판사들이 들어와 자리에 앉았고 피고인들이 끌려 나왔다.

"이제 검사의 논고가 있을 모양이오."

시조프 영감이 어머니에게 말했다. 어머니는 금방이라도 무서운 일이 벌어질 것만 같아 가슴이 조마조마했다.

검사가 비스듬히 서서 판사 쪽으로 머리를 돌리고 오른손을 들었다 내렸다 하며 말을 하기 시작했다. 그의 목소리는 높아졌다 낮아졌다 하면서 막힘 없이 빠르게 이어졌다. 그의 말들은 바느질하듯이 길고 단조롭게 이어지다가, 어느 순간 검은 파리 떼가 설탕 조각 위로 날아들 듯 한 곳을 맴돌았다. 하지만 그의 말에서 무섭다거나 위협적인 느낌은 들지 않았다. 피고인들 역시 전혀 개의치 않는다는 듯이 태연하게 앉아 저희끼리 무슨 말인가를 속삭였다. 때론 웃음을 참으려 애쓰는 모습도 보였다.

검사의 말을 들으며, 어머니는 그가 피고인 모두를 한통속으로 몰아가려고 애쓴다는 사실을 알아차렸다. 처음에는 파벨에 대해 이야기하다가 페자에게, 그리고 부킨으로 이어지며 이들을 옴짝달싹 못 하도록 한 자루 속에 몰아넣고 묶어 버리려는 것 같았다. 어머니는 검사의 얼굴과 눈, 목소리, 손짓에서 뭔가 숨겨진 의미를 찾아내려고 애썼다.

판사들에게도 검사의 말이 지루하긴 마찬가지였다. 그들은 그저 무표정하게 뿌연 안개 같은 검사의 말에 둘러싸인 채 그가 말을 끝내기만을 기다릴 뿐이었다. 재판장은 굳은 듯 꼼짝도 하지 않았다. 안경을 움직일 때마다 언뜻언뜻 사마귀만 보였다 사라지곤 했다.

검사의 말이 끝나자 변호사의 변론이 시작되었다. 니콜라이 이바노비치 집에서 우연히 본 적 있는 표도르라는 변호사가 자리에서 일어섰다. 얼굴이 큼직하고 인상이 좋아 보이는 사람이었다. 그는 천천히 명료하게 말했지만, 어머니의 귀에는 한 마디도 제대로 들리지 않았다.

시조프 영감이 어머니에게 속삭였다.

"저 사람 말하는 것 들었소? 들었어요? 사람들이 이성을 잃고 제정신이 아니라고 하지 않소? 저 사람이 표도르요?"

어머니는 환멸감에 휩싸여 진저리를 치며 아무 대답도 하지 못했다. 모욕감이 온몸을 휘감았다. 이제 어머니는 왜 자기가 재판이 공명정대하기를 바랐는지, 재판에서 무엇을 기대하고 있었는지 분명히 깨달았다. 그녀는 판사들이 파벨에게 관심을 가지고 오랫동안, 자세히, 모든 것에 대해 질문하면서 예리한 통찰력으로 아들의 생각과 일, 살아온 나날에 대해 알아볼 것이라고 기대했던 것이다. 그리고 마침내는 아들의 정당함을 인정하면서 "이 사람이 옳소!"라고 소리쳐 주리라 생각했다.

그러나 그런 일은 일어나지 않았다. 피고들인은 판사들 눈에 보이지도 않을 정도로 멀리 앉아 있었고, 피고인들에게도 재판장은 필요하지 않았다. 어머니는 재판에 흥미를 잃고 더 이상 변론에 귀를 기울이지도 않은 채 혼자만의 생각에 잠겼다.

'어떻게 재판이 이럴 수 있담.'

벌써 다른 변호사가 일어나 변론을 하고 있었다. 그의 말에 자극을 받은 검사가 벌떡 일어나 빠르게 조서의 일부분을 읽었다. 그러자 재판장이 끼어들어 뭐라고 몇 마디 주의를 주었다. 변호사는 정중하게 머리를 숙이고 재판장의 말을 경청한 다음 변론을 계속했다. 이 변호사는 날카로운 말로 판사들의 늙은 살가죽을 꼬집었다. 판사들은 불편한 듯 몸을 비틀면서 얼굴 표정을 일그러뜨렸다.

하지만 그때 파벨이 일어나자 법정에는 약속이나 한 듯 침묵이 흘렀다. 어머니는 몸을 앞으로 쑥 내밀어 파벨을 바라보았다.

"나는 당원으로서 오직 내가 속한 당의 재판만을 인정하고 있습니다. 동지들과 더불어 변호를 거부합니다. 다만 여러분이 이해하지 못하고 있는 점을 몇 가지 설명하려 합니다. 검사는 우리가 사회 민주 노동당의 깃발을 든 것을 최고 권력에 대한 반란이며, 황제에 대한 반역이라고 했습니다. 분명히 말하지만, 전제 정권은 나라를 억압하는 족쇄이자 우리가 벗어나야 하는 제일의 족쇄입니다. 하지만 그것이 유일한 족쇄는 아닙니다."

법정을 꽉 채울 만큼 힘찬 목소리였다. 판사들은 괴로운 표정을 지으며 불안해했다. 재판장과 배석 판사들, 귀족단장 등이 귓속말을 주고받았고, 재판장이 파벨에게 뭐라고 주의를 주었다. 하지만 그의 목소리는 이어지는 파벨의 목소리에 묻혀 버리고 말았다.

"우리는 사회주의자입니다. 그것은 곧 사유 재산을 반대한다는 뜻입니다. 사유 재산은 사람들을 분열시키고, 갈등하게 만들며, 적대감을 조장합니다. 인간을 한낱 부의 축적 도구로만 취급하는 사회는 반인간적일 수밖에 없지요. 우리는 그런 사회에 맞서 투쟁하려는 것이며, 앞으로도 영원히 투쟁해 나갈 것입니다. 우리는 노동자입니다. 거대한 기계는 물론 아이들 장난감처럼 섬세한 것들까지 모두 우리 노동자의 노동으로 만들어지고 있습니다. 그런데도 우리는 인간적 가치를 획득하기 위한 투쟁의 권리마저 박탈당했습니다. 우리가 주장하는 것은 간단명료합니다. 모든 생산 수단은 민중에게! 모든 권력은 민중에게! 이것뿐입니다. 우린 결코 폭도가 아닙니다."

"본론만 말하시오."

재판장이 좀 더 큰 소리로 파벨을 제지하려 했다. 어머니는 판사들이 파벨을 어찌나 뚫어져라 바라보는지, 그들의 눈이 아들 몸에 달라붙어 젊은 피를 빨아먹으려는 것처럼 느껴졌다.

"우리는 혁명가입니다. 착취와 억압이 존재하는 한 영원히 혁명의 길을 갈 것입니다. 우리는 당신들이 지키려 하는 사회와 결코 타협하지 않을 것입니다. 당신들은 우리를 지배하고 있다고 생각할지 모르지만, 냉정히 들여다보면 당신들은 우리보다 더한 노예입니다. 당신들이 정신적으로 예속되어 있다면 우리는 육체적으로 예속되어 있을 뿐입니다. 우리의 의식은 끊임없이 성장하여 당신들이 가지고 있던 것 중에서 가장 훌륭하고 건강한 요소를 하나씩 우리 것으로 만들고 있습니다.

당신들의 힘, 당신들에게 황금을 안겨 준 기계적인 힘은 당신들 서로를 쥐어짜는 힘이지만, 우리의 힘은 모든 노동자들이 함께 성장해 가려는 단결 의식에서 나오는 힘입니다. 당신들이 하는 모든 일은 범죄이지만, 우리가 하는 모든 일은 당신들이 거짓과 탐욕으로 만들어 낸 환상과 유령에서 민중을 해방시키는 것입니다. 당신들은 인간을 삶에서 떼어 내 파괴시켰습니다. 하지만 사회주의는 당신들이 파괴한 세계를 다시 위대한 하나로, 전체로 결합해 낼 것입니다. 그것은 반드시 이루어질 것입니다."

동지의 연설을 주의 깊게 듣고 있던 피고인들의 얼굴이 환하게 밝아지며 신념의 불꽃이 타오르는 것 같았다. 어머니는 아들의 말을 속으로 따라 하며 하나도 놓치지 않으려고 애썼다.

"이제 마치겠습니다. 난 개인적으로 당신들을 모욕하고 싶은 생각은 전혀 없습니다. 당신들이 재판이라고 부르는 이런 희극에 강제로 참석하게 된 나로서는 당신들이 오히려 안됐다는 생각이 들 따름입니다. 어쨌든 당신들도 인간으로서 스스로의 가치를 인식하지 못하고 있기 때문에 권력의 하수인 노릇을 하고 있는 것이니까요."

파벨은 판사들을 쳐다보지도 않고 자리에 앉았다. 안드레이가 밝은 표정으로 파벨의 손을 잡았다. 사모일로프와 페자도 파벨에게 손을 내밀었다. 파벨은 어머니의 눈길과 마주치자 빙그레 미소를 지어 보였다. 어머니는 아들의 미소를 보며 온몸에 뜨거운 사랑의 파도가 밀려오는 것을 느꼈다.

"봐, 이제야 진짜 재판이 시작되었어!"

시조프 영감이 말했다.

어머니는 아들이 그토록 용감하게 말을 했다는 사실이 흡족해서 고개를 끄덕였다. 어쩌면 아들이 말을 무사히 끝낸 것을 더 다행스럽게 생각하는지도 몰랐다.

'자, 이제 너희는 뭐라고 말할 테냐?'

제 17 장

승리하리라

아들이 말한 내용은 어머니에게 새로운 것은 아니었다. 그러나 그녀는 그의 신념이 사람의 마음을 끌어당기는 마력을 지니고 있다는 것을 이 재판장에서 처음으로 느꼈다. 아들의 연설은, 아들이 정당하다는 것과 승리하리라는 굳건한 신념을 어머니의 마음속에 불어넣어 주었다. 그녀는 이제 판사들이 아들과 치열하게 논쟁을 벌이고 반박할 것이라고 생각했다. 그런데 그때 안드레이가 자리에서 벌떡 일어났다.

"변호사님들……."

"변호사가 아니라 재판장에게 말하시오."

판사가 화를 내며 말했다. 어머니는 안드레이의 표정을 보고

서 그가 장난을 치려 한다는 것을 알아차렸다.

"아, 그랬던가요? 난 당신들이 판사가 아니라 변호사라고 생각했는데……."

"본 안에 대해 요점만 진술하시오!"

재판장이 메마른 목소리로 말했다.

"요점이라? 좋습니다! 나는 이제 어쩔 수 없이 당신들이 정말로 판사들이며, 독립적이고 정직한 사람들이라고 생각하게 되었습니다."

"법정은 당신의 평가가 필요하지 않소."

"필요하지 않다? 음, 그래요, 어쨌든 계속하지요. 당신들은 내편 네 편 없이 자유로운 사람들이지요. 자, 그럼 당신들 앞에 두 편이 있습니다. 한쪽은 약탈당하고 학대받았다고 호소합니다. 다른 한쪽은 착취하고 학대할 권리가 있다, 우리 손에 총이 있으니까, 라고 말합니다……."

"요점만 말하라는데 무슨 소리를 하고 있습니까? 당신의 발언권을 박탈하겠소."

재판장이 언성을 높였다. 그의 손이 바르르 떨리고 있었다. 어머니는 그 모습을 보며 통쾌한 기분이 들었다. 하지만 안드레이가 아들의 연설을 잘 이어받지 못한 것 같아서 내심 마뜩지 않았다. 어머니는 진지하고 엄격한 논쟁을 바라고 있었다.

이번에는 사모일로프가 일어섰다.

"검사는 우리 동지들에게 야만인이자 문화의 적이라고 했습니다. 도대체 당신들이 말하는 문화란 무엇입니까?"

"우리는 여기서 당신과 토론을 벌이자는 게 아니오. 요점만 말하시오!"

안드레이의 행동이 판사들을 자극했다. 판사들의 눈에 차갑고 싸늘한 불꽃이 일기 시작했다. 파벨의 연설은 그들의 분노마저 누를 만큼 힘이 있었다. 그러나 안드레이의 행동은 자제라는 명분에 눌려 있던 판사들의 분노를 터뜨려 놓았다. 그들은 얼굴을 잔뜩 찌푸리고서 귓속말을 주고받으며 갑자기 아주 민첩하게 움직이기 시작했다.

"당신들은 밀정을 길러 냈고, 여인들을 타락시켰으며, 도둑질과 살인을 하도록 부추겼습니다. 그것이 당신들의 문화입니까? 그렇다면 당연히 우린 그런 문화의 적입니다!"

"발언권 박탈! 다음, 페자 마진!"

늙은 재판장이 턱을 쳐들며 소리쳤다. 아직 어린 티를 벗지 못한 페자가 벌떡 일어나 창백한 얼굴로 빠르게 소리쳤다.

"나는 맹세합니다! 당신들이 날 어디로 보내더라도 탈출해서 영원히, 그리고 평생 동안 이 일을 계속할 것입니다."

그때 시조프 영감이 크게 소리를 지르며 소란을 피웠다. 그러자 방청객이 술렁이기 시작했다. 재판장은 방청객에게 거듭 경고를 했다. 그는 웅성거리는 소리를 이기려고 더욱 큰 소리로 피고인들의 이름을 불러 댔다. 그러나 모두들 진술을 거부하거나 법정을 비난하는 진술을 했다.

어머니는 시조프 영감에게 몸을 기울여 물어보았다.

"판사들도 의견을 말하겠지요?"

"다 끝났어요. 그냥 선고만 남았어요."

"이게 다라고요?"

"그렇죠……."

어머니는 더 이상 묻지 않았다. 하지만 그녀는 판사들에게서 한순간도 눈을 떼지 않고 기다렸다. 그들은 흥분한 상태로 뭔가 이야기를 주고받고 있었다.

파벨은 조금 피로해 보이는 눈으로 어머니의 얼굴을 침착하고 다정하게 바라보았다. 가끔 어머니와 눈이 마주치면 고개를 끄덕이며 웃어 주었다. 그의 미소는 마치 '곧 자유의 몸이 될 거예요.'라고 말하는 것만 같았다.

갑자기 판사들이 일제히 자리에서 일어섰다. 어머니는 자기도 모르게 벌떡 일어섰다.

"갑니다!"

시조프 영감이 말했다.

"판결하려고요?"

"예……."

순간 맥이 풀리며 피로가 온몸에 엄습해 왔다. 그녀의 눈썹이 떨리며 이마에 땀이 맺혔다. 환멸과 모욕의 감정이 고통스럽게 가슴을 짓누르며 판사와 재판에 대한 경멸로 이어졌다. 피고인들의 가족이 쇠창살로 다가가면서 법정은 사람들의 목소리로 가득 찼다. 어머니도 파벨에게 다가가 손을 꼭 잡고 분노와 기쁨이 뒤섞인 눈물을 흘렸다. 파벨은 다정하게 어머니를 위로하려 했고 안드레이는 여전히 농담이라도 할 듯한 표정을 지었다.

여인들은 모두 눈물을 흘렸는데, 꼭 슬픔 때문이라기보다는 습관처럼 우는 것 같았다. 자식들과 헤어지지 않으면 안 된다는 서글픔 때문에 눈물을 흘리는 것이었다. 부모들은 자식들을 바라보며 복잡한 감정에 휩싸였다. 그동안 자식들을 어리게만 보았는데, 어느덧 그것이 자식에 대한 자랑과 존경이 섞인 감정으로 변했다. 한편으로는 이제 어떻게 살아야 하나, 하는 걱정과 슬픔이 한꺼번에 몰아쳐 오면서, 자식들이 말하던 새로운 삶에 대한 호기심이 사라져 가는 것을 느끼기도 했다. 그들은 자기의 감정을 어떻게 표현해야 할지 모른 채 머뭇거리다가 고작 옷가지나 건강 같은, 평소에 늘 주고받던 말들을 되풀이하였다.

사람들의 웅성거림을 뚫고 냉랭한 목소리가 울려 퍼졌다.

"재판을 속개하겠습니다!"

모두들 서둘러 자기 자리로 돌아갔다. 재판장이 자리를 잡고 앉아서 서류에 얼굴을 들이대고 읽어 내려갔다.

"선고를 내리고 있어요."

시조프 영감이 귀를 기울이며 말했다.

재판장의 낭독이 끝나자 법정에 정적이 감돌았다. 재판장과 판사들이 모두 일어섰다. 지역 원로는 천장을 바라보고 있었고, 시장은 팔짱을 끼고 있었으며, 귀족단장은 턱수염을 매만지고 있었다. 판사들과 검사가 피고인들을 바라보았다. 그리고 판사들 뒤편에 걸려 있는 초상화 속 황제도 피고인들을 빤히 내려다보았다. 붉은 제복을 입은 황제의 무관심한 듯한 얼굴 위로 곤충 한 마리가 기어가고 있었다.

"유형이야!"

시조프 영감이 안도의 한숨을 내쉬었다.

"괜찮아. 강제 노역형이면 어쩌나 싶었는데……. 됐어요, 아주머니. 그 정도면 괜찮아요!"

"생각했던 대로군요."

어머니가 피곤한 목소리로 대답했다. 어머니는 아들을 향해 말없이 고개를 끄덕였다. 울음이라도 터뜨리고 싶었지만 부끄러운 생각이 들어서 차마 그렇게 하지 못했다.

법정에서 나왔을 때는 벌써 어둠이 깔려 있었다. 하늘에 떠 있는 별이 아주 선명하게 보였다. 차가운 날씨에 마른 눈이 휘날렸다. 십여 명의 남녀가 법정을 빠져나오는 가족들을 에워싸고 어떻게 판결이 났는지, 누가 어떤 말을 했는지 질문을 던져 대었다.

"판결은 어떻게 되었습니까?"

"유형이오."

"모두 다요?"

"그렇소."

시조프 영감이 질문에 대답했다.

"여러분! 여기 계신 분이 파벨 블라소프의 어머니십니다!"

누군가 이렇게 외치자 순식간에 주위가 조용해졌다.

"악수를 해도 되겠습니까?"

누군가의 억센 손이 어머니의 손을 움켜쥐었다. 그리고 누군가는 흥분한 목소리로 외쳤다.

"당신 아들의 용기는 우리 모두의 모범입니다."

"러시아 노동자 만세!"

외침 소리가 점점 커지더니 사람들의 수도 점차 늘어났다. 경찰이 호루라기를 사납게 불어 댔지만 사람들의 구호를 막지는 못했다. 시조프 영감은 환하게 미소를 지었다. 어머니에게는 이 모든 것이 달콤한 꿈처럼 여겨졌다. 그녀는 환하게 웃으면서 여기저기서 내미는 손들을 맞잡으며 인사를 했다. 가끔씩 눈물이 목까지 치밀어 올랐다. 피곤해서 다리가 휘청거리기도 했지만 마음만은 기쁨으로 가득 찼다.

"동지 여러분! 러시아 민중을 압살하던 괴물이 오늘 또다시 그 더러운 아가리를 벌려 우리의 동지들을……."

"자, 우린 이제 갑시다."

시조프 영감이 말했다. 그 순간 사람들 사이에서 사샤가 나타나 어머니의 팔을 낚아챘다. 그녀는 어머니를 한쪽으로 끌고 가며 말했다.

"어서 돌아가요. 여기 있다간 맞거나 체포돼요. 유형이지요? 시베리아예요?"

"그래요!"

오늘따라 사샤가 한결 따뜻하게 느껴졌다.

집으로 들어서자마자 니콜라이 이바노비치가 피곤한 모습으로 다급하게 말했다.

"사샤, 어서 여기를 떠나요. 아침부터 두 놈이 내 뒤를 밟고 있는데, 저렇게 대놓고 쫓아다니는 걸 보니 곧 체포할 모양이야. 예감이 안 좋아. 뭔가 터질 것 같아. 내가 파벨의 연설 내용을 입수했는데, 바로 인쇄하는 걸로 결정되었어. 이걸 류드밀라에게 전해 줘요. 최대한 빨리 해 달라고 해. 파벨이 정말 대단한 연설을 했어요, 어머니! 어머니도 밀정들 조심하시고요."

그는 언 손을 싹싹 문지르며 책상 앞으로 다가갔다. 재빨리 서랍들을 열고는 서류 뭉치를 꺼냈다. 어떤 것은 북북 찢고 어떤 것은 옆으로 치워 놓았다. 신변이 걱정스러워서 그런지 몹시 부산해 보였다.

"정리한 지 오래돼서 벌써 이렇게 쌓였네요. 어머니, 어머니도 오늘 밤은 여기에 계시지 않는 게 좋겠어요. 이런 일에 끼어 봤자 재미도 없을 거고요. 어쩌면 어머니도 잡아갈지 모릅니다. 어머니는 파벨의 연설문을 가지고 여기저기 다니셔야 하잖아요."

"아니, 내가 뭣 때문에 그놈들에게 잡혀가겠소?"

"제가 냄새를 아주 잘 맡거든요. 어머니가 류드밀라를 도와주세요, 예? 그리고 가능한 한 멀리 피해 계세요⋯⋯."

어머니는 아들의 연설문을 인쇄하는 일을 도울 수 있다는 말에 기꺼이 니콜라이 이바노비치의 말을 따르기로 했다. 그러고는 자기도 모르게 작지만 확고한 목소리로 말했다.

"난 이제 무서울 게 없다오."

"정말 대단하세요! 그런데 어머니, 제 가방하고 옷가지들이 어디에 있는지 좀 가르쳐 주세요. 어머니는 손에 잡히는 대로 필요한 건 뭐든 다 챙겨 가시고요. 저는 이제 사유 재산을 자유롭게 관리할 능력을 빼앗기게 되거든요!"

사샤는 아무 말 없이 찢어진 서류들을 벽난로에 던져 넣고 불을 지폈다.

"사샤, 어서 떠나요! 잘 가요. 재미난 일 있으면 책에 넣어 보내 주는 거 잊지 말고. 자, 그럼 안녕. 부디 몸조심하시오, 사랑하는 동지들⋯⋯."

"오래 걸리실 것 같아요?"

사샤가 물었다.

"누가 알겠어? 분명한 건 내 신변에 뭔가 일어날 거라는 거지. 어머니도 함께 가세요, 예? 두 사람이 함께 가면 나을 겁니다, 아시겠죠?"

어머니는 니콜라이 이바노비치를 물끄러미 바라보았다. 친절하고 선량한 얼굴에 다소 걱정스러운 빛이 더해진 것 말고는 딱히 달라진 게 없었다. 지나치게 흥분하거나 초조해하는 기색도 찾아볼 수 없었다. 니콜라이 이바노비치는 누구에게나 관심과 친절을 베푸는 사람이었다. 그는 언제나 고독하게 자기의 내면을 지키며 남들을 도왔고, 또 항상 누구보다 앞장서서 활동했다. 어머니는 그가 다른 누구보다 자기에게 더 친근하게 대한다는 사실을 잘 알고 있었다. 그래서 그가 견딜 수 없이 안쓰러웠지만, 혹시라도 당황하게 만들까 봐 그런 감정이 드러나지 않도록 꾹 눌러 참았다.

어머니가 옷을 챙겨 입고 방으로 들어서자, 니콜라이 이바노비치가 사샤의 손을 잡은 채 말하고 있었다.

"훌륭해요! 그를 위해서나 당신을 위해서나 그게 좋겠다고 확신해요. 사실 약간의 개인적 행복은 그다지 해로운 게 아니지. 아, 준비되셨어요, 어머니?"

그는 어머니에게 다가와 안경을 고쳐 쓰며 미소를 지었다.

"안녕히 가세요. 한 서너 달, 아니 반년쯤 걸릴까요? 반년이면 엄청난 시간이지요. 정말 몸조심하시고요, 아시겠죠? 자, 어머니, 우리 포옹합시다."

니콜라이 이바노비치는 힘차게 어머니의 목을 끌어안고 미소를 지었다.

"제가 어머닐 사랑하게 됐나 봅니다. 이렇게 내내 안고 있으면 좋겠어요!"

어머니는 말없이 그의 이마와 뺨에 키스를 하고는 떨리는 손을 감추려고 얼른 물러섰다.

어머니는 류드밀라를 찾아가 파벨의 연설문을 건네주었다.

"이걸 최대한 빨리 인쇄하라고 하더군요."

그리고 니콜라이 이바노비치가 체포될 것에 대비하고 있다는 말도 전했다. 류드밀라는 말없이 원고를 허리춤에 찔러 넣고 벽난로 옆 의자에 다소곳이 앉았다. 붉은 불꽃이 안경과 얼굴에 너울댔다.

잠시 후, 류드밀라가 단호한 목소리로 말했다.

"만약 놈들이 저를 잡으러 오면 총으로 쏴 버리겠어요. 폭력으로부터 자신을 지킬 권리는 누구에게나 있잖아요. 다른 사람들과 힘을 합해 반드시 그들과 싸울 거예요."

류드밀라는 처음에는 대수롭지 않게 파벨의 연설문을 읽다가 점점 원고를 바짝 들여다보며 깊이 빠져들었다. 원고를 다 읽고 난 뒤, 그녀는 벌떡 일어서서 어머니에게 다가왔다.

"아주 좋아요! 아드님 얘기는 하지 않겠어요. 슬픈 얘기는 싫거든요. 가까운 사람이 유형을 가는 심정을 전 잘 알아요."

류드밀라는 고개를 푹 숙이고 잠시 생각에 잠겼다. 그녀는 매끈하게 빗은 머리를 매만지며 창가로 몸을 돌렸다.

"제가 얼른 조판을 하지요. 잠깐이라도 좀 누우세요. 힘든 하루였을 텐데……. 피곤하시지요? 여기 침대에 누우세요. 전 잠을 안 잘 겁니다. 밤에 도움이 필요하면 깨울게요."

그녀는 벽난로에 장작을 두어 개 집어넣고 기지개를 켜고는 벽난로 옆의 좁은 문으로 들어가 문을 꼭 닫았다.

'뭔가 힘들어하고 있어.'

어머니는 그녀의 뒷모습을 물끄러미 바라보았다. 그리고 까무룩 잠이 들었던가 보았다. 시간이 얼마나 흘렀을까. 어머니가 눈을 떴을 때는 겨울 아침의 차갑고 밝은 빛이 방 안을 가득 채우고 있었다. 류드밀라는 책을 들고 안락의자에 누워 있다가 조용히 미소를 보냈다.

"아이고, 이런! 이렇게 오래 자서 어쩐담."

"편히 주무셨어요? 곧 열 시예요. 얼마나 곤하게 주무시던지 깨우질 못했어요. 일어나셔서 차 좀 드세요."

류드밀라가 인사를 건넸다.

어머니는 창밖을 내다보았다. 이상하게 마음이 가볍고 깨끗했다. 아들에 대한 불안과 공포는 사라진 지 오래였다. 그녀는 이제 감사하는 마음으로 누구하고라도 밝게 이야기를 나눌 수 있을 듯했다. 오랫동안 그만두었던 기도도 다시 하고 싶었다. "여기 계신 분이 파벨 블라소프의 어머니십니다!" 이렇게 외치던 젊은이의 목소리가 귓전을 맴돌았다. 사샤의 기쁨에 넘친 얼굴과 르이빈의 그늘진 모습, 아들의 구릿빛 얼굴이 차례로 떠오르다가, 니콜라이 이바노비치의 당황하는 모습이 언뜻 스쳐 갔다.

"니콜라이 말이 맞았어요!"

류드밀라가 말했다.

"체포된 게 틀림없어요. 아침에 아이 한 명을 그 집으로 보냈는데 문간에 경찰이 가득하더래요."

"결국 그렇게 되고 말았군요."

어머니는 고개를 끄덕이며 말했다. 한숨이 나오는데도 슬프지는 않았다. 이런 마음이 어머니 스스로도 내심 놀라웠다.

"최근에 노동자들끼리 독서회를 많이 가졌거든요. 그만하면 이제 몸을 감출 때도 됐는데, 동지들 말을 들어야 말이지요. 그럴 때는 설득이 아니라 강제로 일을 좀 중지시켜야……."

그때 소년이 사모바르를 가지고 들어왔다.

"세료자예요. 제가 키우는 아이지요. 세료자, 인사 드리렴. 펠라게야 닐로브나라고, 어제 재판을 받았던 노동자 파벨의 어머님이시란다."

세료자는 말없이 고개를 숙여 인사하고는 식탁 앞에 다소곳
이 앉았다.

"어쩌면 어머니를 찾고 있을지도 몰라요. 조심하세요. 조판은
끝났어요. 내일이면 배포할 수 있을 겁니다."

소년은 신문을 읽으며 이따금 고개를 들어 어머니의 얼굴을
바라보았다. 어머니는 소년의 맑은 눈길과 마주칠 때마다 기분
이 좋아져서 미소를 지었다.

그때 급하게 문을 두드리는 소리가 났다. 소년이 자리에서 벌
떡 일어나 눈을 가늘게 뜨며 류드밀라를 바라보았다.

"누구지? 만약 경찰이라면 어머니는 이쪽 구석에 서 계세요.
그리고 세료자, 너는……."

"전 알아요!"

소년이 나직이 말하면서 문 쪽으로 다가갔다. 어머니는 그 모
습을 바라보며 슬며시 미소를 지었다. 이상하게도 불안함 같은
것이 전혀 느껴지지 않았다.

찾아온 사람은 의사 이반이었다.

"첫 소식은 니콜라이 이바노비치가 체포되었다는 거요. 아하,
여기 계셨네요, 닐로브나! 니콜라이가 체포될 때 다행히 거기에
계시지 않았군요."

"그 사람이 날 이리로 보냈어요."

"그랬군요. 여기라고 그리 안전하지도 않은데요, 뭐. 두 번째 소식은 간밤에 시내의 젊은이들이 파벨의 연설문을 오백 장가량 등사해 냈어요. 상태가 나쁘지 않아요. 저녁때 시내에 뿌리겠다고 하던데, 내 생각에 그건 나타샤한테 보내고 인쇄된 걸 시내에 뿌리는 게 좋겠어요."

"내가 나타샤에게 가지고 갈게요. 내게 맡겨요!"

어머니가 활기를 띠며 소리쳤다. 그녀는 이반의 얼굴을 바라보며 독촉했다. 아들의 연설 내용을 어서 빨리 사람들에게 전해야겠다는 마음에 조급증이 일었다.

이반과 류드밀라는 이번 일이 어머니에게 얼마나 위험한지 몇 번이나 설명을 늘어놓으며 망설이고 또 망설였다. 하지만 어머니는 조금도 물러나지 않았다.

"정 원하신다면 그렇게 합시다. 어머니께서 이 일을 맡게 될 줄 누가 알았겠습니까? 지금 시각이 열두 시 사십삼 분이니까 두 시 오 분 열차를 타면 다섯 시 십오 분에 도착하겠군요. 그리 늦은 시각은 아닙니다."

그는 연설문을 넘겨받고 전달하는 방법을 자세히 설명했다. 그러고는 여전히 마음에 걸리는 듯한 표정을 지으며 집으로 돌아갔다. 류드밀라는 이반을 보내고 문을 걸어 잠근 뒤 어머니에게 다가와 살며시 미소를 지으며 말했다.

"어머니 심정 충분히 이해해요……."

류드밀라는 어머니의 손을 잡았다가 놓고는 다시 방 안을 거닐었다.

"제게도 아들이 하나 있지요. 지금 열세 살인데 아버지와 함께 살고 있어요. 제 남편은 검사보랍니다. 저는 그 애가 커서 무슨 일을 하게 될까 종종 생각해 보곤 하지요. 그 애는 제가 세상에서 가장 존경하는 사람들을 적으로 생각하는 사람의 손에서 자라고 있어요. 제 아들이 성장해서 저의 적이 될 수도 있겠지요. 팔 년 동안 한 번도 만나지 못했어요."

류드밀라는 창가에서 걸음을 멈추고 공허한 하늘을 바라보며 말을 이었다.

"그 애가 제 곁에 있다면 마음이 이렇게 아프진 않을 거예요. 차라리 그 애가 없었으면 제 마음이 훨씬 더 편했을 것 같아요."

어머니는 그녀의 아픔이 고스란히 전해져 와 가슴이 찢어지는 듯했다.

"어머닌 행복하신 거예요! 아들과 어머니가 같은 길을 가다니요! 정말 보기 힘든 행복이지요!"

어머니는 자기도 놀랄 정도로 크게 소리쳤다.

"그럼요, 정말 멋진 일이지요!"

그리고 무슨 비밀 이야기라도 하듯이 목소리를 낮추어 말을 이었다.

"당신들 모두와, 말하자면 니콜라이 이바노비치와, 당신, 그리고 동지들 모두와 함께 가는 거지요! 모두 다 친척이나 마찬가지예요. 난 아직 그들이 하는 말을 모두 이해하지는 못하지만 마음만은 다 알아요. 민중에게 새로운 신이 태어나는 것과 똑같을 거라 생각해요. 모두를 위한 신 말이지요. 그게 바로 내가 당신들 모두를 이해하는 방식이에요. 당신들 모두는 동지이자 친척이자 진실이라는 한 어머니의 자식이라오."

거리에 나서자 매섭도록 차가운 공기가 온몸을 휘감았다. 어머니는 생각보다 일찍 역에 도착했다. 담배 연기가 가득 찬 지저분한 삼등 대합실은 기차를 기다리는 사람들로 무척 붐볐다. 추위를 피해 철도 노동자들이 대합실에 모여들어 있었고, 마부들과 노숙자들까지 몸을 녹이고 있었다. 목청을 높여 이야기하면서 보드카를 마시는 사람들도 있었다. 간이 매점에는 누군가가 깔깔대며 앉아 있었다. 사람들 머리 위에는 뿌연 연기가 잔뜩 떠 있었고, 문을 열 때마다 삐그덕거리는 소리가 났으며, '쾅' 하고 문 닫히는 소리가 끊이지 않고 들려왔다. 담배 냄새와 생선 절인 냄새가 코를 찔렀다.

어머니는 입구 옆에 자리를 잡았다. 문이 열릴 때마다 찬 공기가 '훅' 불어와서 그나마 숨을 쉴 만했다.

손에 보따리를 든 사람들이 문을 밀치며 들어왔다. 그들은 옷을 너무 껴입어서 행동이 굼떴는데, 서로 욕을 해 대며 바닥과

의자에 보따리를 내던졌다. 그 뒤로 누런 여행 가방을 든 젊은 이가 들어와서 주위를 재빠르게 둘러보더니 어머니에게로 걸어 왔다.

"모스크바에 가십니까?"

그가 나직하게 물었다.

"예, 타냐에게요."

"여기 있습니다."

그는 어머니 옆자리에 가방을 올려놓고는 담배를 한 개비 꺼내 급히 불을 붙이더니 말없이 반대편 문으로 나가 버렸다. 어머니는 가방의 차가운 가죽을 어루만지다가 슬쩍 팔꿈치를 올려놓으며 주위를 살피기 시작했다. 조금 뒤 어머니는 자리에서 일어나 가방을 들고 플랫폼으로 이어지는 출구 쪽으로 걸어갔다. 가방은 그다지 무겁지 않았다. 그녀는 고개를 들고 오고 가는 사람들의 얼굴을 살피며 천천히 걸었다.

깃을 세운 짧은 외투 차림의 젊은이 하나가 어머니와 부딪쳤다. 그는 손을 쳐들며 말없이 옆으로 비켜섰다. 어머니는 언뜻 어디선가 본 듯한 느낌이 들어 뒤를 돌아보았다. 외투 깃에 가려진 얼굴에서 한쪽 눈이 반짝이며 그녀를 바라보았다. 찌르는 듯한 그 눈길을 보자, 손이 떨리면서 가방이 갑자기 묵직하게 느껴졌다.

'어디서 본 얼굴인데!'

어머니는 불쾌한 느낌으로 심장이 오그라들었다. 어머니가 다시 한 번 돌아보니, 그 남자는 그 자리에서 서서 무언가 망설이고 있었다. 그는 오른손을 외투 단추 사이에 끼우고 왼손은 주머니에 넣은 채로 서 있었다. 그래서 오른쪽 어깨가 왼쪽 어깨보다 올라가 보였다.

어머니는 천천히 의자로 걸어가 자리를 잡았다. 불길한 예감에 휩싸여 기억을 더듬어 보니 이미 두 번이나 마주친 적이 있는 사람이었다. 한 번은 르이빈이 탈옥할 때, 또 한 번은 법정에서였다. 그는 어머니를 알고 있는 사람이 분명했다. 어머니의 뒤를 밟아 온 게 틀림없었다.

'걸려들었나? 아니, 아직은 아닐지도 몰라. 아니야, 틀림없어.'

어머니는 냉정해지려 애쓰면서 자문자답했다. 이런저런 생각이 빠르게 머리를 스쳐 갔다.

'가방을 버리고 나가 버릴까?'

하지만 또 다른 생각이 불꽃처럼 일어났다.

'아들의 말을 버린다고? 저런 놈들 손에……. 차라리 가방을 들고 나갈까? 뛰어서…….'

어머니는 마음을 다잡으며 온갖 생각을 떨쳐 버리려고 했다.

'부끄러운 줄 알아! 아들의 이름을 더럽히려 하다니. 난 그 누구도 두렵지 않아.'

어깨가 기운 그 젊은이가 경비원을 불러 뭔가를 속삭이며 눈으로 어머니를 가리켰다. 또 다른 경비원이 다가와 역시 귓속말을 주고받았다. 머리칼이 희끗희끗하지만 체격이 자못 건장한 늙은이였다. 그는 젊은이에게 고개를 끄덕이고는 어머니 쪽으로 걸어오기 시작했다. 뒤에 있던 젊은이는 이내 눈앞에서 사라졌다.

경비원이 어머니 옆에 잠시 말없이 서 있더니 조그맣지만 엄격한 목소리로 물었다.

"뭘 그리 찾고 있소?"

"아무것도 아니오."

"이런 도둑년! 나잇살이나 먹은 게, 어디서 도둑질이야!"

경비원의 말이 얼굴을 후려치는 듯한 느낌이었다. 악의에 찬 그 말은 어머니의 뺨을 찢으며 눈알을 뽑아내는 것만 같았다.

"내가? 난 도둑이 아니오."

어머니는 가슴이 터져라 소리쳤다. 눈앞의 모든 것이 소용돌이치기 시작했다. 그녀가 힘껏 잡아당기자 가방이 활짝 열렸다.

"보시오, 다 봐!"

어머니는 이렇게 외치며 자리에서 벌떡 일어나 연설문 뭉치를 손에 들고 흔들었다. 소란이 벌어지자 사람들이 몰려들었다.

"무슨 일이야?"

"저기, 형사가 온다……!"

"저 여자가 도둑질을 했대……."

"멀쩡한 여자가, 저런 어디서⋯⋯."

"난 도둑이 아닙니다!"

어머니는 몰려드는 사람들을 향해 크게 외치기 시작했다.

"어제 정치범 재판이 있었어요. 거기에 내 아들 파벨 블라소프 도 있었습니다. 이건 그 애의 연설문이에요. 나는 사람들에게 이 걸 전하는 중입니다."

어머니는 공중에 연설문을 던져 흩뿌렸다. 그리고 사람들이 연설문을 낚아채서 품속이며 호주머니 속에 챙겨 넣는 모습을 보았다. 그녀는 그런 모습들을 보며 더욱 자신감을 얻어 가방에 서 연설문 뭉치를 계속 꺼내 이리저리 뿌려 댔다.

"내 아들과 동지들이 왜 재판을 받았습니까? 여러분, 이걸 읽 어 보시고 제 말을 믿어 주세요. 그들은 여러분 모두에게 진실 을 말한다는 이유로 재판을 받았습니다. 나도 어제 비로소 진실 이 무엇인지 알게 됐습니다!"

사람들의 숫자가 점점 불어나더니 이내 어머니를 에워쌌다.

"굶주리고 병들면서 열심히 일한 대가가 그것입니다. 우린 날 마다 더러움과 기만 속에서 노동하며 죽어 가고 있습니다. 하지 만 우리의 노동으로 마음껏 즐기며 배를 불리는 자들은 우리를 쇠사슬에 묶어 놓은 개처럼 대합니다. 우린 아무것도 모르고 공 포 속에서 살아갈 뿐이지요."

"맞소!"

어디선가 짤막한 대답이 날아왔다. 어머니는 헌병들이 다가오는 것을 보면서 마지막 뭉치를 던지려고 가방에 손을 넣었다. 하지만 누군가 다른 사람이 먼저 그것을 꺼내고 있었다.

"가져가세요! 다 가져가서 읽어 보세요!"

어머니는 고개를 끄덕이며 말했다.

"해산! 저리 비켜!"

헌병들이 사람들을 밀치며 다가왔다. 사람들은 달갑지 않은 표정으로 밀려나면서 은근슬쩍 그들의 길을 방해했다. 가까이 선 사람들은 모두 우호적인 눈길로 어머니를 바라보고 있었다. 어머니는 그들의 따뜻한 숨결이 고스란히 느껴졌다.

"달아나세요, 아주머니!"

"아니에요. 어차피 바로 잡힐 겁니다……."

"아이고, 대담하시기도 하지!"

"내 아들의 말은 노동자의 순수한 마음을 담고 있습니다. 용기를 가지고 싸우는 사람들의 진실입니다!"

마침내 다가온 헌병에게 가슴을 한 대 얻어맞은 어머니는 의자에 털썩 주저앉고 말았다. 헌병들이 어머니의 옷을 그러쥐며 일으켜 세우더니 옆으로 내동댕이쳤다. 눈앞이 캄캄해지고 어지러웠다. 하지만 어머니는 있는 힘을 다해 몸을 일으키며 소리쳤다.

"여러분, 민중이 단결해야 합니다!"

"입 닥쳐!"

헌병 하나가 그녀의 멱살을 잡고 벽에다 밀어붙였다. 뒤통수가 벽에 세게 부딪혔다.

"두려울 것 없습니다. 이제까지 겪은 고통보다 더한 것은 없습니다⋯⋯."

"입 닥치라잖아!"

또 다른 헌병이 그녀의 팔을 휘어잡아 끌고 가려 했다.

"하루하루 피 말리듯 가슴을 졸이며 살아가는 민중이⋯⋯."

사복 경찰이 앞으로 달려 나와 주먹으로 어머니의 얼굴을 내려치며 소리쳤다.

"아가리 못 닥쳐, 이 개 같은 년아!"

어머니의 눈이 금세 툭 불거지며 턱이 부르르 떨렸다. 간신히 몸을 일으키며 어머니는 다시 외쳤다.

"부활한 영혼은 죽일 수 없는 법이다!"

또다시 주먹이 연이어 날아들었다. 뭔가 검붉은 것이 일순 어머니의 눈을 가렸다. 이윽고 찝찔한 피가 입 안으로 흘러들었다.

"개 같은 년! 짐승만도 못한 년이!"

그러나 여기저기서 사람들이 분명하게 외쳐 대는 소리가 들려왔다.

"때리지 마라!"

"저 더러운 놈들이 어딜⋯⋯."

"혼내 줘라!"

이런 외침에 힘을 얻어 어머니는 다시 외쳤다.

"이성의 피로 네놈들의 배를 채울 수는 없다!"

어머니는 머리, 배 가릴 것 없이 마구 두들겨 맞으며 정신이 혼미해졌다. 사람들의 비명 소리와 호루라기 소리가 뒤엉키면서 검은 회오리바람을 일으킬 것만 같았다. 뭔가 묵직한 것이 귓전을 때리며 정신을 멍하게 만들었다. 목이 조여 오고 숨이 막혔다. 땅이 꺼지는 듯하고 온몸에서 기운이 빠져나갔다. 그러나 두 눈만큼은 아직 꺼지지 않고 주위를 둘러싼 사람들의 눈동자를 바라보고 있었다. 사람들의 눈동자가 용감하고 날카롭게 불꽃을 일으키고 있었다. 그것은 바로 그녀가 가슴으로 느끼던 그런 불꽃이었다.

"피로 바다를 이루어도 진실은 죽지 않는다……."

헌병이 어머니의 목을 움켜쥐고 조였다.

어머니가 쉰 목소리로 중얼거렸다.

"어리석은 놈들, 가엾은 놈들……."

어머니의 중얼거림에 대답이라도 하는 것처럼 군중 속에서 흐느끼는 소리가 새어 나왔다.

민중이 사람답게 사는
세상을 위하여

문재용 _ 전 서울 오산고등학교 국어 교사

우리는 기계가 아니다!

영화〈아름다운 청년 전태일〉은 1970년 평화시장 재단사로 일하다가 근로기준법 준수를 외치며 분신 자살한 한 노동자의 삶을 그리고 있다. 차비와 점심값을 아껴 나이 어린 '시다'들에게 풀빵을 사 주었던 다정다감한 사람, 못 배운 것이 안타깝고 아쉬워 대학생 친구 하나만 있으면 좋겠다며 어렵기만 한 근로기준법을 뒤적이던 노력파 청년, 그런 순수하디순수한 스물두 살의 청년을 죽음으로 몰아넣은 건 열악하기 짝이 없는 노동 현실이었다.

허리를 펴고 걸을 수조차 없는 낮은 다락방, 햇빛이라곤 구경할 수도 없어 밤낮없이 형광등을 켜 놓아야 하는 어둠침침한 공간, 끊임없이 돌아가는 재봉틀의 소음과 펄펄 날리는 먼지가 가득한 곳이 바로 그들의 작업장이었다.

닭장처럼 비좁고 밀폐된 그곳에서 중학생 정도 될 법한 열서너 살 소녀들은 아침 8시부터 밤 11시까지, 고단한 몸을 기계처럼 쉼 없이 움직였다. 화장실을 갈 때도 이런저런 눈치를 살펴야 했고, 쏟아지는 졸음을 쫓기 위해선 주사까지 맞아야 했다.

더욱 놀라운 일은 그렇게 뼈 빠지게 일해서 받는 한 달 월급이 왕복 교통비를 조금 넘는 수준이라는 사실. 영양실조와 위장병에 시달리던 끝에 폐병까지 얻어서 피를 토하다 쫓겨난 뒤, 시골에서 죽음을 맞는 소녀들의 일생은 도저히 인간의 삶이라곤 할 수 없었다.

아름다운 청년, 전태일

전태일은 이런 여공들의 참상을 지켜보면서 근로 조건을 개선하기 위해 외로운 싸움을 시작한다. 그것은 단순히 근로 조건의 개선이 아니라 인간을 비인간적으로 만드는 사회, 즉 인간을 물질적 가치로 판단하는 세태에 대한 저항으로 바라볼 수 있다.

전태일은 근로기준법을 공부하고 재단사들의 모임인 '바보회'를 조직하는 한편, 노동청 근로 감독관에게, 기자에게, 대통령에게 끊임없이 탄원을 낸다. 일하는 시간을 하루 10시간이나 12시간으로 줄이고 월급을 인상해 달라는 내용을 담아서……. 하지만 세상은 그의 바람대로 움직여 주지 않는다. 마침내 전태일은 의롭지 못한 현실을 일깨우기 위해 죽음을 택한다.

전태일이 일했던 한미사가 있던 평화시장. 전태일이 분신한 곳이기도 하다.

한미사에서 동료들과 함께. 맨 오른쪽이 전태일

"교차로에서 저는 언제나 좌회전입니다. 세상에는 우회전의 우선권이 있다는 법칙 속에서……."

"우리는 기계가 아니다!" "근로기준법을 준수하라!"라는 구호를 외치며 있으나 마나 한 근로기준법 책과 함께 자기 몸을 불사른 전태일. 영화 〈아름다운 청년 전태일〉에서 전태일 역을 맡은 홍경인의 처절한 연기는 1970년대라는 아픈 역사의 현장을 매우

영화 〈아름다운 청년 전태일〉의 포스터와 전태일이 분신하는 장면

실감나게 보여 준다.

하루 16시간의 노동에서 벗어나 일주일에 단 한 번만이라도 햇빛 보기를 소원했던 그의 죽음이 뜻하는 건 무엇일까? 그것은 인간이 인간다운 대접을 받지 못하고, 이윤의 도구로서 기계나 다름없는 삶을 강요당하는 부조리한 현실에 대한 고발이다.

더불어 그의 죽음은 인간의 존엄이나 꿈을 잃은 채 하루하루를 힘겹게 살아가는 노동자에게 인간다운 삶을 되찾아 주려는 투쟁이며, 밑바닥 삶을 살고 있는 소외된 자들에 대한 한없는 사랑의 표현이다.

"내 죽음을 헛되이 하지 말라."라는 그의 말대로 전태일의 죽음은 이후 노동 운동의 기폭제가 된다. 또 "나는 돌아가야 한다. 꼭 돌아가야 한다. 내 마음의 고향으로, 내 이상의 전부인 평화시장의 어린 동심 곁으로."라던 그의 소망은 청계천 복원과 함께 설치된 그의 흉상을 통해 비로소 이루어져 우리 사회를 지키는 힘이 되고 있다. 까마득한 옛날이야기 같지만, 사십 년이 채 지나지 않은 1970년 11월 13일의 일이다.

새롭게 태어난 청계천

청계천(淸溪川)은 서울특별시의 남산, 북악산 등에서 발원하여 종로구, 중구, 동대문구, 성동구 등을 거치며 중랑천과 합류한 뒤 한강으로 흘러드는 마른 하천이다. 본래 이름은 개천(開川)이었으나 일제 강점기에 '청계천'으로 바뀌었다.

본래 자연 하천이었던 청계천은 한양을 서울로 한 조선 시대 내내 개거(위를 덮지 않고 터놓은 수로), 준설

도심을 가로지르는 청계천

(하천이나 해안의 바닥에 쌓인 흙이나 암석 따위를 쳐내어 바닥을 깊게 하는 일) 등 치수 사업의 대상이었다. 1930년대부터 시작된 복개(덮개를 덮는 것) 사업과 1970년대에 완공된 청계 고가도로로 환경 오염이 심해지고 노후에 따른 안전 문제가 지속적으로 대두되자 이명박 당시 서울시장은 복원 사업을 단행하였다.

2003년 7월 1일부터 2005년 9월 30일까지 고가도로를 철거하고 복개를 걷어내는 복원 사업이 서울시에 의해 추진되었다. 이 사업으로 광화문 동아일보사 앞부터 성동구 신답 철교에 이르는 약 5.8km의 구간이 복원되어 산책로와 녹지 등이 설치되었다.

복원된 청계천에 흐르는 물은 청계천 본래 지류가 아닌 잠실대교 부근의 자양 취수장에서 취수한 한강 물과 도심의 지하철역 부근의 지하수를 정수·소독 처리하여 조달한다. 환경 운동을 하는 단체들은 이 사업이 오히려 환경 오염을 조장한다는 우려의 말을 하기도 한다.

청계6가 버들다리 위에 있는 전태일의 흉상

흉상 주변의 보도블록에는 전태일의 뜻을 기리는 내용이 담긴 동판들이 박혀 있다.

피의 일요일 또는 1905년 혁명

자본과 노동은 근대 산업의 두 축이다. 그러나 앞서 보았던 청계천 평화시장의 사례처럼 자본과 노동은 늘 대립해 왔다. 특히나 근대 산업의 발전기에 자본은 종종 노동을 착취하곤 했다. 지금으로부터 백 년 전, 1905년 1월 9일 러시아에서 일어난 끔찍한 대학살도 이런 양상을 띠었다.

그날 러시아 상트페테르부르크 겨울 궁전 앞에는 이십만 명이 넘는 노동자와 그의 가족들이 모여 있었다. 가난과 굶주림에 지쳐 거지나 다를 바 없던 이들이 모인 이유는 황제에게 구원을 청하기 위해서였다. 그들의 요구 사항은 큰 것이 아니었다. 일하는 시간을 하루 8시간으로 줄이고, 품삯을 적어도 하루에 1루블 정도는 받게 해 달라는 것이었다.

하지만 '자비로운 아버지 차르'는 힘없는 이들의 소망을 뿌리쳤다. 여자와 노인은 물론 어린아이들까지 섞여 있던 행렬은 군대의 총격을 받았고, 하얀 눈 위로 노동자들의 붉은 피가 흘러내렸다. 무자비한 총탄 세례에 노동자들은 차르에 대한 환상에서 깨어났다. 이후 황제의 충성스런 신민이었던 민중은 혁명의 대열에 뛰어들게 되었다.

19세기 초반의 제정 러시아는 삼천만 명 인구 중에 농노가 이천만 명이나 되는 전제 사회였다. 1861년 알렉산드르 2세가 농노제도를 폐지하자, 잠시나마 그들은 신분 제도의 속박에서 벗어나 자유를 얻는 듯했다. 하지만 가진 것이라곤 오직 노동력뿐인 농민들은 달리 생계의 수단을 찾을 수 없었다.

산업혁명이 시작된 영국에서 그랬던 것처럼, 이제 자유인인 농민들은 임금 노동자가 되려고 공장이 있는 도시로, 도시로 몰려들었다. 산업이 빠른 속도로 발전했고, 늘어난 노동자들은 새로운 사회 계급을 형성하게 되었다.

하지만 노동자들의 삶은 농노 시절 이상으로 가난하고 비참했다. 전염병과 산업 재해, 열악한 근무 조건과 해고의 위협 앞에서 글조차 읽지 못하는 노동자들은 자기의 처지를 어떻게 개선할지 그 방법을 알지 못했다. 그 바람에 근로 조건을 개선하려던 파업은 번번이 실패로 돌아갔다. 부당한 해고에 맞서 그들이 마지막으로 택한 방법은 '아버지'로서 존경하던 차르에게 선처를 호소하는 일이었다.

그러나 가폰 신부를 앞세운 노동자들의 평화적 시위에 차르는 발포를 했다. 수천 명의 사상자가 발생하자 노동자들은 더 이상 황제를 믿을 수 없게 되었다. '피의 일요일'이라 불리는 그날의 사건 뒤로 노동자들의 파업과 농민들의 봉기는 줄을 이었다. 노동자들의 불길은 5월 1일 세계 노동자의 날을 거쳐 10월 전국 노동자들의 총파업으로 이어졌고, 여기에 병사들의 반란까지 더해

니콜라이 2세. 러시아의 마지막 황제로, 무능하고 전제적인 통치자라는 평가를 받고 있다. 10월 혁명 뒤 황후 알렉산드라, 아이들과 함께 볼셰비키에게 처형당했다.

겨울 궁전. 러시아의 상트페테르부르크에 있는 궁전으로서 제정 러시아 군주의 겨울을 위해 1754~1762년에 지어졌다. 러시아의 2월 혁명 이후 겨울 궁전은 러시아 임시 정부 청사로도 쓰였으며, 볼셰비키 정권의 겨울 궁전 급습은 10월 혁명의 발단이 되기도 하였다.

소련의 성립과 해체

1917년 4월, 러시아의 지배하에 있던 핀란드 역은 인산
인해를 이루었다. 레닌이 독일 참모 본부가 제공한 '밀
봉 열차'를 타고 귀국한 것이었다. 당시 스위스에서 망
명 중이던 레닌은 일급 수배자였던 까닭에 2월 혁명의
소식을 듣고도 러시아로 돌아올 수가 없었다.

하지만 레닌은 종전을 원했던 독일과 협상하여 자신이
귀환하면 러시아 정권을 잡은 뒤 독일과의 휴전을 성사
시키겠다고 하였다. 레닌이 돌아가면 러시아 사회가 더
큰 분열에 빠질 것이라고 생각한 독일은 열차를 주선해
주었다. 그리고 10년 만에 러시아 땅을 다시 밟은 레닌
은 볼셰비키와 군중들의 열렬한 환영을 받았다.

러시아 노보시비리스크의 레닌 광장에 서 있는 레닌
동상과 붉은 군대 병사의 동상

당시 러시아는 1917년 2월 혁명으로 로마노프 왕조가
무너진 상황이었다. 1905년 '피의 일요일' 이래 명맥만
을 유지해 오던 무능한 전제 정부는 니콜라이 2세를 퇴
위시키고 혁명 정부를 수립했다. 그러나 연합 세력의
수반을 맡았던 임시 정부가 독일과의 전쟁을 계속하자,
러시아 민중은 케렌스키 정부에 염증을 느끼고 휴전과
체제 개혁을 가져올 세력을 갈망하게 되었다.

레닌은 민중들의 이 같은 열망을 확인하고 무장 봉기를
통해 임시 정부를 타도하고 10월 혁명을 완수하였다.

모스크바의 붉은 광장에 있는 레닌의 묘지

이른바 볼셰비키 혁명으로 소비에트 사회주의가 시작된 것이다.

하지만 차르 세력과 자유주의 세력은 이에 반발하여 내란을 벌였다. 전쟁과 내전에 지친 러시아 민
중은 볼셰비키의 편을 들었고, 1922년 마침내 소비에트 사회주의 공화국 연방(Union of Soviet Socialist
Republics：USSR)이라는 세계 최초의 공산주의 국가가 수립되었다. 미국과 함께 냉전 시대를 이끌었던
소련은 1985년 고르바초프와 옐친의 개혁 정책 속에 1991년 공산주의를 포기하였고, 각 공화국이 독립
을 강행함으로써 급속히 붕괴되었다.

그리고 1992년 1월 1일을 기해 에스토니아·라트비아·리투아니아 등 발트 3국을 제외한 12개 독립 공화
국이 독립 국가 연합(Commonwealth of Independent States：CIS)을 만들면서 소련은 정식으로 해체되었다.

졌다.

　러시아는 소용돌이 속으로 빠져들 수밖에 없었다. 노동자들의 힘을 한데 모아 사회주의 혁명을 이루려는 러시아 사회주의자들은 그 방법론을 두고 격론을 벌였다.

　당황한 니콜라이 2세는 입헌 군주제 헌법을 골자로 하는 이른바 '10월 선언'을 발표해 민중들을 회유했다. 그 바람에 혁명 세력이 급진파와 온건파로 나뉘면서 혁명의 열기가 주춤해지자, 그 해 12월 정부군은 대공세를 펼쳐 혁명을 진압했다.

　그러나 혁명이 그런 식으로 진압되었다고 해서 모든 상황이 끝난 것은 아니었다. 1905년 '피의 일요일'은 1917년 10월 혁명의 도화선이 되어 인류 최초의 공산주의 국가를 만들어 냈다. 칠십 년의 실험 뒤 비록 허망한 실패로 막을 내렸지만, 차별과 억압이 없는 평등한 사회를 지향하는 소비에트 연방이 탄생한 것이다.

　1906년에 집필과 탈고를 마쳐 1907년에 출판된 막심 고리키의 《어머니》는 바로 이런 노동자들의 처지와 시대 상황을 배경으로 하고 있다.

미래가 없는 노동자들의 삶
─미하일 블라소프

　소설 《어머니》는 노동자촌의 분위기를 전하는 것으로 시작한다. 노동자들에게 공장은 어떤 곳일까? 공장을 에워싼 높다란 담벼락과 시커먼 굴뚝들, 매캐한 연기와 기름 냄새, 시끌벅적한 기계 소음과 씩씩대는 증기 소리들이 뒤섞인 공장은 사람들과 잘 어울릴 수 있는 곳이 아니다. 더욱이 공장은 당연히 그래야 한다는 듯 냉랭하고 위협적이기까지 하다.

그런 적대적인 공간에서 노동자들은 기계적으로 살아간다. 르이빈이 말하듯, 굶주림은 영혼을 먹어치우고 그들에게서 인간의 모습을 아주 지워 버리고 말았다. 그래서 그들은 사는 게 아니라 헤어날 수 없는 가난 속에서 썩어 가고 있었다.

이른 아침 공장 사이렌이 울리면 노동자들은 놀란 바퀴벌레처럼 음울한 표정을 한 채 공장으로 몰려들었다. 그러곤 기계들이 사람들의 근육에서 필요한 만큼의 힘을 빨아들일 때까지, 그래서 흔적도 없이 인생에서 또 한 날이 지워지고 자기의 무덤을 향해 한 걸음 더 내디딜 때까지, 그들은 공장에서 꼬박 하루를 보냈다. 하루 일과가 끝나는 저녁이면 그들은 그을음투성이의 얼굴에 기름 냄새가 밴 몸으로 달콤한 휴식이 기다리는 선술집으로 향했다.

고리키가 태어나고 자란 러시아의 니즈니 노브고로트

노동에 지친 이들은 금세 술에 취했고 욕설을 퍼붓다가 피비린내 나는 주먹다짐을 벌이곤 했다. 만성적인 근육의 피로나 마음의 병처럼 그들 가슴속에는 아버지에게서 물려받은 고통스런 격분이 요동치고 있었다.

그렇게 출구를 찾지 못한 적의와 울분은 그림자처럼 무덤까지 동행했다. 자기가 맞기 전에 먼저 상대의 뺨을 치는 것, 그게 인생이었다.

그러고 보면 인생은 하루하루의 생각과 행동이라는 끈끈하고 오래된 습성으로 이어져 있었다. 아버지들이 젊

상트페테르부르크에 있는 고리키의 동상과 고골 가의 동쪽 끝에 위치하고 있는 고리키 공원. 공원 내에는 스타디움, 테니스, 영화, 호수, 스낵바, 카페 등 레크리에이션을 위한 시설들이 많이 갖춰져 있다.

었을 때 술을 마시고 싸우며 자식들을 두들겨 팬 것처럼 젊은이들의 음주와 싸움 역시 끊이지 않았다.

중요한 것은 다들 불평만 할 뿐, 인생이 왜 그토록 힘겹고 어려운 것인지 어느 누구도 알려고 하지 않았다는 사실이다. 더욱이 그러한 인생을 바꾸어 보겠다고 마음먹은 사람은 단 한 명도 없었다.

미하일 블라소프도 바로 그런 노동자들 가운데 하나였다. 공장에서 가장 유능한 철공이자 힘센 장사였지만, 그는 늘 상사와 다투고 누군가를 두들겨 팼다. 그는 분노와 적개심으로 세상을 바라보았으며, 검은 수염으로 뒤덮인 얼굴과 강철로 된 듯 날카롭고 자그마한 두 눈은 사람들을 공포에 떨게 했다.

심지어 탈장으로 죽음에 이르렀을 때조차 그의 눈썹은 화가 난 듯 침울해 보였다. 사람들은 말했다. 그는 죽은 게 아니라 뒈진 거라고.

미하일 블라소프를 통해 볼 수 있듯이 밑바닥 노동자들의 삶이란 어디서나 매한가지다. 단조롭고 지루한 일상 속에는 그 어디에서나 기쁨도, 희망도, 미래도 찾을 수 없는 것이다.

노동자들의 인간다운 삶을 찾아
─파벨 블라소프

파벨 블라소프의 삶도 아버지와 별반 다를 게 없어 보였다. 그렇게 선술집과 파티를 전전하며 제 또래 아이들과 엇비슷한 모습이 되어 가던 그가 언제부턴가 달라지기 시작했다. 그런 변화는 그가 여러 권 가져와 몰래 읽고 숨겨 놓는 책과 관련이 있었다. 그는 노동자들의 삶이 왜 그토록 힘든지, 또 악의 구렁텅이에서 왜 좀처럼 헤어나지 못하는지를 알고 싶어 했다. 그리고 노동자들의 삶과 운명을 알아내려고 열심히 공부했다. 우리나라의 전태일이 그랬던 것처럼.

책을 읽으면서 파벨은 가장 먼저 아버지의 삶을 이해하게 되었다. 아버지가 어머니를 때린 것은 출구를 찾지 못하는 삶에 대한 분풀이였음을 깨달았다. 아버지의 행위는 켜켜이 쌓인 그 자신의 울분이 어디서 온 것인지 몰랐기 때문이며, 그것은 파벨과 아버지를 비롯한 모든 노동자들이 풀어야 할 공통의 과제였다. 파벨은 배우고 싶어 했고 다른 사람들을 가르치고 싶어 했다.

파벨은 또 주변 세상을 새롭게 인식하였다. 어린 시절 이후 그는 모든 사람들을 두려워하고 증오했다. 그러나 곧 세상 사람들을 향한 알 수 없는 두려움과 증오가 사실은 세상 돌아가는 이치를, 삶의 진실을 제대로 알지 못했기 때문이라는 걸 깨달았다. 노동자들이 보이는 추악함은 그들의 본성이라기보다 깊고 오랜 상처와 힘겨운 삶의 조건에서 비롯된 것임을 이해하면서 파벨의 두려움과 증오는 이내 관용과 연민으로 바뀌었다.

그렇다면 파벨이 추구한 것은 과연 무엇이었을까? 아버지와 어머니의 삶에서 보듯, 노동자들의 삶이란 도저히 삶이라고 할

혁명 운동을 함께한 고리키와 레닌

작가 고리키와 정치가 레닌은 혁명 운동을 벌이면서 1905년부터 각별한 우정을 쌓아 간다. 레닌은 고리키를 '형님'이라고 불렀고, 고리키는 그를 '완벽한 인간'으로 여길 만큼 존경해 마지않았다. 하지만 이들의 관계에도 몇 차례 기복이 있었다. 특히 1917년 10월 혁명 직후 몇 년 동안 고리키는 레닌과 결별하였다. 혁명의 이름으로 자행되는 갖가지 잔인하고 부당한 인민 재판, 약탈과 중상모략 등 무정부주의적 행태에 실망했기 때문이다.

러시아 혁명가, 레닌

그는 "레닌이 사회 혁명의 과정에서는 어떤 종류의 죄악도 허용된다고 믿고 있다."고 비판했다. 결과만 좋으면 되는 것이 아니라 매순간의 과정도 중요하다는 게 당시 그의 생각이었다. 그러나 정치인인 레닌은 달랐다. 과정과 절차상의 문제보다 최후의 승리가 훨씬 중요했다. 신생아의 탄생에 어머니의 산고(産苦)가 불가피한 것처럼 잠시의 혼란이 두려워 혁명을 그만둬서는 안 된다는 것을 강조하면서, 그는 고리키에게 좁은 시야에서 벗어나라고 주문했다. 고리키는 결국 레닌의 견해를 수긍하였다.

노동자를 옹호했던 고리키는 가진 자의 착취와 박해에 맞서 투쟁해야 한다고 생각했다. 이런 의식 있는 인간으로 일깨우는 일이야말로 프롤레타리아 문학의 본령이라고 믿었다. 이 때문에 그는 톨스토이와 도스토예프스키에 대해 "세계 문학에서의 1급 작품을 남긴 천재적 예술가"라고 평하면서도, 한편으로는 "'도덕적 자기 완성'이나 '악에 폭력으로 맞서지 말라'는 등의 바보 같은 설교를 했다."고 비판했다.

사회주의적 사실주의 창시자로 일컬어지는 고리키

수 없는 아주 열악한 것이었다. 하지만 파벨은 노동자들의 비참한 삶에서 경제적인 고통만을 보지 않는다. 그저 배부른 돼지가 되고 싶은 거냐는 질문에 그는 아니라고 힘주어 말한다.

우리의 목덜미를 타고 앉아 눈을 가리고 있는 자들에게 우리가 모든 것을 알고 있다는 사실을 알려 주어야 합니다. 우리는 바보도 아니고 짐승도 아닙니다. 우리도 인간답게 살고 싶은 인격체임을 분명하게 보여 주어야만 합니다.

파벨이 진정으로 원한 것은 인간다운 삶이었다. 그래서 그는 노동자들이 먼저 노동의 가치를 깨닫고 그와 함께 스스로의 인간적 가치를 깨우치기를 희망한다. 재판의 변론 과정에서 파벨은 말한다.

아이들 장난감에서 거대한 기계에 이르기까지 세상 모든 것이 노동자들의 손을 거쳐 만들어지지만, 정작 노동자들은 인간적 가치를 얻기 위한 투쟁의 권리조차 박탈당한 사람들이라고, 노동자들을 한낱 자기들의 부를 축적하는 수단과 도구로 대하는 반인간적인 사회에 대해 적대적인 입장에 설 수밖에 없다고. 그래서 노동자들은 손에 손을 맞잡고 인간의 노예화를 목표로 하는 지배자들의 편견과 관습의 굴레에서, 또 탐욕과 사악함이 탄생시킨 유령과 괴물에게서 이 세계를 해방시킬 것이라며 의지를 다졌다.

파벨은 운명적으로 주어진 삶을 거부하고 스스로의 힘으로 새로운 세상을 만들겠다는 의지와 투쟁의 걸음을 한 발짝 한 발짝 옮기고 있었다. 하늘로 날아오르려는 새처럼 노동자들은 날개를 활짝 펴 비상을 준비했고, 파벨은 그 새의 부리처럼 중심적인 역할을 맡았다.

하지만 새가 알을 깨고 세상에 나오려면 고통과 시련을 견뎌 내야 하는 법. 마찬가지로 차르가 지배하는 전제 왕권과 맞서야 하는 그의 저항은 의미는 있지만 위험하기 짝이 없는 일이었다.

서로가 서로에게 푸른 하늘이 되는 세상

박노해는 1980년대 노동자 시인으로 화제를 모았던 사람이다. '노동 해방'이라는 뜻을 지녔다는 그의
필명과 '얼굴 없는 시인'으로 널리 알려졌던 박노해. 그는 〈하늘〉이라는 시에서 한없이 낮고 약한 자리
에 놓인 노동자들의 인간다운 삶에 대한 열망을 이렇게 노래한다.

우리 세 식구의 밥줄을 쥐고 있는 사장님은
나의 하늘이다.

프레스에 찍힌 손을 부여안고
병원으로 갔을 때
손을 붙일 수도 병신을 만들 수도 있는 의사 선생님은
나의 하늘이다.

시인 박노해. 쏟아지는 비 속에서 레바
논 파병 제고를 촉구하는 1인 시위를
하고 있다.

두 달째 임금이 막히고
노조를 결성하다 경찰서에 끌려가
세상에 죄 한 번 짓지 않은 우리를
감옥소에 집어 넌다는 경찰관님은
항시 두려운 하늘이다.

죄인을 만들 수도 살릴 수도 있는 판검사님은
무서운 하늘이다.

관청에 앉아서 흥하게도 망하게도 할 수 있는
관리들은 겁나는 하늘이다.

높은 사람, 힘 있는 사람, 돈 많은 사람은
모두 하늘처럼 뵌다.
아니, 우리의 생을 관장하는
검은 하늘이시다.

—박노해, 〈하늘〉 중에서

파벨과 그의 동지들에게 닥친 시련과 희생은 새로운 사회, 새로운 인간관을 배태하려는 시대적 진통이었던 셈이다.

역사의 객체에서 주체로 거듭나기
─펠라게야 닐로브나

제목이 말해 주듯, 이 소설에서 가장 공들여 서술하고 있는 인물은 파벨의 어머니 펠라게야 닐로브나이다. 왜 그럴까? 소설 후반부에서 어머니는 도둑 다닐라 영감의 아들 니콜라이 베숍쉬코프가 완전히 딴사람으로 변화한 데 무척 놀란다. 세상에 대한 적대감과 불신으로 독기가 어렸던 그의 눈은 어느새 흔들리지 않는 온화한 빛으로 바뀌어 있었다. 자기의 능력과 가치를 깨닫지 못해 늘 극단적인 생각에 빠져 있던 그가 이제 확신에 찬 목소리로 파벨의 탈옥이 얼마든지 가능한 일임을 어머니에게 설명하는 것이었다.

어머니의 마음마저 설레게 하는 그의 변화는 노동자들의 의식이 성장하면서 타락했던 한 영혼이 치유되고 부활하고 있음을 보여 주는 일대 사건이었다. 그러나 니콜라이 베숍쉬코프의 변화는 어머니에게 닥친 변화에 비할 바가 못 되었다.

남편이 살아 있을 때 어머니는 내내 한 가지만 생각했다. 어떻게 하면 남편 눈에 띄지 않을까, 어떻게 하면 옆길로 새서 하루를 피할 수 있을까……. 남편 말고는 아무것도 보이지 않았고 두려움 말고는 아무것도 느끼지 못했다. 그 두려움은 어머니의 영혼을 궁지로 몰아넣었고, 두려움에 갇힌 어머니는 점점 눈멀고 귀먹게 되었다. 그렇게 어머니는 자기 한 몸을 건사하는 것 말고 다

고리키의 초상화와 모스크바 예술 극장. 극장의 정식 명칭은 '고리키 기념 국립 모스크바 예술 아카데미'. 1898년 아마추어 배우이자 연출가인 콘스탄틴 스타니슬라프스키와 극작가 블라디미르 네미로비치단첸코가 설립했다. 1932년 고리키의 문학 생활 40년을 기념해 '고리키 기념 극장'이라 불리면서 더욱 유명해졌다.

른 무엇에 관심을 가질 여유가 전혀 없었다.

하지만 남편이 왜 그런 행동을 했는지, 사물의 현상과 원인을 깊이 있게 들여다보면서, 어머니는 마침내 두려움에서 벗어나게 되었다. 남편의 행동은 그가 미워하는 모든 사람들에 대한 적대감의 분출이었지, 그녀를 향한 미움은 아니었다는 사실을 깨달았기 때문이다.

또한 어머니는 다른 사람들이 사는 모습을 보면서 자기의 삶을 돌이켜보고, 자기뿐 아니라 민중 모두가 암담하고 비참한 삶에서 허덕이고 있음을 확인했다. 그렇게 살아가는 사람들 모두 가엾은 이들이라는 데 생각에 미치자, 어머니는 민중의 삶에 대해 더욱 많이 생각하고 그들 모두에게 좋은 사람이 되고 싶어졌다.

어머니가 변화한 증거는 또 있다. 예전에 그녀는 자기가 누군가에게 필요한 사람이라는 생각을 해 본 적이 없었다. 그러나 이제 그녀는 많은 사람들에게 자기가 필요한 존재라는 의식으로

이 땅의 위대한 힘, 어머니

고리키의 소설 《어머니》에서 파벨의 어머니 펠라게야 닐로브나는 자식에 대한 모성애를 바탕으로 모든 노동자의 어머니로 거듭난다. 마찬가지로 이 땅의 어머니들도 고통받는 자식들에 대한 사랑으로 출발하여 만인의 어머니로 거듭나곤 하였다. 전태일의 어머니 이소선 여사가 바로 그 예다.

전태일은 죽음을 앞두고 어머니에게 만인을 위해 죽는 자신을 이해하는지, 혹시 불효 자식을 원망하지는 않는지 묻는다. 어머니가 자신을 절대로 원망하지 않을 뿐 아니라 도리어 충분히 이해한다고 대답하자, 그는 자신이 못다 이룬 일을 어머니가 대신 꼭 이루어 달라고 부탁한다.

그리고 이 한 마디는 어머니의 가슴에 깊이 파고들어, 앞서간 아들 대신 모든 핍박받는 노동자들의 어머니가 되도록 이끈다. 아들이 죽은 뒤로 이소선 여사는 아들보다 더 많은 노동 운동을 했으며, 노동자들의 권익을 위해 온몸을 불살랐다.

1985년 12월에 창립된 민주화 실천 가족 운동 협의회(민가협)도 마찬가지다. 주로 양심수의 어머니들로 구성된 민가협은 모성애를 바탕으로 이 땅의 인권 실현을 위해 싸워 온 대표적인 단체이다. 양심수 실태를 조사하고 이를 사회적으로 널리 알린 것도, 비전향 장기수들의 석방을 촉구한 것도, 고문 경관 이근안에 대한 현상 수배를 내건 것도 모두 민가협 어머니들의 노력이었다. 민가협은 또 국가보안법 등 민주주의와 인권에 역행하는 악법의 철폐를 위해 노력하는 한편으로 민주화를 위한 집회나 시위 현장의 맨 앞자리를 지키고 있다.

이 모두는 좀 더 인간다운 세상과 삶을 위해 이 땅의 어머니들이 벌이는 투쟁이다.

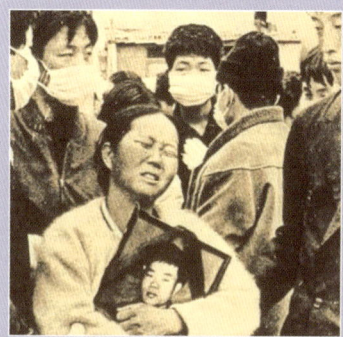 

1970년 전태일의 장례식에서 아들의 영정을 껴안고 몸 부림치는 이소선 여사

좀 더 나은 삶을 위해 오늘도 투쟁을 벌이고 있는 민가협 사람들

한껏 고양되었다. 읽고 쓸 줄 앎으로써 문맹에서 벗어난 것처럼 어머니의 두려움은 용기로 변했으며, 세상일에 눈멀고 귀먹었던 그녀는 무엇이 진리인지를 알고 실천하게까지 되었다.

역사의 객체로 수동적인 삶을 살았던 어머니가 적극적이고 능동적인 삶을 통해 역사의 주체로 우뚝 서고 있음을 말해 주는 대목이다. 작가 고리키가 말하려는 것 역시 바로 이것이다. 오로지 모성애로 투쟁의 대열에 끼어든 그녀였지만, 투쟁의 과정에서 고통받는 노동자들에 대한 사랑을 느끼면서 만인의 어머니로 거듭난다는 설정이다.

작가는 이런 어머니에 대한 애정과 존경의 표시로 3인칭 지시어 대신 '어머니'라는 호칭을 주었다. 어머니와 독자와의 거리를 없앰으로써 친근감을 더하려는 의도이다. 자기의 삶조차 힘겨워하던 한 여인이 고통 속에 빠진 수많은 노동자들을 포용하는 사랑의 화신으로 변모하는 과정을 통해 작가는 민중의 힘과 가능성을 제시한 셈이다.

우리는 어떤 삶을 살 것인가?

고리키는 인간의 권리를 억압하는 모든 삶의 질서를 단호히 거부한다. 그래서 예술가로서 자기의 임무는 사람들의 마음속에 삶에 대한 적극적 태도를 심어 주려는 불꽃 같은 열망이었다고 회상한다. 실제로《어머니》에서 고리키는 펠라게야 닐로브나라는 새로운 인간 유형을 창조해 냄으로써, 보잘것없던 한 여인의 가슴에 어떻게 불꽃이 피어올랐으며, 또 그 불꽃을 수많은 사람들에게 어떻게 전할 수 있었는지 찬찬히 풀어낸다.

저마다 생각은 하지만 하나로 어우러지지 못한 채 목동 없는 양 떼처럼 어쩔 줄 모르고 뿔뿔이 흩어져 살아가는 사람들. 어머니는 바로 그런 사람들의 침울한 영혼에 자기 가슴에 피어오른 불꽃을 옮겨 놓는다. 그리고 이 같은 어머니의 노력은 작품의 말미에서 큰 결실을 맺는다.

뭔가 묵직한 것이 귓전을 때리며 정신을 멍하게 만들었다. 목이 조여 오고 숨이 막혔다. 땅이 꺼지는 듯하고 온몸에서 기운이 빠져나갔다. 그러나 두 눈만큼은 아직 꺼지지 않고 주위를 둘러싼 사람들의 눈동자를 바라보고 있었다. 사람들의 눈동자가 용감하고 날카롭게 불꽃을 일으키고 있었다. 그것은 바로 그녀가 가슴으로 느끼던 그런 불꽃이었다.

《어머니》에 대한 평가는 정치적인 입장이나 문학을 보는 관점에 따라 달라진다. 흔히《어머니》는 시대의 요구에 부응했던 노동 문학의 정수로 평가되는 한편, 빈약한 예술적 요소들 때문에 비판을 받기도 한다. 비록 이런저런 대립적인 평가를 받고 있긴 해도《어머니》가 우리에게 꼭 생각할 거리를 몇 가지 제공한다는 데에는 이견이 없다.

먼저, 노동의 가치에 대한 문제다. 사람들의 삶은 모두 어느 누군가가 애쓴 노동의 대가로 영위되고 있다. 생각해 보라. 의식주를 기본으로 하는 사람들의 생활 가운데 노동을 통해 이루어지지 않은 것이 무엇인가? 사정이 그런데도 사람들은 노동의 가치를 인정하는 데 아주 인색하다.

어쩌면 점점 심화되어 가는 우리 사회의 양극화 현상이나 확대일로를 걷고 있는 비정규직 분규도 노동에 대한 선입견이나 사람들의 비뚤어진 가치관 때문일 수도 있다. 노동에 대한 인식이 바뀐다면 노동자를 대하는 태도나 노동 문제를 바라보는 관점 역시 분명 달라질 것이다.

다음으로, 다양한 사회 상황을 통해 지금 우리가 살고 있는 사회는 어떤 곳이며, 우리는 어떤 사회를 지향해야 하는지 묻는다. 앞서 설명한 것처럼《어머니》는 러시아 혁명이 일어나게 된 사회적 배경을 보여 준다. 한쪽에선 노동으로 사람들이 폐인이 되고 인생을 망쳐 버리는데, 다른 한쪽 자본가들은 노동자들의 피로 이룩한 돈으로 애인에게 순금 대야와 순금 요강을 선물한다. 그런가 하면 농민들에게 세금을 강요하고 이를 거부하는 자들을 감옥에 가두는 등 굶주림과 죽음으로 몰아가기도 한다.

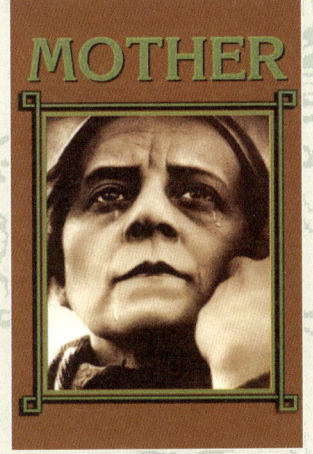

1926년 영화로 만들어진 《어머니》의 포스터. 프세볼로트 푸도프킨이 감독했고, 베라 바라노프스카야가 주연을 맡았다. 에이젠슈테인, 도브첸코와 더불어 소련 무성 영화 시대 3대 거장의 한 사람으로 꼽히는 푸도프킨은 모스크바 예술 극장의 사실주의 연기 전통을 고스란히 영화에 가져옴으로써 뛰어난 심리적·서정적 효과를 창출했다는 평을 받았다.

인간을 인간으로 대접하지 않는 사회에선 어차피 가진 자도 길을 잃게 마련이다. 가지지 못한 자가 굶주림에 눈이 먼다면, 가진 자는 황금에 눈이 먼다는 점이 다를 뿐. 그리고 이해할 수 없는 세상의 모순은 사람들을 혁명의 대열로 내몬다.

마지막으로, 이 작품은 다양한 유형의 인물들을 대비시킴으로써 나 자신은 이제까지 어떤 삶을 살아왔으며, 앞으로는 어떤 삶을 살 것인지를 생각하게 한다. 알다시피 이 작품에는 다양한 유형의 인물이 나온다. 고통에 익숙해져 묵묵히 살아가는 인물들, 불평과 불만에 가득 차 원망과 울분으로 살아가는 인물들, 삶의 고통이 어디서 오는지 이해하고 이를 해결하려고 행동하는 인물들 등등…….

이러한 유형의 인물들 가운데 나는 어떤 유형과 가장 가까운 삶을 살고 있었는지, 또 나에게 가장 호감이 가는 유형은 어떤 인물인지를 밝혀 보는 것도 무척 흥미로운 경험이 될 것이다. 그뿐 아니라 이 작품의 중심인물은 분명 파벨임에도 제목이 '어머니'인 까닭 역시 짚어 봄직하다. 파벨과 어머니 사이에 우리가 눈여겨보아야 할 차이점이 있다는 사실을 발견하게 될 것이다.

중요한 것은 이 모두를 고려한 우리의 최종 선택이 어떤 의미를 지니는가 하는 점이다. 다시 말해 우리의 선택이 고통받는 자의 편에 서는지, 아니면 고통을 가하는 자의 편에 서는지 돌아보라는 뜻이다.

《해리 포터》 시리즈의 한 대목은 우리의 진정한 모습에 대해 음미할 만한 내용을 전한다.

《해리 포터》 시리즈. 조앤 K. 롤링이 쓴 판타지 소설. 1997년 이 시리즈의 첫째 작품인 《해리 포터와 마법사의 돌》이 큰 성공을 거두면서 전 세계적으로 알려지게 되었다. 그 후 영화로 제작되었을 뿐 아니라 비디오 게임을 비롯한 다양한 상품들이 만들어졌다. 이 시리즈는 2007년 《해리 포터와 죽음의 성물》을 마지막으로 완결되었다.

"그게 절 그리핀도르에 넣은 건, 제가 슬리데린에 들어가지 않겠다고 했기 때문이…….."

해리가 마지막 희망이 꺾인 듯 힘없는 목소리로 말했다.

"바로 그거란다."

덤블도어 교수가 한 번 더 밝게 미소 지으며 말했다.

"그게 바로 네가 톰 리들과 크게 다른 점이다. 우리의 진정한 모습은, 해리, 우리의 능력이 아니라 우리의 선택을 통해 나타나는 거란다."

천하에 두려운 것은 오직 백성뿐

조선 시대 광해군 때의 정치가이자 최초의 한글 소설인 《홍길동전》의 저자 허균. 그는 자신의 시문집 《성소부부고(惺所覆瓿藁)》에서 천하에 두려운 것은 오직 백성뿐이라고 말하면서 간악한 무리들이 키질하듯, 빗질하듯 백성을 착취하는 현실을 개탄한다. 백성은 물, 불, 호랑이보다도 더 무서운 것인데 당시의 정치가 근본을 잊어버렸음을 꼬집고 있는 것이다.

그는 백성을 다음과 같이 세 가지 부류로 나누면서 정치에 대한 자신의 논리를 편다.

허균의 시문집 《성소부부고》

강원도 강릉에 있는 허균 생가

> 무릇 조그만 일이 이루어진 것을 즐거워하면서, 늘 눈앞의 이익 때문에 시키는 대로 법을 받들고 윗사람의 부림을 받는 자를 항민(恒民)이라고 한다. 이들 항민은 별로 두려운 존재가 아니다.
> 다음, 모질게 빼앗겨서 살이 발리고 뼈가 휘며, 집에 들어온 것이나 땅에서 나는 것을 몽땅 빼앗긴 뒤에, 걱정하고 탄식하되 중얼중얼 윗사람을 원망하는 자를 원민(怨民)이라 한다. 이 원민들도 그리 두려운 존재는 아니다.
> 끝으로, 자신의 모습을 푸줏간에 감추고 다른 마음을 남몰래 품고서 세상 돌아가는 형편을 엿보다가, 때를 만나면 자기의 소원을 풀어 보려는 자는 호민(豪民)이다. 이들 호민이야말로 참으로 두려운 존재이다.

백성은 언제나 압박과 착취의 대상이다. 하지만 무지렁이 같은 그들 가운데도 늘 깨어 있는 사람이 있게 마련이다. 허균은 이런 사람들을 '호민'이라 부른다. 눈앞의 이익만을 좇는 '항민'이나 원망 속에 살아가는 '원민'과 사뭇 다르다. 기회가 되면 그들은 세상을 바꾸기 위해 떨치고 일어서게 되고, 그러면 원민이 이에 부응하고 다음으로 항민이 따른다고 한다. 파벨을 비롯하여 《어머니》에 나오는 인물들을 허균의 기준에 따라 나누어 보는 것도 인물의 성격을 파악할 수 있는 좋은 방법이 될 것 같다.

고통받는 인간의 해방을 위하여

막심 고리키는 1868년 3월, 러시아 볼가 강 중류의 니즈니 노브고로트에서 태어났다. 세 살 때 아버지를 여의고 외할아버지 집에서 자라다가 형편이 더 어려워지는 바람에 초등학교 2학년 과정도 채 끝내지 못하고 학업을 중단했다. 열 살 무렵에 재혼한 어머니마저 세상을 떠나자, 그는 넝마주이부터 빵 굽는 일까지 온갖 궂은 일자리들을 전전했다.

알렉세이 페슈코프라는 이름을 대신했던 필명 '막심 고리키'는 '쓰라린' '가슴 아픈'이라는 뜻으로 그가 겪었던 고난을 단적으로 말해 준다. 삶이 얼마나 고달팠는지, 1887년에 그는 권총으로 자살을 기도한다. 탄알이 허파를 관통했지만 수술이 성공적으로 끝나 다시금 삶을 이어가게 된 고리키는, 이 어리석은 행위를 생각할 때마다 화끈거리는 수치심과 자신에 대한 경멸을 느꼈다고 말한다.

어쨌든 책 읽기를 좋아했던 고리키에게 밑바닥 체험은 그의 소설이 나아갈 방향을 결정짓는 계기가 된다. '왜 글을 쓰게 되는가?'라는 질문에 고리키는 답한다. '견딜 수 없는 불행한 삶'의 압력과 '쓰지 않고는 견딜 수 없는' 수많은 인상들을 가지고 있기 때문이라고. 고리키의 소설이 부랑자들을 즐겨 그리고 있는 이유를 설명해 주는 대목이다.

실제로 고리키 주변을 둘러싸고 있는 사람들은 설탕 한 덩이 값을 조금 올렸다는 이유로 하루 종일 싸우는 이들이었다. 그러한 소시민들에게 1코페이카짜리 동전 하나는 하늘에 뜬 태양과도 같았으며, 바로 그 태양이 소시민들에게 치졸하고도 더러운 적대감을 부추긴다는 사실을 그는 잘 알고 있었다. 소시민들을 착취하는 구조를 일찌감치 알아 버렸기에, 고리키는 사회 구조의 모순으로 생겨나는 희생자들의 처지를 적극 옹호하는 글을 쓸 수밖에 없었다.

1892년에 첫 단편 〈마카르 추드라〉를 발표한 고리키는, 1895년에 단편 〈첼카슈〉를 거쳐 1902년에 희곡 〈밑바닥에서〉를 발표하면서 문학적으로 성공을 거둔다. 1905년 '피의 일요일'이라 불린 노동자 행진이 총격으로 진압되자, 그는 전제 정권에 강력하게 투쟁할 것을 호소하다 체포되어 감옥에 수감된다. 이 사건을 계기로 고리키는 차르 정부를 타도하고 노동자 계급의 혁명을 꿈꾸는 사회 민주당에 입당한다.

1906년에 사회 민주당은 지하 활동 자금을 모으려고 고리키를 미국으로 파견한다. 모금 활동은 성공적이지 못했으나, 체류 기간 동안 대표작 《어머니》를 집필한

다. 1917년에 혁명 정권의 수반이 된 레닌은 이 작품의 사상과 시의성을 높이 평가했고, 혁명 정부에서 《어머니》는 문학 수업의 필수 교과서가 된다. 하지만 차르가 다스리던 전제 정부에서 이 작품이 금서로 분류되는 바람에, 1913년 귀국 허가를 받을 때까지 고리키는 망명 생활을 하게 된다.

이후 고리키는 《유년 시대》(1914)를 시작으로 자서전적 3부작 《사람들 속에서》(1916), 《나의 대학》(1923)을 발표했으며, 《클림 삼긴의 생애》를 집필하던 1936년, 68세의 나이로 생을 마감한다.

우리나라에서 성황리에 공연된 뮤지컬 〈밑바닥에서〉. 1902년에 고리키가 발표한 희곡으로, 1890년대 자본주의 제도의 모순과 경제 공황으로 밑바닥 생활로 굴러떨어진 부랑자들의 모습을 그리고 있다. 1920년 모스크바 예술 극장에서 초연이 성공을 거둔 후 세계 각국에서 꾸준히 상연되고 있다.

노동자들의 참모습을 그린 노동 문학

'꼭 내일이 아니어도 좋다.'는 다짐과 전망을 제시한 황석영의 《객지》 (1971), 그리고 초판이 출간된 지 29년 만에 228쇄 100만 부라는 놀라운 기록을 세운 조세희의 《난장이가 쏘아올린 작은 공》(1978). 이 두 작품 모두 근대화의 모순들과 함께 노동자들의 열악한 삶을 그리고 있다.

《난장이가 쏘아 올린 작은 공》

그러나 노동 문학의 본격적인 등장은 1980년대라 할 수 있다. 소규모 주물 공장에서 벌어진 노동 쟁의를 다룬 정화진의 《쇳물처럼》(1987) 이나 파업 현장을 사실적으로 그려 낸 방현석의 《새벽 출정》(1989), 그리고 노동 현장의 이야기를 가족의 눈으로 그려 낸 김인숙의 《함께 걷는 길》(1989) 등은 노동 문제가 더 이상 개인의 문제가 아니라 우리 사회의 핵심적인 문제임을 적나라하게 보여 준다.

무엇보다 홍희담의 《깃발》(1988)은 노동자들이 스스로를 역사의 주체로 인식하는 과정을 감동적으로 드러내 보인다. 대학생과 지식인들이 빠져나간 광주에서 형자는 말한다.

> 도청에 끝까지 남아 있던 사람들을 잘 기억해 둬. 어떤 사람들이 이 항쟁에 가담했고 투쟁했고 죽었는가를 꼭 기억해야 돼. 그러면 너희들은 알게 될 거야. 어떤 사람들이 역사를 만들어 가는가를…….

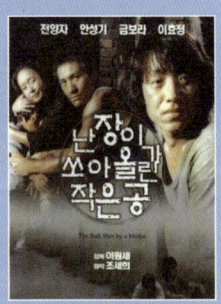

1981년 영화로 만들어진 《난장이가 쏘아 올린 작은 공》. 안성기와 금보라가 주연을 맡았고, 이원세 감독이 메가폰을 잡았다. 1981년 백상 예술 대상 감독상을 수상했다.

《깃발》은 노동자 집단이 작가들에 의해 묘사되는 대상으로만 존재하던 한계를 뛰어넘고 있다. 마치 고리키의 《어머니》가 이제껏 동정과 연민의 대상이었던 노동 계급을 불의와 맞서 싸우고 스스로 역사를 이끌어 가는 역사의 주체를 만들어 낸 것처럼 말이다.

가난과 굶주림에 따른 고통과 비참함이 인간성을 파괴해서는 안 된다는 것을 보여 주려 했던 작가 고리키. 그는 평범하다 못해 보잘것없는 한 여인을 혁명의 순교자로 만듦으로써 당시 러시아에 존재했던 수많은 잠재적 파벨과 닐로브나가 자기의 삶을 각성하고 혁명에 동참하도록 한다.

특히 그의 소설 속에서 문제를 직시하고 이를 해결하려고 행동하는 인물들은 고민과 회의에 빠져 어쩔 줄 모르는 이제까지의 주인공들과는 사뭇 다르다. 그 뒤 긍정적 주인공을 내세운 고리키의 소설은 사회주의적 사실주의의 전범이 된다.

기억해야 할 점은 고리키에게 이데올로기는 인간을 벗어나는 어떤 것이 아니었다는 사실이다. 그는 이 세상에서 가장 아름다운 것은 물론 우리의 사상도 모두 인간의 손과 노동을 거쳐 만들어졌다고 생각한다. 볼셰비키 혁명 이후 수많은 작가와 지식인들이 처형을 당하자, 결국 레닌과 결별한 까닭도 바로 이런 이유에서다.

《어머니》의 한 대목은 이데올로기가 인간을 위해 존재한다는 그의 사상을 잘 드러내 준다.

"어머니, 걱정 마세요. 파벨한테 손끝 하나 안 댈 거예요. 제가 삶은 무처럼 물러 터졌잖아요. 그리고 저는요……, 헤이, 영웅 양반, 귀 막으시라고! 저는 파벨을 좋아해요. 하지만 쟤가 입고 다니는 조끼는 좋아하지 않아요. 파벨은 새 조끼를 입더니만 아주 마음에 들었는지 배를 쑥 내밀고 다녀요. 사람들을 밀치면서요. 좋은 조끼인 건 사실이지만 왜 밀어요? 그렇지 않아도 비좁은 곳에서."

푸 른 숲
징 검 다 리
클 래 식
0 2 2

어머니

첫판 1쇄 펴낸날 2008년 8월 27일
11쇄 펴낸날 2025년 4월 30일

지은이 막심 고리키 **옮긴이** 이강은
발행인 조한나
주니어 본부장 박창희
편집 박고은 정예림 강민영
디자인 전윤정 김혜은
마케팅 김인진 김은희
회계 양여진 김주연

펴낸곳 (주)도서출판 푸른숲
출판등록 2003년 12월 17일 제2003-000032호
주소 경기도 파주시 심학산로 10, 우편번호 10881
전화 031) 955-9010 **팩스** 031) 955-9009
이메일 psoopjr@prunsoop.co.kr **인스타그램** @psoopjr
홈페이지 www.prunsoop.co.kr

ⓒ 푸른숲주니어, 2008
ISBN 978-89-7184-782-4 44890
     978-89-7184-464-9 (세트)